光文社文庫

クラウドの城

大谷　睦

JN030527

光　文　社

この作品はフィクションであり、実在の人物・団体・事件とはいっさい関係ありません。

著者の言葉

大谷　睦

失って初めて気付く幸福がある。大切な時間がある。

三十代の頃に大病を患い一度、死んだ。約四カ月間、療養生活を送った。改めて、自由の価値を思い知った。好きな時に起きて、好きに生活する。全て自由があればこそ。

不自由とは、孤独や憂鬱《ゆううつ》と同義だった。終日、室内にいると、絶望と悲観に苛《さいな》まれる。幼少から将来に至るまで、自分で自分を断罪してゆく。

同じ境遇の人たちは皆、本を、とりわけ小説を熱心に読んでいた。皆に倣い、貸し出しの文庫本を手に取った。長坂《ながさか》秀佳《しゅうけい》先生の『彼岸花』だった。京都旅行の女子大生三人組が怪異に巻き込まれてゆくホラーサスペンスだったが、確実に時を忘れさせてくれた。世の中に、これほど面白い小説はあろうかと思った。それから、夢中で小説を読み耽《ふけ》った――。

退院後、どうしても自分で小説を書きたくなった。自分の中の何かを紡ぎ出すために。

爾来《じらい》二十年、曲折を経て小説を書き続け、今ようやく新人賞を受賞できた。

作家として小説で、現実に痛め付けられている人たちの苦痛や憂愁を少しでも和らげたい。だが、趣味的・道楽的な小説、安全地帯の安楽椅子探偵は書きたくない。切れば血が迸《ほとばし》る作品だけを書き続けてゆく。小説に骨を埋《うず》める。それで散るなら、むしろ本望。

そんな覚悟を胸に今日、私は作家になる。

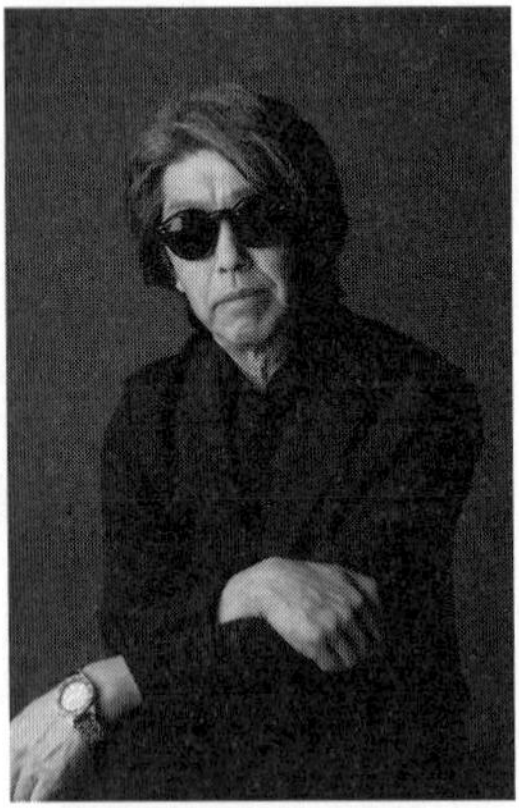

目次

HKD Ⅶ　見取り図

1F

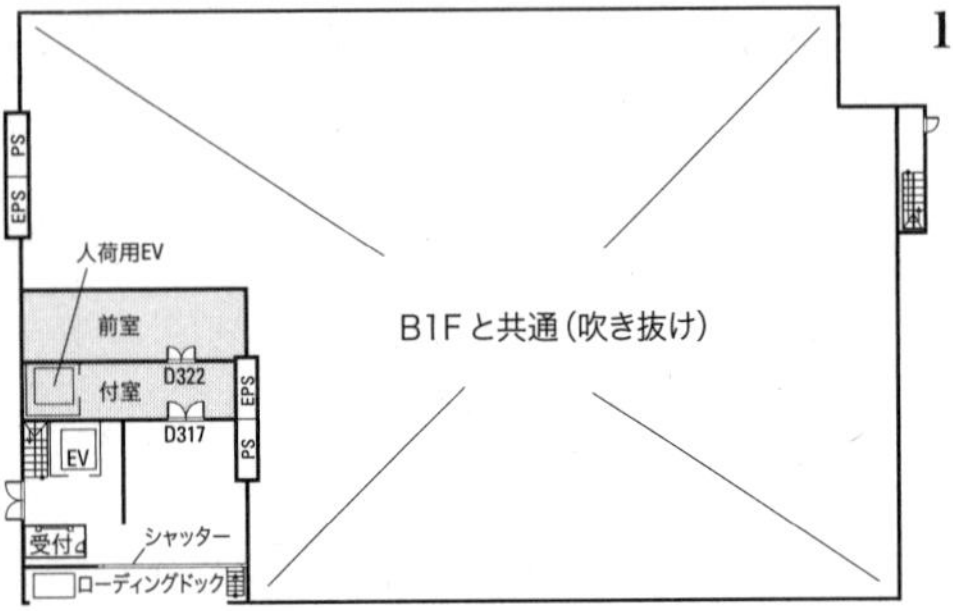

B1F

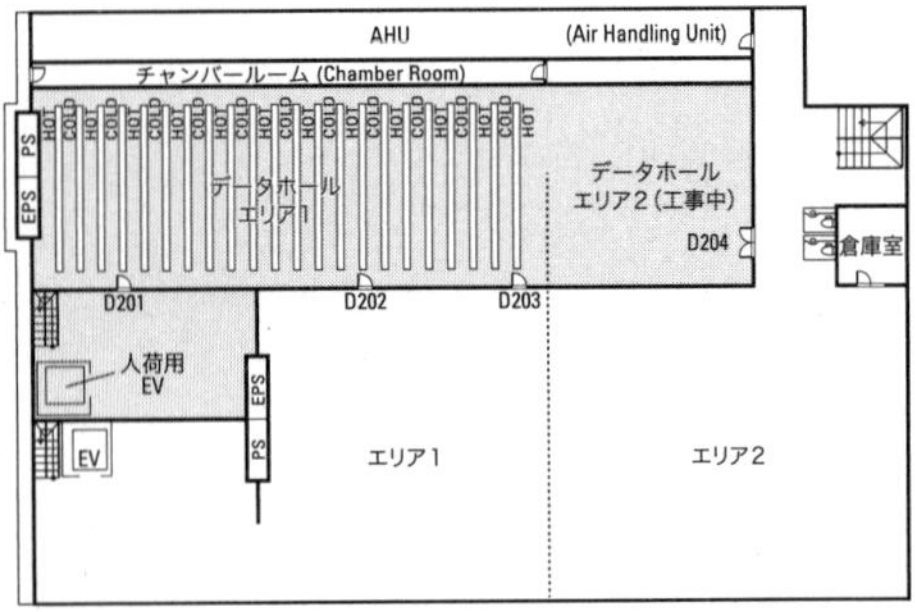

※アミ部分はレッドゾーン　PS＝パイプスペース　EPS＝エレクトリック・パイプ・スペース

B2F

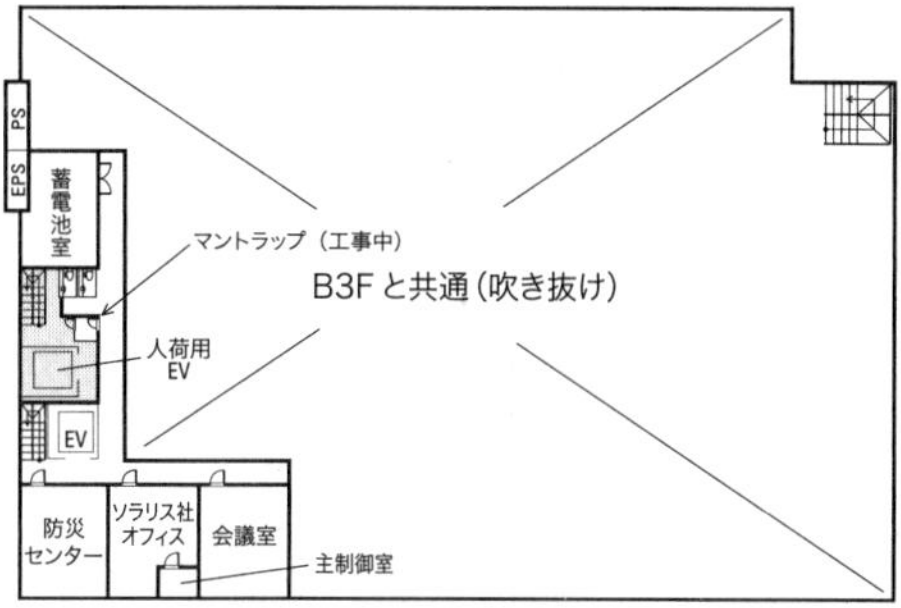
PS
EPS
蓄電池室
マントラップ（工事中）
B3F と共通（吹き抜け）
人荷用EV
EV
防災センター
ソラリス社オフィス
会議室
主制御室

B3F

発電機室
発電機室
発電機室
発電機室
発電機室
発電機室
発電機室
発電機室
トレンチ
PS
EPS
機械室
電気室(UPS)
電気室(UPS)
配電盤室
変圧器室
発電機盤室
消火ポンプ室
倉庫室
受電盤室
変圧器室
発電機盤室
機械室
EV
機械室
蓄電池室
蓄電池室
発電機室
発電機室
発電機室
発電機室
発電機室

RF

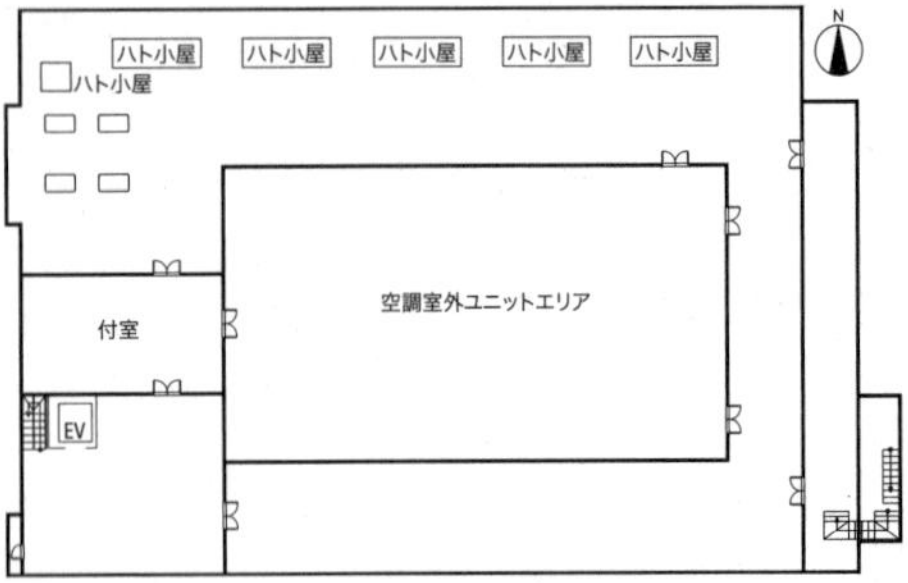

3F

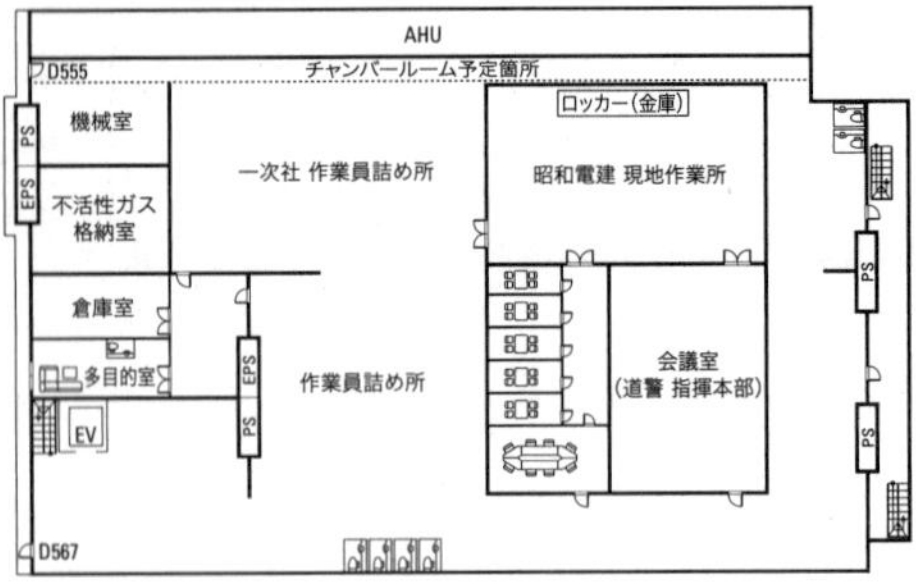

2F

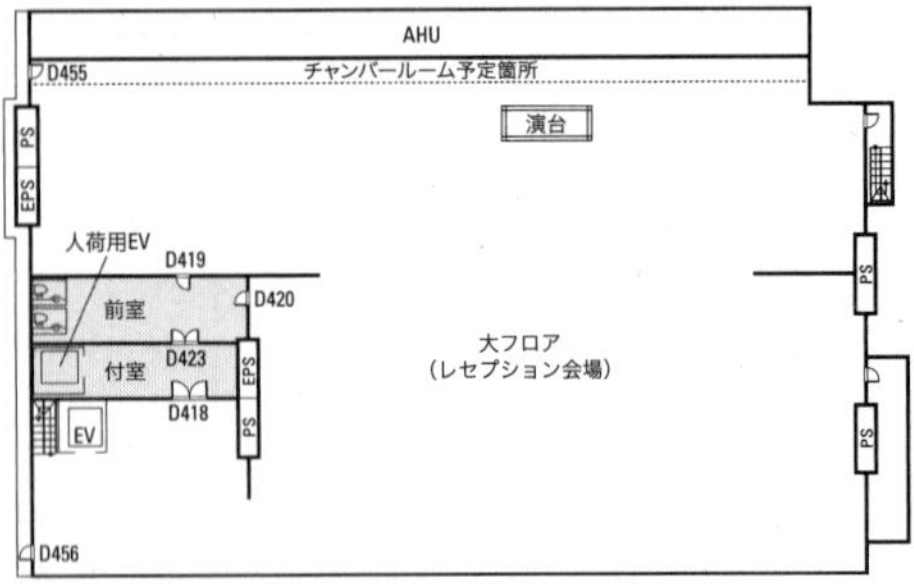

※アミ部分はレッドゾーン　PS＝パイプスペース　EPS＝エレクトリック・パイプ・スペース

第1章　LS―Large-Scale Incident

1

二〇一二年二月九日（木）バグダッド

今日も快晴だった。窓を開けて、外の風を入れた。外気は、すでに温度を持ち始めている。街角のスピーカーから緩く、朝のコーランが流れてくる。

一日の始まりに、私は乾電池式のシェーバーで顎鬚《あごひげ》を剃《そ》っていた。民間人としては髭を残すべきだが、軍属としては剃るべきだった。

ドォ――ン――

突如、大きな爆発音が響き、部屋が揺れた。窓際のチェアセットに座っていた私は、爆風と共に床に投げ飛ばされた。

室内で爆発が起きた感覚に襲われ、絨毯《じゅうたん》の上で身を伏せた。幸い、窓は開けていた。閉め切っていたら、爆風で割れたガラスの破片を浴びていた。シェーバーは握り締めたままだった。顔の近くで、回転音を立てている。シェーバーのスイッチを切り、剃ったばかりの顎に触れた。顎に触れてどうするでもないが、考える時間が欲しかった。

時刻は午前七時すぎ。場所はバグダッド随一の繁華街、サドン通りに面したインターナショナル・パレスティーン・ホテル四階のシングルルーム。

実際の爆発音は、フィルドス広場のほうから聞こえた。かつてサダム・フセインの銅像が立っていた広場だ。子どもたちの集合場所に近い。嫌な予感がした。

私は身を起こして、窓の外を見た。広場を挟んだモスクの近くから、立ち上る黒煙が見えた。ここから五百メートルほど離れている。今月のスクールバスの乗車地点、ジャバル・バビロン・ホテルとは目と鼻の距離だ。嫌な感覚は、ますます強まった。

ドアが強く叩《たた》かれた。ドアを開けると、同僚で恋人のマンディ・ケーニッヒが入ってきた。私と共にバグダッド・インターナショナル・スクールの生徒の送迎を護衛するドイツ人女性だ。すでにヘルメットとゴーグル、ボディーアーマーを身に着けている。

「ジョー、早く、子どもたちを迎えに行かなければ」

マンディが、私にボディーアーマーを放った。

「急いで。子どもたちが心配」

「正気か」

思わず、マンディを叱責《しっせき》していた。

「今、行ったら危険だ」

「子どもたちは、もっと危険よ。混乱に乗じた敵に攫《さら》われるかもしれない」

「安全が確保されるまで、待て」

「たとえ、私一人でも行く」

私は、無力感に立ち尽くした。何があろうと、勇敢なマンディは動く。今、行かなければ、きっと私は後悔する。

やむを得ない。息を深く吸って、大きく吐き出した。

「よし、行くぞ。マンディ、自動小銃は持ったな」

装備を持って飛び出したホテルの廊下は、大勢の宿泊客や報道関係者で、ごった返していた。このホテルに臨時支局を置いているメディアは多い。ジャーナリストたちは大声で、爆発地点や原因の推測を並べ立てていた。

エントランスへと急ぐ私たちに、巨大な影が立ち塞《ふさ》がった。警備責任者のチェット・

C・ウィリックだった。ウィリックは身長六フィート三インチ（約一九〇センチ）を超す巨漢の黒人だ。ウィリックは、私たちを睨《ね》め回した。

「これは、何だ。お前たち、完全武装で血相を変えて、ノルマンディー上陸作戦でも始める気か」

私は、どうにかして、この場を切り抜けようとした。

「ウィリック、俺たちは、バス乗車地点の安全を確認しに行く。さらに、子どもたちの安否も確かめる。それだけだ」

「いや、違うね。お前たちは、これから〝戦場〟に行くつもりなんだ。警備員の枠を飛び越えて、正義のヒーローになって、子どもたちを救いに行くつもりだな。この愚か者め」

「生徒の保護は、クライアントから依頼された重要な任務だ。命令違反じゃない。安全には、十分に注意する」

「ダメだ。情報省が爆発の概要を発表するまで、一歩もホテルから出るな」

言い争っている私とウィリックの脇をすり抜けて、マンディはエントランスへと走っていった。ウィリックが野太い声で怒鳴った。

「止まれ、外は危険だ」

マンディは、振り返りもしなかった。ウィリックは、床を踏み鳴らした。

「くそっ、とうとう、無視しやがった」

「マンディを支援する」

ウィリックは、もう何も発しなかった。強引に黙許と受け取って、私はマンディの後を追い掛けた。

階段では、黒のゴーグルとマスク、迷彩服を着けた男たちとすれ違った。ホテルの屋上へと急ぐ、駐留米軍のスナイパーと観測手たちだ。窓からは、ヘリコプターの飛び交う音が聞こえる。爆発は、想像以上に大ごとになっていた。

ホテルの駐車場で、フロントライン社のＳＵＶ（スポーツ用多目的車）に乗り込んだ。砲撃を避けるため、砂漠で目立たない白に塗装されている。私がドアを閉めるよりも早く、マンディは、ＳＵＶを急発進させた。

＊

私とマンディが今の仕事――バグダッド・インターナショナル・スクールの施設警備に就いてから、三年が経《た》つ。私とマンディは、米国の民間軍事会社〈フロントライン〉の同期入社だ。

スクールが、グリーンゾーンのカナダ大使館にあった頃は楽だった。グリーンゾーン内に居住する欧米人の子らを迎えるだけでよかった。

だが、昨年九月に移転し、グリーンゾーンの外部からイラク人の生徒を受け入れてからは、一気に危険な仕事に変わった。

毎朝八時、月代わりの乗車地点に生徒たちを集めて、スクールバスでグリーンゾーン内に送迎する。

もちろん、敵の武装勢力やテロリストたちはすでに察知して、攻撃の機会を窺《うかが》っている。しかし、学校警備の特殊性から、人員も、携行武器も、最小限に抑えられている。マンディこそ自動小銃を持っているものの、私の武器は拳銃《けんじゅう》シグ・ザウエルP320と特殊警棒しかない。その分、駐留米軍が頼みの綱だ。

イラク中央銀行の手前で、サドン通りを左折した。直進してすぐに、米海兵隊が通りを封鎖していた。

車を停《と》めると、海兵隊員がマンディにUターンを命じた。マンディが抗弁していると、顔馴染《かおなじ》みのディアズ軍曹が現れた。

「爆発現場付近は、立ち入り禁止だ。一発目はトラップで、二発目のリハーサルの可能性が高い。緊急車輛《しゃりょう》以外は通行禁止だ」

私は、軍曹を助手席側に呼んだ。

「ディアズ、爆発地点はどこだ」

「ラサフィ通り、駐《と》まっていたトラックが爆発した」

「自爆テロか」

「たぶんな。今、調べているが、五〇〇ポンド（約二二七キロ）のプラスチック爆弾だろう。幸い、一〇五ミリ榴弾《りゅうだん》は使われていない」

私は、マンディに目配せして、車から降り立った。むっとする暑気が、身体を包む。

「子どもたちの安否確認をしなければならない。車は置いてゆく。後で、取りに戻る」

「なおさら、危険だぞ」

「俺たちは素人じゃない。あんたも、知っているだろう。俺たちに三十分だけ時間をくれ」

「くそっ、こっちは確かに引き留めたからな」

車を路肩に駐めて、マンディが降りてきた。イスラエル製の自動小銃、タボールＡＲ12を手にしている。私は手で合図して、通りを北に歩き始めた。二十メートルほど離れて、マンディが付いてくる。

ラサフィ通りに出た。街の表情は、一変していた。商店の看板は吹っ飛び、建物のガラスというガラスは飛び散っていた。火薬の臭いが鼻を突く。

モスクの裏手に直径十メートル、深さ二メートルほどのクレーターができていた。車の残骸《ざんがい》が転がり、モスク裏手の建物二階に、トラックの運転席が食い込んでいた。

救急車が停まっていた。担架を地面に下ろした救急隊員が、呆然《ぼうぜん》と佇《たたず》んでいた。

私が近付くと、救急隊員は、足元の長さ約一メートルの黒く焼け焦げた〝棒〟を指してみせた。

「こいつを見な。自爆犯だ」

「酷《ひど》いな。これじゃ、性別も年齢も分からない」

救急隊員は誰を救助するでもなく、ただ自爆犯の死体を見張っているらしかった。

「目撃者の話だと、自爆犯はまだ若い男だったそうだ。本当に酷いよな」

「死者の数は？　生存者は、どこにいる？」

「知るかよ。通りに立っていりゃ生存者で、倒れていたら死者だ。けが人は皆、人々が病院に運んでいった」

クレーターの周りは、野次馬や見物人で満ちていた。海兵隊員が、大声で追い返す。だが、人の輪は減るどころか、増える一方だった。

私は、マンディを呼び寄せた。

「まずいな。見物人が増えてきた。テロリストが二発目を爆発させるなら、今このタイミングだ。急ごう」

「今度は、私が先に行く。ジョーは、通りの反対側を歩いて」

「分かった。訓練通りにやるぞ。車道を歩いて、駐車中の車を遮蔽物《しゃへいぶつ》にする。着膨れた人間、落ち着きのない人間、こちらを見て電話をしている人間には、要注意だ」

「OK。全部、頭に入っている」

マンディは無線機のイヤホンを掛け直し、小走りに進んでいった。

私は、胸元に留めたミニマイクの送話ボタンを押した。

「ロビー、こちらG1。G1とG2は、これからジャバル・バビロン・ホテルに向かう」

野太いウィリックの声が返ってきた。

『こちら、ロビー。バスの運転手から、電話があった。ラサフィ通りの西で、足止めを食らっている。通行許可を当局に申請中、間もなく下りる見込みだ』

「了解。ホテル前に、バスを回してくれ」

無線を切って、私は全神経を研ぎ澄ませて、歩いていった。

鼻から空気を吸う。とりわけ、臭いが重要だ。血の臭い。プラスチック爆弾の薬品臭。物陰に潜む人間の体臭。自爆犯の流す大量の汗と微《かす》かな小便の臭い。

吹き飛ばされた商品を拾い集めている男。急ぎ足の黒いチャドルの女。外を見て意味不明の笑みを浮かべる老人。誰もがテロリストに思える。

　イヤホンから、マンディの声が流れてきた。

『ロビー、こちらG2。ホテル前で子どもたちを発見、保護した。人数は男子五人、ホテル内に女子三人』

　私は、通りの反対側を見た。マンディが手を挙げて、合図を送ってくる。イラク服の男児たちが、マンディの周りに輪を作っている。私も合図を返した。

　再び、ウィリックの声がした。

『こちら、ロビー。バスを、そちらに回す。G2は、子どもたちの身体と所持品検査。金属探知機は不要。目視するだけでいい。変な物を拾っていないか、くれぐれも注意してくれ』

　私は、ミニマイクに口元を寄せた。

「ロビー、G1は、G2を支援しに向かってよいか」

『G1はそのまま、周囲の安全を確認せよ』

「G1、了解」

　無線を切った。緊張が解けて、思わず安堵《あんど》している自分がいた。

ラサフィ通りの西端に、スクールバスが姿を現した。バスは、ゆっくりと近付いてくる。

マンディは大急ぎで、子どもたちのチェックを済ませていた。いつもなら甲高く鳴く金属探知機はない。代わりに、マンディは子どもたちの鞄《かばん》を開けさせ、服の上からボディーチェックをしていた。

万が一にも、子どもたちが爆発物を拾っていてはならない。爆発物を持たされている可能性もある。緊急時でも、チェックは怠れない。

私は、シグ・ザウエルを腰のホルスターから引き抜いた。使うつもりはない。丸腰ではないと、周囲に見せつけるためだ。

近付いてくるバスを見て、足止めを食らったホテルの客たちが出てきた。

マンディが、ホテルのエントランスに入った。黒いヒジャブで顔を覆った少女たちが、マンディに連れられて出てくる。

九歳ぐらいの男の子を連れたアラブ人の男が、何か文句を言い募っている。スクールバスを、一般のバスと勘違いしたみたいだ。

あるいは、間違ったふりをして、何かのゴネ得を狙っているのかもしれない。中東では、よくある光景だ。

マンディが、客たちに離れるように叫んだ。自動小銃を持ち直して、男たちに見せつける。

まずい。ちょっとした騒ぎになってしまった。テロリストが、聞き付けたかもしれない。

私は、ラサフィ通りを走って渡った。マンディと少女たちから、男たちを引き離さなければならない。バスは牛の歩みで、ゆっくりと近付いてくる。バカヤロー、もっと速く走れ。心の中で、慎重すぎる運転手に毒づいた。

ようやく、バスは停まった。私はバスの後方から近付いた。

「こちらG1、バスが着きました。子どもたちが乗車を始めました」

『乗車後、急いでホテルを離れろ。海兵隊からの命令だ』

私が答えるより早く、米軍のヘリコプターが飛来した。爆音で、無線が聴き取れない。通りの向こうから、米軍の車輛が二台、猛スピードで走ってくる。

マンディが、女子を後部座席に座らせた。仕切りのカーテンを引いた。再びバスから降りて、今度は男子を乗せ始めた。

子連れのアラブ人が、両手を広げて、喚《わめ》いている。自分の子どもも乗せてくれと、訴えかけているみたいだ。

私は走った。男を引き離して、バスを発車させなければならない。

騒ぎに気付いたヘリコプターが、周囲を旋回している。爆音が耳を劈《つんざ》き、吹き付ける風が砂埃《すなぼこり》を舞い上げた。

男子が全員、バスに乗り終えた。後は、私とマンディだ。

アラブ人が大袈裟《おおげさ》な身ぶりで、マンディに食ってかかった。

業を煮やしたマンディが、腕を伸ばして、男に離れろと叫んだ。

あろうことか、男がマンディの腕を摑《つか》んだ。いきり立ったマンディが、男と揉《も》み合いになった。

バスまで、あと二十メートル。

「やめろ、離れろ」

私の叫びは、ヘリコプターの爆音に掻《か》き消された。

私はシグ・ザウエルの安全装置《セーフティー》を解除した。男がこれ以上ゴネるなら、威嚇射撃をする。

男の連れていた少年が、私を振り向いた。目鼻立ちの整った、賢そうな顔立ちだった。

瞬間、胸を突かれた。男の子は、苦しげで悲しい表情だった。顔を歪《ゆが》め、今にも泣き出しそうだった。

直感的に、私は立ち止まった。シグ・ザウエルを男の子に向けて構える。だが、揉み合うマンディと男が射線に入ってきて、撃てない。

男の子が手提げ袋から〝何か〟を取り出した。懐中電灯にもワインボトルにも似ていた。

男の子は〝何か〟を路面に打ち付けた。次いで、男の子は、バスに飛び込んだ。男を突き飛ばしたマンディが、男の子を追った。

次の瞬間、白い閃光《せんこう》が走った。窓を割って噴き出た赤黒い炎がバスを呑《の》み込んだ。轟音《ごうおん》が鳴り響き、私の聴覚を奪った。

と同時に、私は爆風で後方に吹き飛ばされた――

――気付いたとき、私は、沈黙の灰色の世界にいた。頭と背を思いっ切り打ち付けていた。視線が定まらない。路面に両手を突いて立ち上がろうとしても、力が入らない。

ゆっくりと、塵《ちり》が降り注いでいた。灰色の世界に、灰色の雪が降っていた。

炎が見えた。スクールバスが燃えていた。真っ黒な煙を噴き上げて、バスは炎に包まれていた。

私は、叫んだ。声にならない叫びを上げた。自分の声なのに、聞こえない。立ち上がれなくて、地面を転がった。

私の全てが消えた。

2

二〇一二年二月十一日付「JAPANデイリー」

イラクで爆発、邦人男性けが
イラクの首都バグダッド中心部で9日朝、爆発があり、少なくとも30人が死亡、75人が負傷した。警察当局は自爆テロと見て、調べている。現在までに、犯行声明などは出ていない。

爆発現場は、スンニ派のモスクで、信徒団体の集会が開かれていた。また、近くのホテル前の路上でも爆発があり、バス通学中の生徒8人を含む11人が死亡した。

バス爆発で、居合わせた邦人男性が負傷したとの情報があり、外務省などで確認を急いでいる。

二〇一二年二月十四日付「スプートニク・ニュース.com」
自爆テロで犯行声明、イスラム過激派
バグダッドで9日に起こった爆発事件で、イスラム過激組織「ジハード旅団」が12日、インターネット上で犯行声明を出した。

声明によると、同組織の少年を含む戦闘員数人が、反イスラム組織と米国の主宰する十字軍に向けて、英雄的な攻撃を敢行、多大な損害を与えたとする。

二〇一二年八月十四日付「シカゴ・トリビューン　日本版」

負傷の邦人、きょう帰国

バグダッドの爆発事件で、巻き込まれて負傷した邦人男性(29)が14日、成田空港に帰国する。男性の名はカシマ・タケル。元警察官で、米国の民間軍事会社に所属しているとされる。警視庁などは、男性の帰国を待って、詳しい事情聴取を行う予定。

二〇一二年八月十五日「芸スポちゃんねる　脳死速報」

バグダッド邦人負傷に見る民間軍事会社の闇

バグダッドの自爆テロで負傷した元警察官の邦人男性カシマ・タケルさんが、米国の民間軍事会社〈フロントライン〉の所属スタッフだったと話題だ。

民間軍事会社とは、正規軍の手の及ばない、施設や車列の警備、要人警護などの軍事サービスを行う民間企業。かつては傭兵《ようへい》や外国人部隊とも呼ばれていた。１９９１年のソ連崩壊で、米国などは軍事費と兵員を大幅削減。代わりに、民間軍事会社が穴を埋める形で、一挙に増えた。

企業の形態を取っても、本質は戦争請負会社。スタッフは高給だが、常に死の危険に晒《さら》されている。近年の就職難で、警察や自衛隊OBをはじめ、自ら志願して飛び込む者も多い。

2月に起きたバグダッド爆発テロでは、米国のキリスト教団体が、欧化教育のために現地に設立したインターナショナルスクールの生徒らが狙われた。米国の強引な世界戦略が、新たな悲劇を生み出さなければいいが。

二〇一九年四月十三日付「Ｌａｐｈｏｏｏｎ！ニュース」

米ジャーナリスト、遺体で発見

イラクの首都バグダッドで取材中に誘拐された米国人フリージャーナリスト、クレメンテ・リベラさん(44)が10日、イラク北部サマラで、遺体で発見された。

イラク警察の調べでは、リベラさんは先月、バグダッド市内での取材から戻らず、妻に身代金を要求するメールが、過激派組織「ジハード旅団」から届いていた。米当局とイラク警察は、イスラム教指導者を通じて解放交渉を行ってきたが不調に終わり、連絡が途絶えていた。

二〇二〇年八月八日付「NetStreamニュース」

イラク過激派指導者ら殺害

イラク政府と駐留米軍報道官は7日、イラク北部バクババのイスラム過激派組織「ジハード旅団」の根拠地を、イラク軍と米英合同の特殊部隊が急襲し、マスン・ムカラーム・タハン幹部（44）ら4人を殺害したと発表した。

イラク治安当局の調べでは、タハン幹部らは2010年頃から、イラク国内で「ジハード旅団」を組織し、誘拐や自爆テロなどを繰り返してきた。

タハン幹部は、2012年のバグダッド市内爆発事件、2019年の米ジャーナリスト殺害にも主体的に関与したと見られる。

第二章　HKD

1

二〇二一年六月一日（火）北海道・七飯町《ななえちょう》

目覚めたとき、私はまたベッドの上で横向きに寝ていた。両手と両足を丸め、ボクサーが身構える形になっていた。

いつも可菜《かな》は、そんな私の寝姿を見て笑う。

「丈《たけ》さん、また胎児のポーズを取っているよ」

そうなのかな、とも思う。無意識に、自分には胎児に帰りたい願望があるのかもしれない。だが、そんな思いはおくびにも出さず、私は腕を伸ばして可菜の脇腹に触れる。

「誰かさんに寝床を取られて、仕方なく縮こまっていた」

「嘘――」

可菜は私の髪に顔を埋《うず》め、おはようと囁《ささや》く。次いで、うーんと背伸びをする。さらに弾みをつけて、ベッドから転がり出るように起きる。

それが、毎朝の二人の〝儀式〟だった。

だが、今朝はすでに傍らに可菜はいない。昨夜、可菜の帰りは遅かったのに。私も札幌での二泊三日の新任教育帰りで、帰宅して早々に寝てしまっていた。

私は一人で起きて、サイドテーブルのスマートフォンが鳴り出す前にアラームを切った。窓を開け放して、まだ暗い朝の森の空気を入れる。本当は窓を開けて寝たいのだが、可菜は「虫が入ってくるから」と許さない。

階下からは、可菜の動き回る物音が聞こえてくる。可菜とトイレやシャワーがかち合わないように、少し間を置く。それから、改めて本格的に起き出す。

女性と暮らすようになってから、身に付いた習慣だ。初めは内心、煩わしかった。だが、今や何物にも代え難い喜びだった。

階下に下りると、可菜は少し疲れた様子だったが、上機嫌でキッチンに立っていた。

「おはよう。ごめんね、昨日は仕事で遅くなって。よく眠れた？」

「俺も遅かった。お蔭《かげ》で、ぐっすり眠れたよ。朝から、何だか嬉《うれ》しそうだな」

「そうよ。丈さんがまた久しぶりに働き始めるんだから」

「まるで、怠け者の亭主みたいだ」

口にした後で、亭主という言葉に可菜が照れていると気付いた。

「いや、喩《たと》えればの話さ」

「丈さんは、怠け者なんかじゃないよ。私をここまで連れて来てくれたんだもの――」

何やら空気が変になったので、私は振り払うように浴室に行った。珍しく、可菜が湯を立ててくれていた。私は裸になって、浴槽に身を沈めた。

かつて暮らしたイラクでは、めったに味わえぬ快楽。だが、北海道・七飯町の大沼《おおぬま》に程近いロッジならば、さほどでもない。それでも、私はあまり風呂《ふろ》は沸かさない。特別な場合でない限り。やはり、どこかでイラクでの日々を引きずっているのかもしれない。

＊

バグダッドの爆発テロで負傷し、帰国してから九年になる。最初の頃は、後悔の続く日々だった。

ふとした瞬間に、眼の前で炎に包まれるスクールバスが思い浮かぶ。劫火《ごうか》に焼かれ、マンディと八人の生徒と運転手、一人のテロリストの子どもは、遺体も定かではなかった。仕方なく、全員の残骸《ざんがい》を集めて、合同葬にしたと聞いた。

それだって、入院中の私は立ち会えなかった。だから、マンディは私の眼の前から理不尽にも忽然《こつぜん》と姿を消したと同じだった。

私にだけ見せる、マンディのちょっと眼を眇《すが》めた笑い。朝、私の耳元で呟《つぶや》く掠《かす》れ声。ほのかにシャンプーの香りのする髪の匂い。全ては、永遠に失われてしまった。

傷心のまま帰国した。生まれ育った弘前《ひろさき》ではなく、敢《あ》えて異郷の札幌に暮らした。活計《たずき》を求めて、ビル建築現場の警備員になった。それなりのきつさはあったものの、イラクでの日々に比べれば何ほどでもなかった。

可菜とは二年前の暮れに出会った。本当はもっと前から見知っていたが、その頃に親しくなって一緒に暮らすようになった。さらにやむを得ない事情で、今年の三月から可菜の故郷、七飯町に移り住んだばかりだ。

引っ越してすぐに、可菜はカフェの仕事を決めてきた。だが、私の仕事はなかなか決まらなかった。たまたま可菜がタウン誌で見つけてきてくれた仕事が、今日から就くデータセンターの施設警備だった。

日当一万円と一帯では破格の賃金だが、拘束十二時間と長かった。おまけに朝と夜の八時が交代時刻で、三十分前には到着していなければならなかった。

見つけてきてくれたくせに、可菜は私に内定が出ると、なぜか渋った。

「丈さんには、もっときちんとした正社員の仕事があると思うのよ。自分で見つけておいて何だけれど、またしても契約社員の警備員なんてもったいない気がする」

それでも、背に腹は代えられない。最終的に可菜は折れて、快く送り出してくれた。札幌での新任教育を終え、実際の初出勤が今日だった。

私は湯を出て、慌ただしく身体を洗った。

2

可菜よりも早く、家を出た。勤務初日の今日は、午前六時三十分に来てくれ、との話だった。

内心、驚いたが、口には出さなかった。この辺りの二十四時間シフト制の職場では、当たり前なのかもしれない。

私の家は、大沼湖畔《こはん》の高台の別荘地にある。元大学教授の管理するロッジをほぼ無料で借りている。二台ある車のうち、ハッチバックのデミオに乗って、未舗装の山道を下っていった。

別荘地を出て、北海道・駒ケ岳《こまがたけ》の噴出物でできた堰《せ》き止め湖、大沼の沿道を走った。朝の陽が水面《みなも》に揺れていた。すでに漁師の舟が数艘《すうそう》、湖面に浮かんでいた。

赤井川《あかいがわ》駅の近くのJR函館《はこだて》線と国道5号を越えた辺りで、カーナビの道路地図が機能しなくなった。

北海道では、さして珍しくはない。私は勘で目当てを付けながら、森町《もりまち》赤井川の〈グリーンフォレスト〉を目指した。

実は〈グリーンフォレスト〉は可菜が毎日、足を運ぶ場所でもある。

可菜の働く七飯町のカフェ〈白樺《しらかば》〉は、仕出し弁当の注文も請け負っている。オーナー夫妻と可菜で切り盛りする〈白樺〉で、可菜は仕出し弁当の配達と弁当ガラの回収を受け持っていた。

可菜の後押しがあったから、私は〈グリーンフォレスト〉の警備の仕事を決められた。そうでなければ普通、就職先は街中の函館市内にしただろう。〈グリーンフォレスト〉は函館とは逆で、七飯町の北の山中にある。

〈グリーンフォレスト〉という実態不明の名称の施設が、米国の世界的企業〈ソラリス〉の建設しているデータセンターだとは、求人広告や可菜を通じて知っていた。可菜の話では、巨大な倉庫みたいな建物で、内部にはサーバーが多数、設置されている。

サーバーと聞いて、弘前の中学時代に父、忠幸《ただゆき》から聞かされた話を思い出した。

父の勤めていた会社の社員食堂で、水漏れ事故が起こった。漏れ出た水で、階下のサーバールームは水浸しになった。会社の顧客リストは閲覧不能になり、給与システムも止まった。今月の給料明細は手書きになるかもしれないとの話だった。

だから、コンピューターシステムを過信してはならないと、教条的な父は説教めいた話で締め括《くく》った。重要な事項は必ず紙に手書きにする。住所録しかり。大切な取引相手の所在や電話番号は必ず暗記せよ、と。

少年の頃、あれほど父に反発したのに四十手前の今、父の教えを素直に実践している自分がおかしい。やはり、父と私は何かが似ている。

だから、目指す施設が森町赤井川六〇二一、グリーンフォレスト防災センターだと完全に記憶していた。電話番号も諳《そら》んじている。

告白すると、事前にインターネットで〈グリーンフォレスト〉を検索していた。東京の不動産会社や香水、ウイスキーがヒットした。

だが、検索語に森町を加えたら三年前の二〇一八年五月、建設中に火災が発生した建物だと分かった。煙に巻き込まれ、建設作業員六人が死亡した惨事だった。

だからか、可菜は火災の過去を私に黙っていた。可菜なりの気遣いだろう。験《げん》の悪い、言わば究極の事故物件だった。

しかし、北海道では貴重な就職先に違いない。可菜も、私も〈グリーンフォレスト〉で生活の資を得る必要があった。

そんな諸々《もろもろ》の事情があって、私は〈グリーンフォレスト〉への就職を決めた。

駒ケ岳の麓《ふもと》の山中に入ってからは、不思議な行程になった。枝分かれした追分で、どの道を選んでもゲートに行き着く。

だが、そのゲートは必ず無人で厳重に施錠されていた。インターホンの類いもない。仕方なく、元に戻っては別の道を行くを繰り返した。

走っているうちに、これは一種のトラップだと気付いた。追分に標識はない。道順を知っている者しか、簡単に〈グリーンフォレスト〉に辿《たど》り着けない仕組みになっている。不慣れな侵入者は無人ゲートでうろうろしているうちに、防犯カメラに察知されるだろう。北海道の山奥にしては、手の込んだ大掛かりなトラップだった。

山中に入ってから十五分かかり、どうにか目的の正門ゲートに着いた。鉄柵《てつさく》越しに、駒ケ岳の中腹に聳《そび》え立つ巨大な建物が見えた。

可菜の話通り、巨大な倉庫そっくりの建物だった。不謹慎だが、前世紀の終わりに日本中を恐慌と混乱に陥れた教団の巨大施設を思い起こさせた。

函館市内で行われた面接や、札幌での新任教育では、具体的な説明は一切なかった。ただ最終日に、人事担当者から正門ゲート前で午前六時三十分に待ち合わせとだけ伝えられていた。

閉ざされたゲート前で停車していると、後から来た車が数台、インターホンで到着を告げて入っていった。私も内部に入ったほうがよいのか、迷った。だが、そのまま停車し続けた。

約束の五分遅れで、黒のパジェロが止まった。中から初老の男が降りてきて、運転席のサイドウインドーの前に立った。ウインドーを下げると、男が声を掛けてきた。

「おはようございます。鹿島《かしま》さん？　責任者の帯刀《たてわき》です」

「今日からお世話になる鹿島です。よろしくお願いします」

帯刀は、ゲート脇の通用口に設置されたインターホンを指した。

「明日からは、あのインターホンで、所属と名前を告げてください。今日は、私に付いてきてください。指定の駐車場に案内します」

「分かりました。車の後を付いてゆきます」

帯刀は肯《うなず》くと、インターホンの元に行った。所属と名前を告げると、係員の返事があった。

少しして、大型トラックどころか、戦車が横並びになっても入れそうな巨大ゲートが、ゆっくりと動き始めた。完全に開き切る前に、帯刀のパジェロが入ったので、私も後を追った。

広大な駐車場だった。普通、北海道の駐車場は未舗装だが、舗装されて、ナンバーも記されていた。

帯刀のパジェロの隣に、デミオを駐《と》めた。車を降りると、帯刀に付いて、建物のエントランスに向かった。

近付いて見れば見るほど、異様な建物だった。灰色の外壁材とコンクリートで覆われた、巨大な長方形。窓がほとんどない。

左右の短辺に張り付いた灰色の金属製バルコニーと鉄階段で、辛うじて階数が分かる。バルコニーは三つあり、地上三階建てと知れた。高さの割に階数が少ないのは、一階ごとの高さが五メートル以上と高いためだろう。

外観では、何の建物か分からない。ただ、外部からの侵入を頑強に拒んでいるふうに見える。倉庫よりは要塞《ようさい》、監獄に近い。

今まで、こんな建物が近くにあるとは知らなかった。まるで城だった。人里離れた山中に聳える孤城だった。

「データセンターは、初めてですか」

振り向くと、帯刀が笑っていた。

「初めてです。凄《すご》い建物ですね。大きくて、迫力がある」

「まだ一期工事の途中ですよ。この後、同じような建物が、あと二つできる予定です」

「あと二つも。そうなったら、壮観でしょうね」

一階エントランスのドアを抜けると、受付があった。中にいた制服の男が、眼を向けてきた。だが、帯刀が手を上げて挨拶すると、男は興味を失ったふうに再び机上に視線を落とした。

建物の内部も、また奇妙だった。白と灰色だけで塗り分けられ、トイレを除いて、扉や部屋の表示が一切ない。

帯刀は地下二階のやはり表示のない一室に私を招き入れた。小会議室の趣だった。勧められて椅子に腰を下ろすと、帯刀が鞄《かばん》からｉＰａｄを取り出した。帯刀は液晶画面を操作すると、白地に黒字でびっしりと書かれた文書を示した。

「まず、ここに書かれている内容を読んでください。それで、了承されたら、タッチペンでサインをください」

「これは、何ですか。本当に全部、読むんですか」

訝《いぶか》しんで、私はiPadを手に取った。文書は二枚綴《つづ》りに、細かい字でびっしりと書かれている。

帯刀は、薄く笑った。

「あまり深く考えないでください。これは秘密保持契約書、NDAです。海外ドラマなんかで、見ませんか。要するに、ここで見聞きした出来事、見知った事柄などを外部に漏らさない誓約書です」

「秘密保持は、採用時の雇用契約に含まれているのでは」

「それは、あなたと我が社――ソラリスから警備業務を請け負っているグリーン・セキュリティー・サービスとの契約です。ここで働くには、改めて鹿島さんからソラリス社に誓約書を出してもらわないといけないんです」

「分かりました。読ませていただきます」

私は、眼の前の文書に見入った。細々《こまごま》とした事項が並べられている。私はソラリス社に対して守秘義務を負い、違反した場合、損害賠償を請求される。しかも、守秘義務は、ここを辞めても続くと定められている。

帯刀が痺《しび》れを切らしたふうに、私を急《せ》かした。

「考え込まないでください、記載事項は全て当たり前だから。まず、この建物の内外で一切、撮影してはならない。パソコンやタブレット、カメラ、USBメモリーなどの記憶媒体も持ち込んではならない。それと、ここでの仕事内容を外部に漏らしてはならない。たとえ家族でも、です」

「携帯電話は、どうなんです？　実は、病人がいて、急な連絡があるかもしれない」

帯刀は、少し苛《いら》ついたふうだった。歳の割に案外、せっかちで短気なのかもしれない。

「心配しないで。常識の範囲内で、上手《うま》く折り合いを付けていますから。とにかく、サインしてください」

「分かりました」

仕方なく、私は、自分が今後五年間にわたって賠償責任を負う書類に署名した。iPadを受け取ると、帯刀は鞄に仕舞った。

「NDAは、これでOK、と。じゃあ、始めます。早速ですが、このデータセンター――縮めて、サイトとも呼びますが――ここの正式名称は、実は〈グリーンフォレスト〉ではありません。これは、あくまでも表向きの名前です。ソラリス社は、ここをFEJP－HKD－Ⅶ、略してHKDⅦと呼んでいます」

「HKDって、函館という意味ですか」

「そうです。正確には、空港コードから取っています。なぜ、Ⅶなのかは分かりません。私たちも知らされてはいない。ただ、道南のデータセンターは全てＨＫＤが付されている」

何やら、アイドルグループの名を連想させて、おかしかった。だが、帯刀は真剣だった。

「もう一つ、ソラリス社は、Ｓ社と呼んでください。社名を秘匿するためです。ソラリス社の人間も『Ｓ社の何々ですが』って電話を掛けてきますよ」

「なるほど。じゃあ、我々は、自分たちを何と呼べばいいんですか」

私の皮肉は、通じなかった。帯刀は、大真面目に答えた。

「我が社は、略称のＧＳＳです。それと、勤務先はグリーンフォレスト防災センターのままで、よろしい」

「それは、よかった。略称は苦手でね」

私のちゃちゃに構わず、帯刀は鞄から、オレンジ色のＩＤカードを取り出した。

「鹿島さんのカードです。警備員なので、オレンジ色です。Ｓ社の社員は青、建設関係者や下請け業者《ベンダー》は緑です。他に、紫のカードもあります。これはＳ社の幹部、マネジャークラスの着けるカードです」

私は、自分のＩＤカードを受け取った。すでに、提出した履歴書の顔写真が取り込まれて、takekash と印刷されていた。

「この takekash って、私ですか」

「そうです。エイリアスと呼ばれる別名です。メールアドレスやIDアカウントも全て、このエイリアスで統一されています」

私はIDカードを眺めながら、takekash は〝タケカシュ〟と発音するのだろうかと思った。

「鹿島さん、データセンターの施設警備は初めてですね。通常、施設警備の主目的は、防犯と防火です。しかし、データセンターでは顧客情報保護、カスタマー・データ・プロテクションとなります。データセンターのサーバーからの、USBメモリーやSDカードなどの電子デバイスを使ったデータの物理的な持ち出しを阻止します。そのために、金属探知機や目視で、出入りする人の所持品や身体の検査を行います。また、データセンター内部を監視、警戒します。それが、我々の仕事です」

「そんなに重要な情報が、ここには置かれているのですか」

「正確には、HKDⅦと他のデータセンターとのネットワーク上にですが、その理解でも構いません。例えば、メールアドレスだって大量に持ち出せば、高く転売できる。ましてや、何らかのクライアントのメールアドレスや個人情報なら、喉《のど》から手が出るほど欲しい人がいます。ソラリス社のデータセンターでは、米国や日本などの各国政府や諸機関、内外の企業のデータが保管されているのです」

「顧客データが金銭的価値を持つとは知りませんでした。何しろ初めてですが、よろしくお願いします」

帯刀の指示で、その場で持参の制服に着替えた。制服はすでに、札幌での新任教育後に渡されていた。青のシャツに、黒のスラックス。足元は、黒の安全靴と指定されていた。加えて、オレンジ色の高視認性《ハイビジビリティー》ベストを着た。

「着替えが済んだら、内部を一通り案内します。具体的な仕事内容は、その場で説明します。今日は二人で勤務に就いてもらいますが、明日からは一人です。そのつもりで」

「分かりました。よろしく、お願いします」

私が着替え終わる寸前、帯刀の無線機がけたたましく、がなり立てた。

『ロビーからG1へ、地下一階のポッドで、異常事態が発生です』

帯刀の顔が不機嫌になる。眉間《みけん》に皺《しわ》を寄せて、無線機を取った。

「どういう異常事態か、説明してください」

『午前七時の巡回で、隊員がポッドに入ろうとしましたが、入れません』

「入れないって、どういう意味ですか」

『ポッドのドアが開かないそうです』

帯刀の顳顬《こめかみ》に、青い血管が太く浮き出ていた。

「開くまで、何度でも、試してみてください」

『何回やっても、ダメなんです。と申しますのは、ドアが――』

「無線での連絡は、簡潔に！　これから直接、ポッドに向かいます」

『了解です。現場に隊員がいます』

帯刀は無線を切ると、舌打ちをした。

「まったく、どいつもこいつも。無線機を何だと思っている」

「問題が発生したみたいですね」

「着任早々に申し訳ない。これも勉強です。付いてきてください」

帯刀は、私の返事を待たずに、慌ただしくドアを開けた。

「歩きながら、おおよその位置関係を摑んでください」

「分かりました」

帯刀は室外に出ると、足早に通路を歩いていった。私も急ぎ足で、帯刀の後を追った。

小部屋を出て、通路を急いだ。巨大な両開きの二枚扉《ドアーズ》が並んでいる。そのうちの一つのドアレバーを、帯刀は摑んだ。無施錠だった。帯刀が開けたドアを入ると、新たな通路があった。数メートル進むと、左手に唐突にエレベーターホールが出現した。

帯刀が、忙《せわ》しなく昇降ボタンを押す。

「ポッドとは、サーバーの入っている部屋です。日本語では、通信機械室と訳されます。広さは大教室ぐらい。ポッドには、サーバーが縦に十数台も積み重なったラックと呼ばれる棚が、何列も並べられています。ポッドの集まったフロアが、データホールです」

「ポッドの出入り口のドアが、異常を来《きた》しているんですね」

帯刀が、眼鏡を掛け直しながら、肯《うなず》いた。

「この建物の主要なドアには、全て米国ベクネル社のセキュリティーシステムが設置されています。さらにセキュリティーデータは人工知能、ＡＩの〈ＨＩＫＡＲＩ《ヒカリ》〉によって管理されています」

「では、万全のシステムですね」

「それが、そうでもない。実は、まだ建設途上なので、内部の監視カメラは稼働していない。セキュリティーシステムも〈ＨＩＫＡＲＩ〉も、不完全なんです」

エレベーターのケージが着いて、ブザー音と共に扉が開いた。

帯刀が先に乗って、Ｂ１のボタンを押す。後から乗った私は「ＣＬＯＳＥ」のボタンを押した。通常の貨物用エレベーターほどの大きさのケージが、唸《うな》りを上げて上昇してゆく。

七、八秒後、ケージが止まった。女声のアナウンスが流れる。
『地下一階です。扉が開きます』

エレベーターのドアが、ゆっくりと開いた。開き切るまで待ち切れずに、帯刀が早足で出てゆく。だが、決して走らない。

突き当たりを左に曲がり、開けっ放しの二枚扉を入った。体育館よりも広い、天井の高い空間が広がっていた。バレーボールなら、優に二コートは取れるだろう。天井高も六メートル近くある。その空間がデータホールと知れた。

そんな、だだっ広い長方形スペースの長辺に、片開きのドアが約十メートル間隔で二カ所、並んでいた。そのうち向かって左側のドアに、GSSの制服を着た男二人が立ち尽くしていた。

帯刀が、息せき切ってドアに赴いた。

「ドアが開かないって？　もう一度、試してみてくれ」

二人の男は顔を見合わせた。年上の中年男が、帯刀を見た。

「もう何度も試しましたがね、ドアが何かに閊《つか》えて、開かないんです。取り敢《あ》えず、S社のセキュリティーセンターに連絡して、ドアアラームの音だけは止めてもらっています。まあ、ご覧になってください」

言い終えるなり、中年男はドアレバーをガチャリと回して、押した。だが、ドアの向こうに障害物があるらしく、ドアは一センチほど奥へ開いたところで、止まってしまった。

「貸してみろ」

業を煮やした帯刀が、中年男を下がらせた。ドアレバーを回して押すが、何かに閊えて動かない。

「くそっ、お前たちも、力を貸せ。みんなで一緒に押してみるんだ」

中年男の相棒らしき細身の若者が、首を横に振った。

「ダメですよ、帯刀さん。無理に力を加えたら、ドアが壊れますって。このドア、一枚で百万円以上もするって、帯刀さんが教えてくれたんでしょうが。ぶっ壊して、ただじゃ済みませんよ」

中年男も、若者に加勢した。

「障害物は、さほど硬くない感触なんです。何か柔らかい物が邪魔しているのかもしれない。だから、無理しないほうがいい」

「くそっ、じゃあ、黙って突っ立ってろと」

帯刀の青筋は、太い饂飩《うどん》ほどにもなっていた。やむなく、私は助け舟を出した。

「では、他のドアから、内部に入ってみては、いかがです?」

二人組の男は黙ったまま、振り向いた。中年男が、不思議そうに私の制服に目を向けた。

「あんたは？　もしかして、本社の人」

帯刀が、私より早く問いを引き取った。

「違う。今日から入った鹿島さんだ」

「ああ、あんたが――」

中年男は、ようやく私の存在を理解したふうだった。若者が、私を鋭く見た。眼に少し険があった。

「アホくさい。他のドアは工事中で、封鎖してるっしょ」

「封鎖されていても、ドアが設置されている以上、入れるんじゃないかな。何なら、ドアごと外したっていい」

若者は、小馬鹿にしたふうに、両手を上げてみせた。

「だから今、元請けの昭和電建《しょうわでんけん》の到着を待ってるんだって。昭和電建は、七時半にならないと来ない。それまで、立哨《りつしょう》してるしかねえ」

「そうかな。ちょっと、いいか」

私は二人組と帯刀を下がらせて、ドアレバーを掴んで、押し下げた。そのまま、ドアを押す。

だが、ドア向こうにある〝異物〟が邪魔になって、ドアが開かない。何回か押したり引いたりしたが、無駄だった。

中年男の話した通り、ドアの障害物はさほど硬くない感触だった。さりとて、柔らかくもない。

強引に押し開ければ、開かぬでもない。だが、二人の主張通り、ドアか、ドア向こうの〝異物〟を破壊してしまいそうだった。

こんな時、どうするか——。私は、イラクにいた頃の記憶を、頭の中で手繰り寄せた。

耳を、ドアの隙間《すきま》に当てた。ブーンというサーバーのファンの音しかしない。この建物に入ってから常に聞こえる重低音だった。

「中には、誰もいないって」

突っかかる若者を、私は手で制した。

『ジョー、匂いを大切にしろよ』

フロントライン社の教官に、何度も叩《たた》き込まれたっけ。

『いいか、ジョー、犬には及ばないが、人間の嗅覚《きゅうかく》も、それほどバカにしたもんじゃない。どんな部屋にも、その部屋独特の匂いがある。建材、塗料、黴《かび》、埃、住人の体臭、息、汗、化粧品、食べ物——それらが、ないまぜとなって、その部屋の匂いを作り出している』

私は、鼻先をドアの隙間に近付けた。

『ジョー、部屋に潜んでいるテロリストは、ドア陰には立っていない。部屋の奥で屈《かが》んで、じっと息を殺している。映画みたいに、勢いよくドアを開けるなよ。まず、部屋の匂いを嗅《か》ぐんだ』

ゆっくりと、息を鼻から吸う。聞き覚えのあるマンディの少し掠れた声。

『教官から教わったの。テロリストは、独特の臭いがするって。知らず知らずに、漏らしちゃってるのよ。ブービートラップには、微かな薬品臭と火薬臭。部屋に飛び込む前に、まず匂いを嗅いで』

息を止めて、鼻腔《びこう》に空気を溜《た》めた。嗅覚に集中する。

思わず、眼を見開いた。嗅上皮《きゅうじょうひ》の嗅覚受容体に到達した匂い物質は瞬時に、大脳の扁《へん》桃体《とうたい》、視床下部を通り、私の海馬《かいば》に嵐を引き起こした。

匂いが記憶を喚起するプルースト効果。イラクにいた頃の記憶が一気に甦《よみがえ》る。

むっとする臭いの混合体が、押し寄せてくる。市場《スーク》の精肉店、解体中の肉の臭い。わずかに金臭くて、甘い血液の臭い。その中に、微かに混じるアンモニア臭と腐臭。九年前まで散々、嗅がされた臭いだ。

私は、後ろを振り向いた。帯刀たちの不安な顔があった。

「元請けの他に、警察も呼んでくれ。どうやら、内部に死体がある」

ぼとっ。凍り付いた帯刀が、無線機を落とした。中年男は呆《ほう》けたまま、突っ立っている。若者だけは慌てて懐からスマホを取り出して、覚束《おぼつか》ない手つきで緊急通話を掛け始めた。

3

ＨＫＤⅦに、サイレンを鳴らして次々と緊急車輛がやってきた。一番乗りは道警函館方面本部機動捜査係の捜査員二人、次いで機動鑑識班と森署の駒ケ岳駐在だった。

　捜査員たちは、GSSの警備員に案内されてポッド入り口前に来た。機動鑑識班員たちがいくら試しても、ドアは開かなかった。大声の呼び掛けにも返事はない。

　私の話通りに、ドアの隙間から濃厚な血の臭いを嗅ぐと、捜査員たちの表情は一変し、検視官への連絡を取った。

　その頃には、騒ぎを聞き付けて、昭和電建のライトブルーの作業服の人間たちが集まっていた。少し遅れて、初老の黒縁眼鏡を掛けた痩身《そうしん》の男が居丈高に現れた。

「おい、いったい、何の騒ぎだ」

　帯刀が、珍しく低姿勢で男に近付いた。

「仙堂《せんどう》さん、実は、ポッド内でトラブルが発生しまして」

「何だ、トラブルって。工事以外は、あんたらの管轄だろう」

　横柄な仙堂に対し、帯刀はあくまでも低姿勢だった。

「確かに、その通りですが――ポッド入り口のドアが開かないんです。昭和電建さんで、開けてもらえませんか。内部に、極めて〝不審な物体〟が存在しているんです。警察からも要請されています」

「不審物って――まあ、仕方ない、お客様に連絡してみる」

仙堂は振り向いて、遠巻きにしている昭和電建の人間に怒鳴った。

「沢瀬《さわせ》、おいっ、沢瀬はいないのか。呼んでこい」

人垣から、作業服にヘルメットの若い女性が進み出た。

「仙堂さん、あらましは聞きました。お客様に、鍵開けの承諾をいただくんですね」

横柄な態度が一変して、仙堂は鷹揚《おうよう》に肯いた。

「警察までが来る騒ぎになっていると、伝えろ。それと、お客様の承諾とは別に、鍵開けの用意をしろ」

「分かりました。私から、黒須《くろす》さんにお伝えしておきますね」

沢瀬は、小走りに人垣の外へと消えた。私は、帯刀の肘《ひじ》を突《つつ》いた。

「元請けの昭和電建の人たちですか」

帯刀が、周囲を憚《はばか》って小声で返した。

「そうです。この現場の現地作業所の副所長の仙堂康博《やすひろ》さん、それに現場監督の沢瀬杏実《あずみ》さんです」

「黒須さんって、誰です？」

「もう一人いる副所長です。仙堂さんは建物担当、黒須晃《あきら》さんは機械担当です。しかし、所長は札幌の本社にいるので、仙堂さんと黒須さんが、この現場の実質トップです」

となると、杏実はナンバー3になるのだろうか。まだ若いのに、切れ者の印象を漂わせていた。

「お客様とは、施工主のS社ですよね。この現場の鍵は、昭和電建が預かっているのですか」

「まだ建物が引き渡しになっていないので、鍵類は昭和電建さんが管理しています。ですが、鍵の収められた金庫は作業所内のロッカーにあります。金庫の鍵は黒須さん、ロッカーの鍵は仙堂さん持ちで、二人が揃わないと沢瀬さんでも持ち出せません」

私は、この事実をしっかりと頭に叩き込んだ。つまり、作業所内の鍵は単独では誰も持ち出せない。

「作業所は、どこにあるんですか」

「この建物の三階です。作業所という名前でも、実際はフロア内を天井まで届くパーティションで区切った〝部屋〟ですよ。もちろん、GSSが巡回で常に警備しています。泥棒なんかは、入れませんよ」

帯刀の口ぶりがすでに言い訳めいていて、おかしかった。そんな帯刀に、先ほどの中年男が困ったふうに話しかけた。

「帯刀さん、もうすぐ日勤との交代です。それと、ルーティンの通常業務も始まっちゃうんで、人繰りはどうしますか」

「そうだ、夜勤と日勤の交代をしなければならなかった――」

今更ながら、帯刀は考え込む顔になり、中年男を呼んだ。

「三宅《みやけ》さん、先に戻って、伝えてください。引き継ぎは通常通りに行います。ポジション配置も、通常通りで」

「では、帯刀さんの代わりに引き継ぎをやって、みんなに伝えておきます。その後、私と笠原《かさはら》さんは上がっていいですか」

「一応、定時上がりでいいですよ。だけど、緊急呼び出しに備えて、自宅にいてください。それと――」

帯刀は、私に向き直った。

「鹿島さん、申し訳ないが非常事態なので、ここで当分、立哨に就いてください」

「分かりました。立哨って、具体的には何をすればいいんですか」

「警察や救急と、昭和電建さんの見守りをお願いします。何かあったら、無線で呼んでください。鹿島さんのコールサインは、G９にします。無線で呼ばれたら、返事をしてください。警備本部のコールサインは、ロビーです。分かりますよね」

「分かりました。交信は、必ずコールサインで行います」

答えながらも、コールサインは万国共通だなと思った。本部はロビー、護衛《ガード》はそれぞれGに数字だ。

「悪いけれど、交代はしばらく出せません。トイレや水分補給なんかは、隙を見て自分のタイミングで済ませてください。何か、質問は？」

「自分の荷物は、どうしますか」

「今日は、そのまま近くに置いてもいいです。貴重品だけ、身に着けていてください。あと、携帯電話だけはポッド内に持ち込まないように」

「携帯電話って——警察や救急の人たちは、どうするんですか」

帯刀は、知らんというふうに両肩を竦《すく》めてみせた。

「とにかく、我々だけでも、ここのルールを守ってください」

「それなら、分かりました」

帯刀は、三宅と若い男の笠原を引き連れて、エレベーターに向かっていった。

帯刀と入れ違いに、杏実がポッド前に戻ってきた。パイプ椅子を持った若手所員らを引き連れている。

「仙堂さん、米シリコンバレーのS社本社と連絡がつきまして、解錠の許可が出ました。警察の要請があれば、物理鍵を使って、ポッド内に立ち入ってもよいとの返答です」

仙堂は、勧められた椅子を見向きもせず、杏実に指示を出した。

「よし、それなら早速、ポッドドアを開けよう」

「それは困ります。少し、お待ちください」

「何だって。沢瀬、お前、どうしたんだ」

杏実は困り顔で、仙堂の詰問に応じた。

「それがその――私もよく分からないんですが、立ち入り要請は、お客様の認めた警察官に限って可能です。一般の警察官では、不可です。それが、アメリカ本社のお客様の意向です」

さすがの仙堂も、呆気《あっけ》に取られていた。

「おい、沢瀬。お前、自分が何を話しているのか、分かってるのか。もう一度、俺にも分かるように説明しろ」

「ちゃんと分かっています。要するに、アメリカ本社のお客様が指定した日本の警察官に限り、ポッド内の捜索を許可すると話しています」

仙堂が憤って、吐き捨てた。

「バカな！　ここは、日本だぞ。日本の警察が、何でアメリカのS社の指示で動かなきゃならんのだ」

「仰《おっしゃ》る通りです。だから、私も疑問に思って、道警本部の警務課当直に問い合わせてみたんです。そしたら、応対した警務課員が『S社の指示通りにしてください』って。それと、間もなく、S社の指定した警察官が到着するから、解錠はそれまで待ってくれ、と。現場は、厳重に封鎖してほしい旨を、要請されました」

「何てこった。この国は、もう終わりだわ。これだから、俺は外資の工事は気が進まなかったんだ」

仙堂は疲れ切ったふうに、よろよろとパイプ椅子に腰を下ろした。

杏実がフォローするそぶりで、仙堂に声を掛けた。

「黒須さんは、休暇を取りやめて、間もなく来られます。鍵開けの準備は、それで整います」

「何だか、もう疲れたな。これで丸一日、ロスだ。とにかく、今日の朝礼は中止、下請けは一次社を除いて、詰め所待機にしてもらってくれ。昼礼も午後の職長会も中止にする」

「分かりました。外構工事の北海道電力さんは除いて、他はストップしておきます」

私は仙堂と杏実のやり取りの要点をメモして、もらったパイプ椅子に腰掛けた。

ふと気になってスマホを見たら、可菜からメールが届いていた。

『今日は、何だか体調が優れないので、仕事は休みます。丈さんは、お仕事を頑張ってね』

すぐに、返信を打った。

『大丈夫？　病院で診てもらったら』

少しして、可菜から『そうする』とだけ返信があった。本当なら付き添ってあげたいが、この状況では、身動きが取れない。

八時近くになって、動きがあった。サイレンの音で一階エントランスにまで上がってみると、今まさに続々と警察車輛がゲートから入ってくるところだった。

だが、不思議にも、引き揚げてゆくパトカーも何台かあった。怪訝《けげん》に思っていると、ヘリコプターの爆音が聞こえてきた。

杏実の指示で、昭和電建の所員が誘導に飛び出してゆく。やがて広大な駐車場の真ん中に、ヘリコプターが着陸した。ドアが開き、中から数人の男たちが転がり出てきた。男たちはローターの風に髪を吹き乱され、腰を屈《かが》めて走ってきた。

杏実が早速、走って迎えにいった。杏実の案内でやってきた男たちを見て、私は愕然《がくぜん》とした。

男たちの中に道警本部警備部の警部、大嶽英次《おおたけえいじ》の端正な顔があった。私と北海道警察学校の同期のやり手で、無任所課長だが、今やノンキャリア組の現場トップだ。

早い話、道警のスパイマスターで、警備部は大嶽で持つ。警備部最大の派閥、大嶽組の領袖《りょうしゅう》でもある。まるで極道みたいだが実際、組事務所もウラ事務所もある。ススキノで高級クラブのケツ持ちをしているが、本当は大嶽が影のオーナーだとも噂されている。真偽は、永遠に分からないだろう。

よもや、こんな所で会うとは、夢にも思わなかった。この土地で、可菜との新生活を始めたタイミングで、最も会いたくない男だった。

私は、そっと人影に隠れた。だが今、気付かれなかったにしても、大嶽は必ず私の存在に辿《たど》り着く。時間の問題でしかなかった。

同時に、疑問の数々が心で渦巻く。まさか、S社の指定する警察官が大嶽だったとは。どうして変死事案の現場に、大嶽が立つ？

改めて見ると、私服の男たちの雰囲気や風采《ふうさい》が一種独特の異彩を放っていると気付く。七三に分けられた髪形、紺のスーツに紺のネクタイ、二枚目の大嶽を除いて影法師みたいに薄い存在感――警備部の人間だった。警備部の人間が、なぜ、ここにいる？

気付くと、機動捜査係の捜査員と私服の男たち――おそらくは、森署の刑事課員らが引き揚げてゆく。男たちは、不満と警備部への嫌悪を隠さなかった。大声で疲れたとぼやきながら、車に乗り込んだ。入れ代わりに、灰色の大型バスが現れ、紺色の出動服の機動隊員たちを吐き出した。

ＨＫＤⅦは、警備部によって完全に封鎖された。

4

再び帯刀がポッド前に現れ、仙堂と杏実に駆け寄った。

「ソラリス本社のセキュリティーセンターに連絡して、セキュリティーシステムからポッド入り口のドア四カ所のアラームを解除してもらいました。以後、物理鍵を使った入室が可能です」

仙堂がパイプ椅子から腰を上げた。

「沢瀬、黒須さんと二人で物理鍵を持ってくる。その間に、入室の準備を進めておいてくれ」

「分かりました。東から西にある四つのドアのうち、問題のＤ２０２に近いＤ２０３から入りたいと思いますが、よろしいですか」

「妥当だろう。警察やＧＳＳからも、了承を取っておいてくれ」

「では、物理鍵はＤ２０３に、お持ちください」

杏実が説明するよりも早く、大嶽ら捜査陣は、杏実と仙堂のやり取りを窺《うかが》っていた。

一瞬、大嶽の視線を感じたが、それだけだった。大嶽は何も気付かなかったふうに、方面本部の五十嵐の検視官に話しかけていた。

「いつもと勝手が違うでしょうが、よろしくお願いします。間もなく、臨場できます」

「場所が場所だから、いつにも増して慎重に見なければならん」

「わが国にとって由々しき事案ですので、警備部で現場を預かっております。刑事部とは部署が違っても、基本は同じです。必要あれば、何でもお申し付けください」

帯刀が、私の肘《ひじ》を突《つつ》いた。

「今の話を聞いたでしょう。解錠はD203の見込みです。私たちはD203に先回りして、所持品検査の準備をする」

私は驚いて、帯刀の顔を、まじまじと見た。

「この緊急時でも、所持品検査をするんですか」

「当然です。警察官は除いて、昭和電建や下請け業者、ウチの人間は全員、所持品検査をしなければ、ポッド内には入れない。捜索が始まってからでは、遅い。今のうちに準備を始めましょう」

「分かりました」

帯刀は、クリップボードと携帯型の金属探知機を摑《つか》んだ。

D203の前には、捜査員と昭和電建の人間が立っていた。帯刀が声を上げた。

「警察以外で、ポッド内に入室予定の方は、こちらにお並びください。予《あらかじ》め金属探知検査を済ませておいてください」

作業服の男たちが、列を作った。私はクリップボードを持って回り、男たちに氏名と所属を記入してもらう。

帯刀は、男たちを一人ひとり立たせて、金属探知機を掛けている。細かい手順は違うが、イラクでやっていた検査とほぼ同じだった。

突然、杏実が私の前に立った。

「たった今、鍵が届きました。鍵開け任務がありますので、最優先の特急で、金探検査をお願いします」

「分かりました。昭和電建の沢瀬杏実さんですね。さんずいの沢、瀬戸内の瀬、杏《あんず》、果実の実《じつ》で、よろしいですか」

杏実は、驚いたふうに私を見た。

「いつの間に？　いえ、そんな文字説明の方法もあるんですね。それでＯＫです」

「では、こちらにお立ちください」

杏実は、その場で腕を水平に広げて立った。私は、後ろの帯刀に向かって声を掛けた。

「帯刀さん、特急の検査です。金探棒をお借りします」

「じゃあ、そっちで頼む」

私は、金属探知機のスイッチを入れて、自分の腕時計に近付けた。

ピュウ――

携帯型の金属探知機、通称・金探棒が鋭く、甲高く鳴った。イラクでも使った、イタリアのセイア社製の金属探知機ＰＤ２４０だ。世界最高クラスの性能だが、一台二十万円以上もする。加えて、過剰感知も多い。

杏実の左腕、右腕の上下をスキャンする。続いて前後の体幹、左右の脚。さすがに慣れているのか、杏実は金属探知機を鳴らす製品は一切、身に着けていなかった。

杏実はトレーに置いた鍵を持って、ポッドのＤ２０３前に立った。大嶽ら捜査員が、周りを囲む。捜査員らは、すでに白手袋と透明プラスチックの靴カバーを着けている。

慌てて周りを見ると、帯刀が青のニトリル手袋と靴カバーを渡してくれた。靴カバーの上部のゴムを伸ばして、安全靴の上から着けた。

杏実が一応、ドアをノックした。鍵穴に鍵を差し込み、回した。カチリと音がして、錠が外れた。

そのまま、杏実はドアを押し開けた。ドアにストッパーを嚙《か》ませる。杏実を押しのけて、鑑識の制服を着た人間たちが、ポッド内に入ってゆく。次いで、検視官を先頭にした大嶽ら警備部の捜査員らが続く。

帯刀に促されて、私も捜査員らに続いた。どうやら、私はソラリス社側の立会人の役割を負わされたらしい。

ブーンというサーバーのファンの音が押し寄せてくる。それよりも大きく、空調の音が谺《こだま》する。室内は、寒いぐらいに冷房が効いていた。

先頭のほうから、杏実の抑えた叫びが聞こえた。

「男の人が倒れています。血が――」

鑑識の怒声がした。

「どけ、鑑識の撮影が最優先だ。他の者は下がって」

背広組がやや下がり、制服の鑑識課員たちが忙《せわ》しく動き回った。

真っ先に男を改めていた検視官が、大嶽に向かって首を横に振った。

大嶽が周囲に聞こえるふうに独り言を漏らした。

「これで、変死確定か――」

検視官が立ち上がり、大嶽に声を掛けた。

「大嶽課長、救急には、帰ってもらいなさい」

「すぐに、伝えます」

答えると、大嶽は捜査員に顎《あご》をしゃくった。捜査員は少し離れて、無線機に短く吹き込んだ。

変死には違いないが、まだ事件と確定してはいない。

変死体の様子を見ようと、私は人の輪の前列に出ようとした。紺の背広の男が、私の腕を摑んだ。

「邪魔だ。部外者は、下がれ」

私は、男の腕を振りほどこうとした。

「部外者ではありません。むしろ、当事者ですが」

睨《にら》み付ける男の背後から、大嶽の声が掛かった。

「いや、その人はいい、ほっておけ。ソラリス社側の立会人だろう」

見られてしまった。見つけられていた。大嶽の鋭い視線が、私を射抜いていた。なぜか、心臓がキュッと縮んだ。だが、大嶽は平然としていた。心の内を読ませない。

思いがけない命令に、男は不機嫌に私の腕を放した。私は大嶽に会釈だけして、人の輪の先頭に出た。

異様な光景だった。男が一人、仰向けに倒れていた。男の鳩尾《みぞおち》には、真っ黒い棒状の物体が突き立っていた。棒は、突き出た部分だけで三十センチぐらいあった。男の身体の周りには、血溜《ちだ》まりが広がり、赤黒く凝固しかけていた。

検視官は、被害者に突き立った黒い棒の長さをメジャーで測っている。

「これは――」

大嶽が絶句した。

検視官がノートに書き付けながら、大嶽に伝えた。

「カーボン製の矢だな。ざっと見たところ、洋式の矢。クロスボウで撃たれたんだろう。この手のホトケは、初めて見た」

「自分も初めてです」

大嶽が呻《うめ》くように答えた。

「――となると、場所柄から自殺とは考えにくい」

検視官は、答えなかった。代わりに、大嶽の近くにいた私が低く答えた。

「何かが刺さった死体は山ほど見たが、これほどはっきりしたケースは初めてだ」

大嶽は、鋭い一瞥《いちべつ》をくれた。

「マル害に、見覚えはあるか」

「いや、ない。実は、今日が勤務初日なんだ」

「そうか。俺も、お前を見て驚いた」

コンクリートの床に倒れている男は、明らかに白人、コーカソイドの特徴があった。

不意に、大嶽が杏実を呼んだ。

「昭和電建さん、男に見覚えはありますか」

杏実は気丈にも、しっかりと答えた。

「あれは、ルメイさんです。お客様――ソラリス社のデータセンターのファシリティーマネジャーです」

「もう一度、しっかり見てください。死んだ人間は表情が変わって、分からなくなるものです」

「間違いありません。着ている服にも、見覚えがあります」

杏実の指すルメイは、黒のTシャツにジーンズを穿《は》いていた。

苦悶《くもん》の表情を留《とど》めたまま、ルメイは口を開けて、宙を睨んでいた。

大嶽が、杏実に向き直った。

「ご覧の通り、殺人事件の可能性が高まりました。関係者全員の無許可退出禁止を通達してください。それと指揮本部を置き、漸次《ぜんじ》、関係者の聴取を行いますので、部屋の確保をお願いします」

「分かりました。会議室と多目的室が大小八部屋ありますので、ご用意します。他には?」

「外部との連絡を、取らないでください。電話やメール、SNSなどの発信は控えてください。下請けや出入り業者も同様です」

「では、全員の携帯電話を一時預かりとします」

大嶽は「よろしくお願いします」と、頭を下げた。次いで、私を見た。

「警備の責任者を、連れて来てください。警備の人たちも同様に、外部との連絡は禁止です」

「分かりました。責任者の帯刀を今、連れて参ります。全員の携帯電話も一時預かりします」

「お願いします。それと――」

大嶽は、わざとらしく、私のIDカードを見た。

「鹿島さんですか。あなたにはいろいろ伺いたいので、後ほどお呼びします」

「私なんかで、お役に立てますか」

平静を装って答えたが、私は内心で舌打ちした。こうなると、予想はできていた。今までの経緯から、大嶽は盛大に私から〝貸し〟を取り立てるつもりに違いなかった。

大嶽は私に答えず、視線をルメイの死体に戻した。

帯刀を呼びにポッドの外へ一度、出た。帯刀はD203の前にコーンと虎バーを置き、立哨していた。

大嶽が呼んでいる旨を伝えると、帯刀は私に立哨を命じた。

「ドアのセキュリティーシステムを止めているので、人間が必ずチェックをしてください。中に入る人間、出る人間は、必ず持ち物と身体を金属探知機で調べて。とりわけ、USBメモリーなどの記憶媒体は、厳重に警戒してください」

「データの持ち出し防止ですね。何かあったら、無線連絡します」

「スマホも厳重チェックです。万一、持って入ったらリセットして、データを全て破壊しなければなりません。持ち主のためにも、うっかり持って入らせないように、お願いします」

言い置くと、帯刀は、自分に金探検査をするように命じた。さっき、私はつい省略してしまったが本来、ポッド内に入るには必ず金探検査を受けなければならないのだろう。

検査を終えると、帯刀は無線機を持ってポッド内に入っていった。ドア前に、私だけが残された。

開け放しのドアから、帯刀が大嶽に頭を下げる姿が見えた。その光景を見ていて、何やら不思議な感慨に囚《とら》われた。

5

かつて私と大嶽は北海道警察学校の同じ教場で、新任教育訓練を受けた同期だった。それが今は、片や道警警備部のエース、片やしがない新入り警備員だ。帯刀は、私と大嶽が警察官として同じスタートを切っていたと知れば驚くだろう。

だが、十八年前、私と大嶽は同じ新任の巡査だった。昔から、大嶽は端正な二枚目で、上司に好かれた。見栄えのする男だった。

当時、大嶽は刑事を目指していた。いつか、捜査一課に配属されたいと夢を語っていた。

一方、私は要人の警護に当たるSPに憧《あこが》れていた。自分には適性があると信じ、自分の能力を最大限に生かす仕事は警備部だと思っていた。

大嶽は自らの意思とは裏腹に、所轄署から警備部に引き上げられた。警備部とは、警察官にとって主流のエリートコースだ。

私のほうは警察学校にいた時点で、警察組織に幻滅を覚えていた。警察官は、カッコいいヒーローなんかではなかった。警察組織とは妬《ねた》みと密告、相互監視と点取り主義、出世欲とマウント取りの渦巻くカオスだった。

早々に警察を辞めた私は、亡き両親の遺《のこ》してくれた金で米サンフランシスコに留学した。最初は、短期の語学留学のつもりだった。だが、一年ほど滞在していたとき、民間軍事会社のフロントライン社を人づてに知った。

これだと思った。日本人の私にも、容易に就労できる。給料は、比較的高い。仕事は中東やアフリカの紛争地帯での警備で、刺激に満ちている——当時は、そう能天気に考えた。

しかし、私がフロントライン社で六年間、働いて得られた〝報酬〟は、眼の前で起きた対戦車手榴弾《しゅりゅうだん》の自爆テロで、守るべき子どもたちと恋人を失っただけだった。

心身共に傷付いて帰国した私は故郷の弘前ではなく、札幌に居を定めた。しかし、私にできる仕事は、警備員ぐらいしかなかった。地場の警備会社に雇われ、ビルの建設現場の警備員になった。

建設現場の仕事は朝が早く、身体がきつい。昼食後の居眠りを許してくれる近くのカフェを見つけて、通い詰めた。その店の雇われチーフが、可菜だった。

二年前の暮れだった。午後八時までの勤務を終えて、私は建設現場近くの駐車場に駐《と》めた車に行く途中だった。

カフェに近い裏通りの暗がりで、争っている男女の声がした。両隣とも、学習塾や美容院の入った雑居ビルで、夜は人通りが少なかった。

薄暗い街灯に眼を凝らすと、柄の悪い男三人に囲まれている可菜を見つけた。見るからに、可菜は脅されていた。

考えるともなしに、可菜に声を掛けていた。

「大丈夫ですか。何か、お困りの様子ですが」

三人組のうち、頭を剃《そ》り上げた男が、私に三白眼を向けてきた。

「何だ、テメーは。関係ねえだろうが。失《う》せろ」

可菜は、縋《すが》り付く眼で私を見た。私は、腹を決めた。

「そちらの女性とは、顔見知りの者です。どうも、あなた方を嫌がっているみたいだ。いいかげん、解放してあげたら、どうです？」

派手な柄のニットを着た男が、脅し付けてきた。

「関係ねえって、言ってんだろうが」

私は男たちを無視して、可菜に近寄った。

「行きましょう。そこまで、送りますよ」

剃り頭の男が私の左隣に並んで立ち、左肩を右腕で摑《つか》んできた。

「なあ、アンちゃん、向こうに行って、話をしようか」

「やめてください」

言葉とは裏腹に、心の中でほくそ笑んだ。向こうから先に、手を出させたかった。

私は左腕を前方から後方に向かって大きく回し、剃り頭の右腕を絡めた。そのまま左腕を持ち上げて、相手の肘を捻《ひね》ってやる。剃り頭は悲鳴を上げて、尻《しり》もちをついた。案の定、口ほどにもない奴らだった。過剰防衛にならぬよう、手心は加えてある。

「警察を呼びますよ」

私は、連中に警告を発した。

その時だった。ずっと黙っていた年嵩《としかさ》の男が、声を立てて笑った。

「警察を呼んだら、そっちが困るんだろうが。アンちゃん、何か勘違いしてねえか。この女は、俺たちの仲間よ」

「まさか、嘘つけ」

「嘘じゃねえ。この女が借りた金を返さないから、叱り付けていた」

私は、可菜を見た。だが、可菜は眼を伏せるだけだった。年嵩の男は勝ち誇ったふうだった。

「分かったか。分かったなら、消えな」

「そうはいくか。あんたの話が本当かどうか、確かめさせてもらう」

私はスマホを取り出して、一一〇番に掛け始めた。それを見ると、男たちは急に勢いを失って、そそくさと立ち去っていった。

ワンコールで、総合指令が出た。男たちの姿は消えていた。私は揉《も》め事の声と勘違いした旨を告げて、謝った。通話が切れた後、可菜を見やった。

「あいつらは、あんたの自宅を知っているのか」

可菜は、おずおずと声を発した。

「知っています。たぶん、家に向かったんだと思います」

「あんたは一人暮らしなのか？」

「同居している家族はいません。両親は、川崎に住んでいます」

「それなら、自宅に戻らないほうがいいな」

可菜は、何も答えなかった。やむなく、私は助け舟を出してやった。

「じゃあ、俺んちに避難するといい」

「すみません。ほんの少しだけ、お願いします」

私は可菜を連れて、裏通りを出た。

駐車場に駐めていた車に乗せて、可菜をマンションに連れ帰った。

正直に打ち明けると、多少の下心はあった。可菜が休日の前夜に酒でも付き合ってくれたら、嬉《うれ》しかった。それに男と女だから、何があっても不思議ではない。

そんな思いとは裏腹に車中で、可菜は青白い顔で「具合が悪い」と漏らした。男たちに脅された精神的ショックだろうと思ったら、違った。

マンションに着く頃には、可菜は悪寒で震え始めた。額に手を当てると、ひどく熱かった。私の部屋に上がっても起きていられず、畳の上に直《じか》に横たわった。

明らかに、インフルエンザの急性症状だった。時刻は、午後九時を過ぎていた。

私は決心して、職場の人間がよくかかる総合病院に電話した。救急外来で対応してくれると聞き、可菜を連れて行った。幸い、可菜は国保の保険証を持っていた。検査を受けたら、やはりインフルエンザだった。吸入薬のリレンザをもらい、後日精算の預かり金を払って病院を出た。

途中のコンビニで、スポーツ飲料やゼリーなどの栄養食品を買った。可菜を自宅に連れ帰って、私のベッドに寝かせた。上から毛布と蒲団《ふとん》を二重に掛けてあげた。

フロントライン社にいた頃、同僚がよくインフルエンザに罹《かか》った。病院も薬局もない紛争地帯。仲間同士で助け合うしかなかった。

その時、何かに罹患《りかん》しても結局、自然治癒を待つしかないと学んだ。免疫系がウイルスと闘っているときに、身体の熱を冷やしてはならない。無理に食べても、栄養は病原体にも行き渡るから、却《かえ》って逆効果だ。

私は家飲みを中止して、可菜の看病をした。トイレには身体を起こしてやり、喉が渇いたと聞くと、水分を摂《と》らせた。

結局、可菜は二泊した。三日目にはどうにか起き上がれるようになったが、店は休ませた。だが、私は仕事で、早朝から可菜を残して出かけた。夜に帰宅すると、可菜は書き置きを残して消えていた。

それきりにすべきだったのかもしれない。だが、できなかった。病院で申込書に記入したときに書き写した免許証の住所を頼りに、可菜の自宅を訪ねてみた。

南区の古いアパートだった。二階建てで、鉄階段が付いていた。二階の角が、可菜の部屋だった。部屋の窓に、明かりが灯《とも》っていた。

そのまま帰ろうとしたとき、男の怒声が聞こえた。大きな、何かが倒れた音がした。音は、可菜の部屋からした。私は、鉄階段を上っていった。

不意に、可菜の部屋のドアが開き、長髪の若い男が出てきた。手に、剝《む》き出しの紙幣を持っていた。男は、鉢合わせしそうになった私を鋭く見た。

「何？　何か用？」

「物音がしたんで、見に来た」

「関係ねえだろ」

男は、私の脇をすり抜けようとした。私は身体を入れて、男の進路を遮った。

「可菜さんは、中にいるのか」

「は？　テメー、何なんだよ」

男の眼は、怒りに滾《たぎ》っていた。私は、男を室内に押し戻した。

「この三日間、可菜さんの看病をした者だ。病人の様子を見に来たら、このありさまだ」

「何だと、テメー、調子こきやがって」

可菜は、玄関を入ってすぐのダイニングキッチンに座り込んでいた。ぼんやりと見上げた眼の周りは、鮮やかな赤になっていた。

「女に手を上げるなんて、最低のくそ野郎、人間のクズだな」

「イキってんのか、この野郎、張っ倒すぞ」

私は男を無視して、可菜の前に屈《かが》んだ。

「大丈夫ですか。けがはありませんか」

「大丈夫です――」

「あのお金は、あなたのものですか」

「私のお金です――」

私は可菜の両手を取って、立たせた。

「お金は、あの男にあげたのですか」

「いいえ、あげていません」

私が振り向くよりも早く、男は居丈高に可菜に摑《つか》みかかろうとした。

「うるせえな、このくそアマ、人を舐《な》めやがって」

「危ないっ！　乱暴はやめてください」

口とは裏腹に、私は素早く男の背後に回り込むと、男の左手首を摑んだ。そのまま背後にねじ上げ、関節を外した。

口ほどもなく、男は悲鳴を上げた。

「やめろ、放せ」

私は、男の左腕を放してやった。次いで、左腕を男の首に巻き付けて、自分の右腕を摑んだ。右腕で男の後頸部《こうけいぶ》を思い切り圧迫する。

「暴力はやめてください。けがしますよ」

数十秒で、男は気絶した。このまま、ダメ男を神の元に帰したい誘惑に駆られたが、やめておく。

男の革コートのポケットから紙幣を取り戻し、可菜の手を引っ張った。

「ここを出よう。後始末は、俺が何とかする」

「すみません。私、どうしても――」

可菜を促して、必要最小限の荷物を纏《まと》めさせた。男はアパート前の路上に放り出した。

自宅マンションに可菜を連れ帰り、簡単な傷の手当てをした。

「けがが治らないうちに、いっそ警察に被害届を出す手もあるぞ」

私が水を向けても、可菜は首を縦に振らなかった。

「大したけがじゃありません。大ごとには、しないでください」

「しかし、あの男は、またやって来る可能性がある。可菜さんは、いい金蔓《かねづる》にされているんだ」

「私が大したお金を持ってないって、あの人も知っています。だから、当分は来ないと思います」

私は、可菜の瞳をじっと見つめた。

「あの人か――」

可菜は改めて気付いたふうに、そっと眼を伏せた。

「別に、特別な人じゃないんです。昔から、付き合っているだけで。彼――奥江《おくえ》だって、もう私を恋人だとも、何とも思っちゃいないでしょう。でも、一種の腐れ縁で――」

「なぜ、あんな奴と付き合っているんだ」

可菜は、奥江季水《としみ》との馴《な》れ初めを縷々《るる》、話し始めた。

＊

可菜は、道南の七飯町の出身だった。函館市内の高校を出た後、札幌の専門学校に進んだ。元々、写真が好きな可菜は、映像の仕事に就きたいと夢見ていた。

その頃、撮影のバイト先で、奥江と知り合った。奥江は学生ながら、新聞社の写真部でアルバイトとして働いていた。二人は、すぐに恋仲になった。

最初は優しかったのだと、可菜は振り返った。奥江のアパートに通い同棲《どうせい》し、時には二人で旅行もした。費用は全て、奥江が出した。

転機は、大学四年になった奥江が新聞社の写真記者採用試験に落ちてからだった。就職浪人をして臨んだ翌年も、奥江は落とされた。卒業後、アルバイトで糊口《ここう》を凌《しの》いだが、奥江は荒《すさ》む一方だった。

いつからか、奥江はヤバい筋から金を借りていた。返済の追い込みは、同居していた可菜にもかかった。

「それで、先日の柄の悪い連中と接点ができたのか」

「今、返しておかないと、大変な事態になるからって。多少、無理めでも頑張って返したほうがいいって――」

連中の持ってきた話は簡単で一見、まともそうなバイト仕事だった。

指定された場所に行き、現れた人物に現金と引き換えに〝包み〟を渡す。それだけだった。

「バカな、そんな仕事を受けたのか」

「カフェのチーフの給料じゃ、とても追い付かなくて」

私は、歯噛《はが》みしたくなった。可菜の役回りは、ヤバい荷物――おそらく違法薬物の手渡しだろう。

クスリの密売グループが摘発されれば、警察は芋蔓式に可菜の元にやって来る。それも近い将来、必ずやって来る。

黒幕にとって、実行犯グループも、可菜も捨て駒に過ぎない。もう今頃は、新たな実行犯グループを組織しているかもしれない。

可菜の逮捕は、もはや時間の問題だった。

「でも、それだけじゃないだろう？　連中は、君に無理強いしていた。仕事帰りを付け狙うほど、熱心に。連中の狙いは何だ」

可菜は、おずおずと答えた。

「実は、一発で借金をチャラにする方法がある、って。カナダに行って、荷物を受け取って帰って来るだけでいい、って」

「当然、断ったんだろうな」

「断りました。でも、そうしたら、お前はもう断れない、って」

違法薬物の手渡しを引き受けた時点で、可菜は共同正犯になっている。連中は、いつでも可菜の存在を警察にタレ込める。営利目的で複数回も実行しているから、初犯であっても執行猶予は付かない。そう、連中は可菜を脅していた。

「私も実刑を打たれるって、本当なんですか」

「本当だ。営利目的の薬物売買は重罪だ。情状は、かなり苦しい」

可菜は蒼白《そうはく》になって、唇を噛み締めていた。

「覚悟は、できています。あの人たちにも、そう断ったんです。これ以上、重い罪は重ねられないって思ったから断ったんです」

「きれいごとはやめろ。刑務所がどんなところか、分かってるのか。本物のワルがいるんだぞ。君なんか一日だって耐えられない」

可菜は、さすがにしゅんとして、押し黙っていた。私は、可菜が可哀想になった。

「だが、たった一つだけ方法がある」

「それは、どんな方法？　鹿島さんにとって、大変な負担になるんじゃありませんか」

「君は、知らなくていい。全て、俺に任せろ」

6

翌日、十数年ぶりに、大嶽に連絡を取った。大嶽が警備部のエースになった噂は、聞いていた。私には、もはや他に手段はなかった。

道警の警備部に電話して名を名乗り、大嶽課長に連絡を取りたいとだけ伝えた。その日の夜、大嶽から電話が掛かってきた。

可菜の眼を気にしつつ、深夜のファミレスで大嶽と会った。全てを打ち明けて、頭を下げた。

大嶽は、私を詰《なじ》りはしなかった。恩着せがましくもなかった。

「可菜さんとお前は、一緒に暮らす内縁関係と取っていいのだな」

「そうだ。いずれ、きちんとした形にする」

「確かだな。ならば、これは〝貸し〟にする。意味は分かるな、鹿島。自分が『〝貸し〟を返せ』と求めたら、お前は何があろうと返さなければならない」

私は「分かった」とだけ答えた。それで、話は終わりだった。

マンションで待っていた可菜に、私は「終わった」とだけ伝えた。可菜は、もう何も口にせず、しがみついてきた。

*

ほどなくして、薬物密売グループが摘発された。だが、可菜に警察からの接触はなかった。私は大嶽に電話を入れた。大嶽の口調に変わりはなかった。

『可菜さんのデータは消しておいた。今回の件で、カイシャから可菜さんに接触はない』

「すまなかった。感謝の言葉もない」

『カイシャは抑えたが、グループの残党はそうはゆかない。可菜さんが刺したと考えるかもしれない。十分に注意しろ』

「ありがとう。気を付けるよ」

電話ではさりげなく返したが、札幌を引き払うつもりだった。

薬物密売グループよりも、大嶽を恐れた。同じ街にいたら、いつ〝貸し〟を取り立てられるかしれない。

私には、すぐに新しい土地で暮らせるだけの蓄えはあった。だが、可菜にはまだイラク時代を話したくはない。だから、当分の間、金を貯めているそぶりをした。

翌々年の三月、可菜の故郷、七飯町に家を見つけて引っ越した。

全くの偶然だった。当初は、函館市内のマンションを考えていた。ところが、可菜の故郷が函館の北郊、七飯町であると知り、訪ねてみようとなった。

可菜にとって懐かしい七飯町を、車で回った。可菜は、足を延ばして大沼も見たいと訴えた。可菜の意見を入れて、大沼湖畔をドライブしているとき、偶然に今のロッジを見つけた。

そこは、東京のレジャー企業が造成した別荘地で、高台にあった。

雄大な自然の大沼湖畔を走っていると、可菜が「こんな美しい土地に住めたらな」と漏らした。

そんな時に、たまたま別荘地の看板を見つけた。その別荘地は〈大沼　芸術の村〉という気恥ずかしい名称で、一帯の山林を丸ごと開発していた。

看板には「売り別荘・貸別荘あり、ご相談ください」とあった。

可菜が乗り気で「見るだけ、見てゆきましょう」と強く誘った。半ば仕方なく、車を管理事務所に乗り入れた。管理事務所のスタッフは出払っていて、白髪の老人が一人で番をしているだけだった。

老人は私と可菜を見ると、品のよい笑みを浮かべた。

「もしかして、別荘をお探しですか」

「たまたま通りかかって、看板を見たんですけれど」

「そういう方は多いですよ。ひょっとして、東京の方かな」

可菜が黙り込んでしまったので、私が答えた。

「札幌です。彼女が、この辺りの出でね。自然の中で住めたらなって、話すものですから」

「おお、そうかね。この土地のご出身かね」

老人は、相好を崩した。

「この森の朝は、素晴らしいよ。秋の紅葉も見事だ。ここら辺ほど、豊かな自然は知りませんよ」

老人は、大内《おおうち》と名乗った。しきりに自分は大学教授だったと繰り返した。一人暮らしで、今は暇を持て余して、管理事務所の番をしている。どうせなら、空き別荘を案内しようと申し出てくれた。

大内の案内で、別荘地を見て回った。北欧調の重厚なログハウスが、散在していた。中でも、大内が強く推した一軒は格別だった。

「ここは、隠しても始まらんが、私のパートナーだった女性のロッジでな。ピアニストだった女性のために、防音がしっかりして独特な構造をしておる。二階は広いワンルームで、かつてはグランドピアノが置かれていた。二階の天窓は、電動で開くんだよ」

つい興味を覚えて、私は軽はずみに質問してしまった。

「その女性は今、どうしてるんです？」

「四年前に、亡くなった。ピアノや家具なんかは、東京の息子さんが全部、持っていった――」

可菜が睨《にら》んでいた。もう、余計な口を――眼が怒っていた。

気まずさを取りなすように、可菜が質問した。

「例えば、ここの家賃は、いくらなんでしょう」

「家賃など要らんよ」

大内は、悪戯《いたずら》っぽく微笑んだ。

「形見代わりに、建物は私に任されておる。名義は息子さんだが、自由に使ってくれていい、との話でした。空き家は傷みますからな。水道光熱費だけ負担して住んでくれたら、むしろありがたい。後は時々、私の話し相手になってくれたら、それでいい」

「こんなすてきな家に、ただで住めるんですか」

可菜は驚いて、声を上げた。私を見上げる。

「丈さん、私、この家に住みたい。私はオンボロの農家で育ったけど、こんな家なら、この土地の素晴らしさも分かると思うのよ」

「そうだな——」

二階からロッジの周囲を眺めた。いちばん近い大内宅まで、二キロはある。

「二階に、ベッドを置いてもいいな。森の中で、星を見ながら眠るんだ。朝は、朝日と共に起きる」

「すてきね。まるで、お伽話《とぎばなし》の世界みたい」

「防音も、しっかりしてるんですよね」

そのときは、そのまま引き揚げた。だが、不思議にも、札幌に帰ってから大沼への思いが募った。

休みの日、ホームセンターを訪れるたびに、大沼湖畔のロッジを思う自分がいた。

思いは、可菜も同じだった。

「普通に考えて、家賃がただって凄《すご》くない？　環境はいいし、故郷の知り合いもいるし。これほどの家はない、って思えるの」

「可菜がいいなら、いいさ。冬は大変だろうが、森の生活もいいな」

そうやって、私と可菜は、大沼のロッジへの転居を決めた。

今にして思えば、運命が私たちを引き寄せたのかもしれなかった。

三月に越してきて、五月に可菜は倒れた。元々、頭痛を訴えがちだった。だが、生理周期の関係だろうとの可菜の話を信じていた。

日曜の朝、可菜が倒れたときも癲癇《てんかん》の発作だろうと思った。医療の届かない紛争地で、同じ光景を何度か目にしていた。だから、可菜にタオルを嚙《か》ませて毛布で巻き、函館市民病院に運んだ。

救急外来の医師の勧めで後日、精密検査を受けた。呼ばれて入った診察室で、可菜は原発性脳腫瘍《のうしゆよう》で、余命は約半年と告知された。

医師はＣＴスキャンの画像を示して、淡々と話していった。

「腫瘍は髄膜や神経にまで広がっており、手の施しようがありません。ご自宅で、普通に、できるだけ長く過ごされるほうがよいか、と。仕事も続けられて構いません。旅行もしていいですよ」

可菜は必死に耐えていたが、眼には涙があった。私はどうにか可菜を立たせて、事務手続きを終えて帰宅した。

だが、私だって詳細はよく覚えていない。どうやって帰宅したかも、記憶にない。

今でも時々、何もかもが仕組まれた大嘘じゃないかと思ったりする。可菜が突然、私を振り返って、おどけ顔で「ばあ」と舌を出す。その瞬間、コント番組のセットみたいに、全てが屋台崩しになる。

だが、現実はひっくり返らず、私と可菜は、白い粉まみれにもならなかった。それでも、できるだけ普通に暮らそうと、可菜と二人で決心したばかりだった。

7

午前九時前、私は、大嶽に呼び出された。ＨＫＤⅦ三階の広いスペースだった。フロアの東側エリアに、天井まで届くパーティションで区切られた〝部屋〟が並んでいた。

そのうちの大部屋に、指揮本部が置かれていた。長机と長椅子が何台も運び込まれていた。捜査員らがＷｉ－Ｆｉ《ワイファイ》ルーターや、ノートパソコンを持ち込み、設定に余念がなかった。

大嶽は、捜査員らと向かい合わせの長机にいた。私の姿を認めると、大嶽は席を立った。ノートパソコンを持った大嶽に付いて、小部屋に入った。机が一つの殺風景な部屋は、取調室に使われると思われた。

大嶽はノートパソコンを広げて、私に席を勧めた。

「一通りの結果は出た。被害者はライアン・Ｈ・ルメイ、米国籍の男性、三十二歳。ソラリス社のデータセンター・オペレーションズ・チームのファシリティーマネジャーだ。つまり、ソラリス社の現地責任者だな」

「そうか。それはいいが、なぜ、わざわざ教えてくれる？」

「知りたいだろうと思ってな。まあ、聞けよ。ルメイは、この近くの温泉ホテルに長期滞在している。前日の五月三十一日は、午前十一時四十七分にＨＫＤⅦに入り、そのまま今日の午前八時二十四分の発見時まで、当センター内に留《とど》まっていたと思量される」

「そうか。勤務中に災難に遭ったんだな」

大嶽は、口元に薄い笑みを浮かべた。

「このサイトを管理しているＡＩ〈ＨＩＫＡＲＩ〉からの情報だ。鹿島、〈ＨＩＫＡＲＩ〉とは、もう話したか？」

私は、首を横に振った。

「まだだ。ここに来て早々、事件に遭遇したんでね」

大嶽は、口元の笑みを強くした。

「大したものだよ。さっき、帯刀が俺たちの眼の前で〈ＨＩＫＡＲＩ〉と話した。ルメイの出入時刻なんかも、たちどころに正確に教えてくれた。俺たち捜査員にアクセス権限は与えられないが、お前には与えられる。今、その手続きをしてもらっているところだ」

私は、警戒を強めた。

「そいつは、ありがとう、なのかな。そのまま受け取っていいのか」

「もちろんだとも。トモダチのためには力を尽くす。今後は、お前のアクセス権限を使って、警察の捜査に大いに協力してもらいたい」

「そういうオチか」

私は思わず、両膝《ひざ》を叩《たた》いていた。

「もしも仮に、俺がこの話を断ったら、どうなるのか」

大嶽は声を上げて、笑った。

「残念なお知らせだが、お前に断れる権利はない」

「答えになってないぞ。どうしてだ」

大嶽は、席から立ち上がった。大嶽は、私の前で机に手を突いた。私の眼を強く覗《のぞ》き込んでくる。

「理由は——可菜さん、だ。お前の内縁の妻。重い病気で、長くないんだってな」

私は、心の中で呻《うめ》いていた。

「調べたのか、そこまで」

「当然だ、調べたとも。可菜さんはこの先、限られた時間を精いっぱい楽しく暮らすべきだ。間違えても、医療刑務所で孤独な最期を迎えるべきじゃない。分かるな」

「くそっ、そこまでやるか。汚《きたね》えぞ」

私は、机を拳《こぶし》で強く打った。鈍い痛みが返ってきたが、構わない。

大嶽は、そんな私を気の毒そうに見ていた。

「お前を脅迫しているのではない。心から、お前の力を貸してほしいと真摯《しんし》に願っている。国家のために、ぜひ協力してほしい」

「国家、だと——」

「そう、国家だ。保秘厳重に頼む。この事件の捜査は、実は官邸扱いの国家レベルになっている。ＨＫＤⅦは、お前が思っているような、ただの施設ではない。国家の安全保障、外交にまで関わってくる施設だ。その場所で、米国の現地責任者が殺された。官邸どころか、ホワイトハウスまでが重大な関心を寄せている事件なんだ。ぜひ、力を貸してくれ。頼む」

言い終えるなり、大嶽は姿勢を正し、私に頭を下げてきた。信じられない光景だった。

「大嶽、お前、何か勘違いしてないか。俺は多少は英語が話せるけれど、ただの警備員、それも今日、入ったばかりの新人なんだ」

「いや、お前をおいて他にない。ソラリス社は実質、アメリカの国策会社、政府機関だ。ボーイング、グーグル、マイクロソフト、アップル、アマゾン――アメリカには、そんな企業が数多くある。中でも現在、ひときわ重要な存在がソラリス社なんだ。ソラリス社の事業に、米国の百年の計、世界覇権、国際戦略が懸かっている」

どのみち、私は大嶽の申し入れを断れない。引き受けざるを得ないが、大嶽の話には大いに興味を惹《ひ》かれた。

「ご大層な話だな。アメリカの国際戦略とか、いったい何なんだ」

「話した通りだ。データセンターは、ＩＴ社会にとって必要不可欠なインフラストラクチャー、喩《たと》えれば情報の貯水湖、堰堤《えんてい》、浄水場みたいな存在だ。中でも、ＨＫＤⅦはソラリス社が日本の北海道に建設した世界最大のサイトだ。日米の国家戦略、外交利益に直結する施設だ」

「だから、道警の警備部が現場を仕切っているのか」

「テロの可能性も含めた重大な事件なんだ。鹿島、力を貸してくれ」

私は一瞬、現況を値踏みした。中東やヨーロッパではあるまいし、現実のテロの可能性は、ここ北海道の片田舎ではかなり低い。

凶器の矢は珍しいが、殺人事件としてはさほど複雑ではない。被害者も一人だ。むしろ、早晩に解決する可能性さえある。

「分かった。あんたには借りがある。この機会に返させてもらう」

「そうか、引き受けてくれるか。ありがとう」

口調とは裏腹に、大嶽の表情はさほど変わらなかった。私の協力は、すでに織り込み済みだったのだろう。

そのとき、ドアがノックされて、捜査員が入ってきた。傍らに、昭和電建の杏実を伴っている。

「大嶽課長、現場監督の沢瀬杏実さんをお連れしました。それと、検視官がこれを」

大嶽は捜査員からメモを受け取ると、視線を走らせた。次いで、杏実に席を勧めた。杏実はヘルメットを取り、一礼した。

「沢瀬さん、GSSの鹿島さんはご存じですね。鹿島さんには捜査に協力してもらっています。沢瀬さんも、よろしくお願いします」

「鹿島さん、改めまして、昭和電建の沢瀬杏実です。こちらで、現場監督を務めております。以後、ご用がありましたら、私に連絡をください」

「こちらこそ、よろしくお願いします」

話が早すぎて少し混乱したが、要するに、杏実と連携して捜査に協力してほしいのだろう。

大嶽が、メモ用紙を読み上げた。

「早速ですが、被害者ルメイについて。死体の直腸内温度は一回目の測定で二九・五度、二回目二九・一度、三回目二九・〇度で平均二九・二度でした。生体の平均直腸内温度は三七・二度、一時間で一度低下するとして、おおよそ死後八時間になる。発見時刻の六月一日午前八時二十四分から逆算して、死亡時刻は同日午前零時頃と推定されます。誤差を前後三十分として、午後十一時三十分から午前零時三十分までの間に死亡したと考えられます。もっとも、司法解剖による変更もあり得ます」

私は、ポッド内で倒れていたルメイの苦悶《くもん》の表情を思い浮かべた。

杏実は、肩から下げたｉＰａｄを机に置いた。

「これは、私的な日報メモですが、ルメイさんとは昨日、合計三回、会っています。一回目は午前十一時半すぎ、昼食の弁当を取りに行ったとき、エントランス近くで挨拶《あいさつ》しました」

「どんな挨拶ですか」

「普通に『おはようございます』と。あ、言い忘れましたが、ルメイさんは、日本語がよくできます。日常会話なら、不自由ないほど」

「それで、二、三回目は？」

杏実は、ｉＰａｄをスクロールさせた。

「二回目は、午後三時からの打ち合わせです。場所は、ウチの会議室です。技術的な問題で、意見交換をしました」

「差し支えなければ、具体的な内容をお話しください」

「前日の五月三十日までに行われた風量試験で、思うようなデータが得られなかったんです。ポッド内の給気と排気のバランスがよくなくて、室温が目標の二五度以下にならなかったんです」

大嶽の眼が一瞬、光った気がした。

「それは、設計段階の問題ですか、それとも調整のミスですか」

杏実の表情が、苦しげになった。

「今の時点では、何とも。ただ、今日から本格的な再調整作業を進めよう、となっていました。ルメイさんは午後四時頃に打ち合わせが終わってから、ポッドに籠《こ》もっていました。午後七時半頃、ポッドで、ルメイさんと再度、打ち合わせしました。それが最後です」

「その後は、どうなったんです」

「午後八時すぎに現場を引き揚げて、七飯町の寮に帰りました。ルメイさんは居残って、作業を続けていました。ソラリス本社のあるカリフォルニア州とは、サマータイムで時差が十六時間あります。向こうの業務開始に合わせて、ルメイさんは大抵、遅くまでいるんです」

杏実と大嶽の会話に、私は割り込んだ。

「沢瀬さんと別れた後のルメイの入退室記録は、どうなっていますか」

大嶽が驚いた顔で、私を見た。

「何だ、帯刀から聞いていないのか」

「聞いていない。あれから、俺は防災センターの管理室で、携帯電話を纏《まと》めて預かったり、雑用に追われていたりしたからな」

大嶽が、軽く舌打ちをした。

「まったく、日本型組織は相変わらず、横の連絡が悪いな。その分じゃ、ＡＩの〈ＨＩＫ

ARI〉のアクセス権も、まだ付いていないかもな。ちょっと、確認してくれ」

私は無線機で、ロビーを呼んだ。アクセス権を尋ねると一応付けたが、その場で確かめてくれとの話だった。

帯刀に教えられた通り、天井の監視カメラを見上げて立った。カメラ自体は未稼働だが、音声機能は作動している。

「〈HIKARI〉、鹿島丈、ログインだ」

天井のスピーカーから、女性の柔らかい声が聞こえた。

『こちらは〈HIKARI〉、PIN番号をどうぞ』

いきなり求められて戸惑ったが、入社手続き時に求められた四桁《よけた》の数字を口にした。正解だったらしく、〈HIKARI〉は『ログインしました』と答えた。

大嶽が私を見て、質問しろと身ぶりで伝えてきた。

「〈HIKARI〉、沢瀬杏実さんの五月三十一日の退館時刻は」

『午後八時十二分二十八秒です』

「では、五月三十一日午後八時以降のルメイのポッド内出入記録を教えてくれ」

一拍を置いて、女性の声が返ってきた。

『ライアン・H・ルメイのポッド入出記録です。五月三十一日午後九時四分イン、十時十一分アウト、十一時三分イン、六月一日午前零時十二分アウト』

いきなり、数字とイン、アウトを出されて混乱した。杏実が紙に写し取ったメモを渡してくれた。

ルメイの在室時間

21：04 〜 22：11

23：03 〜 0：12

「これは、どういう意味だ」

〈HIKARI〉の返事はなかった。

今度は、私が凍り付く番だった。私は恐る恐る、後ろを振り返った。大嶽と杏実の緊張した顔があった。

「つまり――ルメイは、記録ではポッドを出ているのか」

大嶽が苦り切った表情で、答えた。

「そうだ。ルメイは、死亡後にポッドを出た可能性がある。しかも、その後、死んだルメイは何らかの方法で、ポッド内に戻った。六月一日午前八時二十四分の発見までの間に」

「バカな。死体が動くもんか」

「その通りだ。誰かが、ルメイの死体をポッド内に運んだ」

私は、激しい混乱に襲われた。死体が動くはずはない。誰かが、死体を移動させた。だが、どうやって、あのドアを抜けた？　厳重なセキュリティーシステムを突破した？

大嶽は眉間《みけん》に皺《しわ》を刻み、しゃがれ声を絞り出した。

「しかも、ルメイの死亡推定時刻、午前零時頃、ポッド内にいた人間はいない。ポッド内は、無人だった。警察官の自分から絶対に口に出したくないが、ルメイは、いわゆる密室で殺されたんだ」

重い沈黙が、その場を包み込んだ。それでも、私はどうにか気持ちを立て直していた。

「密室殺人なら、どこかに必ず穴が存在するはずだ。その穴を、犯人は突いたんだ」

杏実が、首を横に振った。

「穴があったなら、それは米ベクネル社のセキュリティーシステムが突破されたわけで。

それはそれで、大ごとになります。世界中のソラリス社のサイトが、同じセキュリティーホールを抱えてしまうんですから」

大嶽が、杏実の話を引き継いだ。

「それで、我々は君たち二人の力を借りるしかなくなった。沢瀬さん、あなたは現場監督として、このサイトを内部から間近に見ている。建物の設計、設備や機械の配置にも通じている。一方、鹿島、お前はGSSの警備員としてある程度、セキュリティーシステムを調べられる立場だ。二人で協力してぜひ、この問題を調査してほしい」

私よりも早く、杏実が答えていた。

「分かりました。全面的に、協力させていただきます。鹿島さん、よろしくお願いします」

頭を下げる杏実を、私は慌てて引き留めた。

「待ってくれ。沢瀬さん、会社の了解は取ったのか」

「取るまでもありません。警察の捜査への協力は、市民の義務です。それに、私としても悔しいんです。手塩に掛けた我が子同然の、このサイトを蹂躙《じゅうりん》して、殺人まで犯した犯人を許せません」

大嶽が、私に水を向けた。

「鹿島。お前は、どうなんだ？　仮にも、元警察官だろう」

私は、さすがに腹を決めた。

「どこまで、自分ができるのか、自信はないが引き受けるよ」

「頼んだぞ」

大嶽は、私と杏実の肩を叩《たた》いた。

8

それぞれの携帯電話番号とメールアドレス、ＬＩＮＥのＩＤを交換し合った。他に、チャットアプリＳｌａｃｋ《スラック》も入れて、出力した〈キーパー〉の記録を大嶽や杏実と共有した。

当夜の人の出入りについて、杏実と意見を交換したが、収穫はなかった。

私は三階を出て、地下二階の防災センターに戻った。新入社の平凡な事務手続きに追われた。〈ＨＩＫＡＲＩ〉やセキュリティーシステムへの正式なアクセス権も、完全に付与された。

帯刀から説明を受けて改めて気付いたが、建物内は異常なぐらい監視カメラが設置されていた。監視カメラは、建設中の今は未稼働だが、完成した暁には全てのセキュリティーシステムと連動する状態になる。

例えば、あるドアを、ある人間がＩＤカードを翳《かざ》して通過したとする。その通過者の氏名、通過時刻が、たちどころにセキュリティーシステムに表示、記録される。

本来ならば、その通過時の映像も保存されるはずだが、建設中のＨＫＤⅦでは、まだ機能していない。

また、各ドアを通過する資格、アクセス権は大きく三つに分かれている。ソラリス社の社員が使う青のＩＤカード、通称・青札。昭和電建や下請け業者の作業員が使う緑のＩＤカード、通称・グリーンカード。さらに、ＧＳＳの警備員が持つオレンジ色のカード。

使用者は、これら三つのＩＤカードをカードリーダーに翳し、四桁のＰＩＮ番号を打ち込む。その人物のアクセス権とＰＩＮ番号が認められて初めて、ドアロックが解錠される仕組みだ。

逆に、アクセス権が認められず、ＰＩＮ番号が間違っていれば、アラームが発報する。アラームの音量はけたたましく、耳栓を着けていても届く。

問題箇所と付近のドアは封鎖され、監視カメラの映像が世界に流される。

違反者《バイオレーター》は、区画に閉じ込められ、身動きが取れなくなる。

データセンターの中は三つに分かれる。ポッドとそれに付随する施設で、警備の厳重なレッドゾーン。共有部分のイエローゾーン。通行や立ち入りの自由なグリーンゾーンだ。

さらに、帯刀は館内を回って説明してくれた。データホールは警察の現場検証が続いているため、倉庫室《ストレージ》や電気室を見せてくれた。

「この頑丈なドア自体もセキュリティー保護の対象です。例えば、ドアに強く力を掛けたりすると〈ドア・フォースド・オープン〉、略称DFOと呼ばれるアラームが発報します」

「〈ドア・フォースド・オープン〉とは『抉《こ》じ開け』という意味ですね」

「そうです。また、ドアを二十秒以上、開けっ放しにすると、プレアラームが鳴ります。さらに開放したまま六十秒になると〈ドア・ヘルド・オープン〉、略称DHOとなり、全世界に本アラームが発報します。ドアがきちんと閉まっていない場合にも、DHOとなります」

その場で、帯刀は近くのドアを使って、私にドアの開閉の練習をさせた。私が普通にドアを閉めると、帯刀は注意した。

「鹿島さん、今、握ったドアレバーを離しただけでしたね」

「ドアは、ひとりでに閉まるので、単に手を離せばいいかと」

「ダメですよ。ドアはきっちり、引いて閉めなければ」

帯刀の注意を入れて、今度はドアレバーを摑《つか》んで、引いて閉めた。帯刀が、声を上げた。

「今度は、もっとダメです。そんなに強く引いたら、ＤＦＯを引き起こしてしまいます。もっと優しく、引いてください」

私はドアレバーに人さし指を引っ掛けて、ゆっくりと、でも確実にドアを引いた。カチリと、ドアが閉まった。

「そうです、その感じで、ドアを閉めてください」

再び、防災センターに戻る途中で、窓から駐車場に整列している機動隊員と制服警官の群れが見えた。どうやら、サイト周辺の一斉捜索を始めるみたいだった。

一方、警備部の私服はペアを組み、覆面パトカーでサイトから下ってゆく。一帯に聞き込みをかける地取りに出るのだろう。

どちらも、当然の捜査手順だった。大嶽は、通常の捜査指揮を執っている。一方で、それは、捜査の決め手を欠く証《あかし》でもあった。山狩りをするぐらいだから、犯人の目星はついていないに違いない。

その時になって、上空を旋回するヘリコプターの音が強く聞こえた。複数の報道ヘリが、ＨＫＤⅦ上空を乱舞していた。

事件発生の第一報が、メディアに発表された事実を示していた。

9

防災センターに戻ると、GSSの警備員たちはテレビの前に集まっていた。午前十一時のNHKニュースで、第一報が流されていた。さらに、ネットニュースでも掲載された直後だった。

「ソラリスのデータセンターで男性死亡」

簡潔な見出しが、重大事件の速報だと物語っていた。

他の人間の騒ぎを尻目《しりめ》に、私はパソコン画面で、ベクネル社のセキュリティーシステム〈キーパー〉に接続していた。

ルメイの死亡推定時刻、六月一日午前零時近くに、ポッド内に出入りした人間の記録を調べてみた。

最初の検索で、ヒットした件数に驚いた。時間を限定せず、五月三十一日にポッド内に出入りした記録を検索したら、三百五十六件もヒットした。

思い切って、五月三十一日午後十一時から六月一日午前一時までで検索した。それでも、延べ四十二件のヒットがあった。

暫《しばら》く考えて、GSSの警備員は全員、除外してみた。GSS以外の人間は延べ四人、ヒットした。かなり絞り込めた。**(図1)**

まず、午後十一時三分、ルメイがポッドに入った。

次いで午後十一時八分、溝畑里映《みぞはたりえ》がポッド内に入室した。

IDカードのホルダー情報では、里映は、昭和電建の下請け業者、函電設備《かんでんせつび》の作業員だった。若い女性の作業員は珍しい。意志の強そうな眼が、液晶モニターの向こうから、こちらを見つめていた。

しかし、里映は午後十一時二十分に退出した。

ほぼ同時刻に、デニス・メデロスが入室した。

メデロスは、ソラリス社のジャパン・リージョナル・マネジャー、つまり日本での総責任者だ。帯刀の話してくれた紫色のIDカードを所持する人間だった。まだ若い。三十代半ばと思われたが、立派な口髭《くちひげ》と顎髭《あご》を蓄えていた。

午後十一時二十六分、昭和電建の黒須晃がポッド内に入った。

杏実の説明には、黒須の入室はなかった。しかし、ポッド内の風量試験が不調だったばかりだ。機械担当の黒須がポッドに一人で立ち入っても、不思議ではない。

黒須は、目当てのルメイを見つけられなかったか、午後十一時三十二分には退出してい

図1

Main Alarm Monitor			
Alarm Description	Time / Date	Device	Card
● Granted Access	11:03:48 PM 5/31/2021	HKDVII-1.2.00-RZN-D202-B1F-POD1-AC-01 IN	Ryan Lemay (5702299)
● Granted Access	11:08:27 PM 5/31/2021	HKDVII-1.2.00-RZN-D202-B1F-POD1-AC-01 IN	Rie Mizohata (5701673)
○ Granted Access	11:20:17 PM 5/31/2021	HKDVII-1.2.00-RZN-D202-B1F-POD1-AC-01 OUT	Rie Mizohata (5701673)
● Granted Access	11:20:47 PM 5/31/2021	HKDVII-1.2.00-RZN-D202-B1F-POD1-AC-01 IN	Dennis Mederos (5702547)
● Granted Access	11:26:09 PM 5/31/2021	HKDVII-1.2.00-RZN-D202-B1F-POD1-AC-01 IN	Akira Kurosu (5703032)
○ Granted Access	11:32:11 PM 5/31/2021	HKDVII-1.2.00-RZN-D202-B1F-POD1-AC-01 OUT	Akira Kurosu (5703032)
○ Granted Access	11:44:32 PM 5/31/2021	HKDVII-1.2.00-RZN-D202-B1F-POD1-AC-01 OUT	Dennis Mederos (5702547)
○ Granted Access	0:12:44 AM 6/1/2021	HKDVII-1.2.00-RZN-D202-B1F-POD1-AC-01 OUT	Ryan Lemay (5702299)

る。

この時点で、ポッド内には、メデロスとルメイだけがいた。

そのメデロスは、午後十一時四十四分にポッドから退出していた。

米ベクネル社の〈キーパー〉の記録では、翌日午前零時十二分、最後にルメイ本人が退出して、その後の記録は終了していた。

五月三十一日午後八時十二分に杏実が退出してから、ポッドに出入りした主な四人の記録を拾うと、こうなる。

自席の帯刀に、パソコンごと持ってゆき、検索データを示した。

「帯刀さん、これを見てください。実は警察の求めで、昨夜のポッドへの入退室記録をピックアップしています。ルメイが最後に退室する前に、三人が出入りしています」

帯刀は老眼鏡を掛けて、液晶画面に見入った。

「これと同じ検索結果を、先ほど捜査官の大嶽さんにお見せした」

「最後にいたメデロスが、非常に疑わしいと思えますが、ポッドから出たとき、何か不審な様子は、なかったんでしょうか」

帯刀は驚いたふうに、私の顔を見上げていた。

「そうか、鹿島さんには、まだ説明していませんでしたね。実は、当サイトは午後八時から翌朝八時まで、夜勤態勢になります。そのため、午後十時から翌朝六時までの八時間は、金探を省略しています」

「省略って、そんな。じゃ、昼間に金探する意味がないでしょうが」

「そう仰《おっしゃ》らないで。夜間は四人が就きますが、仮眠が必要です。なので、午後十時から六時まで、一人二時間ずつ仮眠休憩に当てています。とはいえ、金探は全く省略しているのではなく、昼間に一度、金探検査を受けた人のみ、二回目以降を省略しているのです」

「では、この三人は、昼間に金探検査を受けていたんですか」

帯刀は、自分のパソコンで〈キーパー〉を立ち上げて、三人の記録をトレースしていった。

「三人とも、昼から来ています。金探はパスして出入りしています。セキュリティー上も、何も問題はありません」

「なぜ、そう言い切れるのですか」

　帯刀にしては珍しく、顔に薄い笑みをつくった。

「空だからです。まだ稼働していないＨＫＤⅦのサーバーは、まだネットワークに本格接続していません。データを持ち出そうにも、持ち出すデータが存在しないのです」

「しかし、さっきは、あれほど厳重に記録媒体を持ち込ませないようにしていました」

「ちょっと説明が難しいが、データセンター業界は独特でね。データセンターの完成、引き渡し前から、サーバーを稼働させて収益化を図るんです。その場合、電気代などの水道光熱費は建設の元請け持ちだから、建築主にとって、これが結構おいしい。ＨＫＤⅦは未稼働ですが、いつネットワークに繋《つな》げて稼働させるかは、Ｓ社さんの一存です。別に、通告があるわけでもない。我々としては〝空タンク〟にいつ水が入ってきてもいいように、セキュリティー業務をしなければならない。それと、記録媒体をブロックしている理由は、ポッド内の様々なノウハウを外部に知られないためでもある」

　データはないがノウハウは守るというロジックに少々、戸惑った。

「よく分かりませんが――」

「例えば、サーバー自体の製品名、型番を知られないためです。実際はクアンタ、フォックスコンなど台湾製の特注品なのですがね。他にも電源供給、空調装置、換気ダクト、照明システム、ケーブルの敷設方法など、様々なノウハウがあって、これらは全て企業秘密です」

私は、黒いラックの並んだポッド内を思い浮かべた。天井から下がる無数のケーブルの群れ。

「ポッド内は企業秘密に満ちあふれているんですね」

「極端な話、どこの社の製品かも重要な情報なんです。データセンターは、そんな重要ノウハウの塊でもあるんです」

「なのに、身内の人間は、ある程度、信じられるとするのですか」

「つまりは、効率性の問題です。この業界は、コンピューターアプリと同様に完全モードと、簡易モードを使い分けている。そこら辺が、何でもかんでも完璧《かんぺき》を期す日本企業とは違います」

私は自席に戻って、パソコンの前に着いた。ガードは、オフィスでは〈キーパー〉のモニタリングを続けなければならない。

マウスでパソコン画面のボタンをクリックしながら、事件を考えた。やはり、最大のキーパーソンはメデロスだった。

日本担当のメデロスは、ルメイの上司に当たる。何らかの不協和音を抱えていたとしても、不思議ではない。

メデロスは、何のために建設中のＨＫＤⅦを訪れたのか。ルメイが生きていた最後の時間に、メデロスは何をしていたのか。疑問が尽きなかった。

10

突如、パソコンが吠《ほ》えた。「ガー」とも「クワー」とも聞こえる爬虫類《はちゅうるい》の鳴き声に似ていた。

隣席の男が「来やがったか」と呟《つぶや》いて、侵入者検知システム（ＩＤＳ）に飛び付いた。外構の防犯カメラの画面を次々に、切り替えてゆく。内構の監視カメラと違って、こちらはすでに稼働している。

「帯刀さん、敷地内に侵入者です。それも、複数箇所です」

帯刀は、落ち着いていた。侵入者を予期していたふうに〈ＨＩＫＡＲＩ〉に呼び掛けた。

「〈ＨＩＫＡＲＩ〉、侵入者の映像を。それと、位置を教えてくれ」

わった。

防災センターの壁一面を埋めているモニター群の中で、中央の最大のモニターが切り替わった。

『東側ドライブウエー、第四ゲート付近で、侵入者です』

ＨＫＤⅦへのドライブウエーを上ってくる車列が映し出された。ワゴン車のボディーに、テレビ局のロゴがペイントされている。他にも、黒塗りのハイヤーやタクシーが続いている。

「やっぱり、おいでなさったか――。帯刀さん、マスコミの取材車の群れがやって来ました。どう対処しますか」

帯刀が渋面で、受話器を取った。

「警察に連絡して、封鎖線を強化してもらおう。たとえ、外からでもサイトの撮影は防ぎたい。要請があれば、警備は協力する形で」

次いで、中央モニターの左のモニターでは、ゲートに屯《たむろ》する若者たちの姿が映し出された。

「こちらは、マスコミじゃないな。一応、人を出すか」

私は思い切って、手を挙げた。

「帯刀さん、私でよければ行きますよ」

帯刀は、値踏みするように、私を見た。

「子ども相手です。退去するように、注意してやってください」

「分かりました。さっき通ったので、おおよその位置は分かります」

「駐車場の巡回車を使ってください」

私はキーと無線機を持つと、防災センターを出た。

若者たちは、私も引っ掛かったトラップの果ての無人ゲートにいた。オートバイとビッグスクーターに分乗してきた四人組だった。

正門への到着を諦《あきら》めたのか、あるいは疲れたのか、地べたに腰を下ろしていた。中の二人は、寝転がって、煙草を燻《くゆ》らせていた。

巡回車を降りて、近付いていった。若者たちが、眼を向けた。

茶髪にピアス、キャップの上から被《かぶ》ったフードパーカ、白黒ジャージー、二の腕から覗くタトゥー。与太った出《い》で立ちの四人だった。

茶髪にピアスの若者が、苛立たしげな声を放った。

「おい、警備員、俺たちを正門ゲートに案内しろや」

私は黙って、茶髪を見つめた。まだ幼い顔立ちだった。

「聞こえてんのかよ、警備員。……ったく、ここは、どうなってんだよ。全然、着けねーじゃんかよ」

たっぷり十秒ばかり待ってから、答えた。

「あいにく取り込み中です。今日は、お引き取りください」

「何だと」

茶髪が立ち上がった。

「テメー、舐《な》めてんのか。俺たちはちゃんと用があって、来たのよ」

タトゥーの若者が咥《くわ》え煙草のまま、灰を落とした。

「敷地内は全面禁煙です。お煙草は、おやめください」

タトゥーが、煙草を放り捨てた。ジャージーの若者は、盛大に煙を吐いた。仕方なく、
私は巡回車に戻り、レジ袋を取ってきた。

「吸い殻はポイ捨てしないで、こちらに入れてください」

茶髪が憤って、私の前に立ちはだかった。

「とっとと、案内しろってんだよ」

私は冷静に、連中を観察した。怠惰な暮らしぶりが透けて見えた。真剣に身体を鍛えている者は、一人もいない。

私はタトゥーの放り捨てた吸い殻を拾い、レジ袋に入れた。ジャージーに向かって、レ

ジ袋を突き出した。

「ここは禁煙エリアです。煙草は消して、この中にお入れください」

「バカくせえ。舐めてんのか、テメー。飼い犬のくせに、ふざけんじゃねえ」

ジャージーは、私に向かって火の付いた煙草を投げ捨てた。煙草は、私の制服のスラックスに当たって落ちた。私は、落ちた煙草を拾おうとした――

――瞬間、茶髪が私の顔を狙って、蹴《け》りを放ってきた。ぬるい蹴りだった。私は見切って、左によけた。

「参ったなあ。ダメだよ、ボク、いきなり人を蹴るなんて。当たったら、けがしちゃうんだよ」

「うるせえ。ぶっ殺してやる」

茶髪は、拳《こぶし》を振り回して、殴りかかってきた。私は後退しながら、パンチをスウェーした。茶髪は、めちゃくちゃに殴りかかってきた。

どうするか考えているうちに、身体が自動的に反応してしまった。

私はバランスを崩したように見せかけて、突っ込んできた茶髪の脹脛《ふくらはぎ》に、左足を絡めた。足を掬《すく》われて、茶髪は盛大に転び、後頭部を打った。

反射的に、私は茶髪に馬乗りになり、殴り付けていた。右、左、右、左、鼻血が散った。

茶髪の顔が赤く腫《は》れてゆく。

茶髪の身体から力が抜けた。私は殴る手を止めた。

「格闘は、考えちゃダメなんだ。考えるんじゃない、反応しろ」

「くそっ、舐めやがって」

押さえ付けられていた茶髪が腕を振り回して、再び暴れた。またも、私の身体は反応して、茶髪にパンチを数発、送り込んでいた。七分の力だったが、肉を打つ盛大な音に残りの連中は呆然《ぼうぜん》としていた。

私は茶髪を放して、立ち上がった。

「いや、悪かったな。子どもさん相手に、ついカッとして、やり過ぎてしまった」

他の三人は茶髪の惨状を見て、立ち竦《すく》んでいた。私は笑ってやった。

「おいおい、何だか、俺が児童虐待の暴力人間みたいだろうが。お前たち、突っ張ってるんだろう。なら、もっと気合いを見せてくれなくちゃ」

そこへ猛スピードで、白い軽乗用車が走ってきた。軽乗用車は音を立てて停まった。若い女が飛び降りて、茶髪に駆け寄った。

「慶祐《けいすけ》、あんた、何してんの」

「姉ちゃん、俺たちが煙草を喫《す》ってたら、このオヤジが――」

私は先手を打って、姉弟《きょうだい》の話に割って入った。

「敷地内は全面禁煙でね。注意したら突然、殴りかかってきた」

「それは、申し訳ありませんでした。この通り、謝ります」

弟に代わって頭を下げた女の顔を改めて見て、ハッとした。ルメイが最後にいたポッドに出入りしていた溝畑里映だった。

「警備の方ですね。弟たちは、このサイトで働くつもりで、下見に来ただけなんです。敷地内禁煙は知らなかった。お許しください」

「そうですか。こっちも、つい身体が反応して、申し訳ない」

「今日のところは、帰らせます。どうも、すみませんでした」

「こちらこそ。しかし、面白い弟さんですね。弱いくせに手が早い」

何か口にしかけた慶祐を止めて、里映は再び頭を下げた。

「とにかく、申し訳ありません。弟には後できつく言い聞かせます」

「それなら、私はこれで」

巡回車に乗りながら、私は、久しぶりに味わったアドレナリンの高揚を深呼吸で追い払った。

防災センターに戻ると、午前十一時半の民放テレビニュースが始まって、人が出払っていた。

私は早めの昼休憩に入った。オフィスに隣接した休憩室で、スマホを取り出し、チャットルームを確認した。

大嶽からの投稿があった。主な関係者からの第一回の聴取を終えた。特に、新事実はなし。山狩りは継続中だが、収穫はなし。昨夜から今朝にかけての車の通行の映像を分析中、特にヒットなし。もっとも山中だから、いくらでも侵入の方法はある。

杏実から返信。ポッドへ通じる全ドアに、損傷なし。捜査員の立ち会いの下、通気口などポッドへの物理的な入り口を全て調査しているが、現在までに異常なし。

警察の要請で、下請けも含めた全作業員の持ち物検査をしたが、特になし。

さらに、大嶽から私宛ての個別メッセージが入っていた。午後から、溝畑里映と黒須晃の二回目の聴取を行うから、立ち会ってくれとあった。帯刀には話を通してくれていた。

私は、可菜の作ってくれた弁当を広げた。弁当は、大作のオムライスだった。卵焼きの黄にケチャップの赤が鮮やかだ。初出勤祝いの意味だろうか。可菜の茶目っ気に一人、微笑んだ。思わず、スマホで撮影してインスタグラムに投稿したくなった。だが、あいにくサイト内での撮影は禁じられている。私はおとなしくオムライスをプラスチックのスプーンで崩して、口に運んだ。

＊

正午すぎ、三階の指揮本部に赴いた。大嶽が目配せして、席を立った。後に付いて、例の取調室に入った。私たちを見て、それまでいた捜査員二人が席を立った。代わりに、大嶽と私が着いた。

机の向こうには、ワイシャツに黒のズボンの男がいた。四十頃で、日焼けしているが、短くした髪は白い。副所長の黒須だった。

「黒須さん、お昼は済みましたか」

大嶽の問いに、黒須は肯《うなず》いた。

「所員が持ってきてくれたパンと牛乳で、済ませました」

「こちらはGSSの鹿島さんです。S社の立場から、警察に協力する形で、この事件を調べています。今回は、鹿島さんから黒須さんにお聞きしたいとかで、ご協力ください」

突然の振りに驚いたが、表には出さない。頭を下げる黒須に、もっともらしく質問を重ねていった。

「五月三十一日の午後十一時二十六分に、黒須さんはポッド内に入られましたが、どんな用件でしたか」

「午前中にもお話ししましたが、空調調整の問題です。排気と給気の圧力バランスが上手《うま》くゆかず、ポッド内の温度が目標の二五度以下にならなかった。それで、再試験に当たり、圧力の調整や修正箇所の再チェックをしていたのです」

「S社のメデロスさんと一緒に入ったのですか」

「偶然、ご一緒しまして、立ち話をしました。アメリカ本国では、同種のケースはあったかどうか質問しました。そうしたら『圧力調整は、トラブルの定番だよ』と教えてもらいました。『地道な方法で、一つひとつ調整してゆくしかない』とも」

機械担当のエンジニアらしく、黒須の受け答えは淀《よど》みなかった。

「ポッド内で、ルメイさんと会われましたか」

「遠くから見かけただけです。午前中に何度も話したし、忙しそうにしておられたので、特に打ち合わせる必要もありませんでした」

「午後十一時三十二分に退出されていますが、そのとき、ルメイさんは見ましたか」

「ポッドの奥のほうに行ったのか、姿は見えなかったです。挨拶《あいさつ》するかどうか一瞬、迷いましたが、煩わしいだろうと思って」

大嶽が目顔で「話に矛盾はない」と知らせてきていた。最後に思い切って、ずっと考え続けていた問いを発してみた。

「あなたが最後に見たルメイさんは、確かに本物でしたか」

黒須はほんの少し呆気《あっけ》に取られていたが、やがて笑い出した。

「荒唐無稽《こうとうむけい》な。本物のルメイさんでしたよ、間違いありません」

「メデロスさんは、いかがですか。誰かの成りすましの可能性は」

「メデロスさんとは過去に一度、お会いしていますが、同一人物でしたよ。私もメデロスさんもゴルフ好きで、この近くのコースの話なんかをしましした」

私は礼を述べて、質問を終えた。

大嶽が立ち上がった。私も大嶽の後に部屋を出ると、外で待っていた二人が入れ違いに入っていった。

私は、大嶽に声を潜めて話しかけた。

「黒須の話は辻褄《つじつま》が合っている。事実を話していたとしか思えない」

「地元署に問い合わせたが、黒須の周辺にトラブルは、起きていない。利害関係も特にはない。根っからの技術屋みたいだな」

「メデロスの話は聞けるか」

「それが、奴《やっこ》さんは今、日本にはいない。アメリカ本社に呼び出されて、シリコンバレーに向かっている」

私は思わず、強張《こわば》っていた。

「確かか。まさか、高飛びしたんじゃ」

「それはない。前々から決まっていた。CEO主催のアジア・太平洋戦略会議、通称APAC《エーパック》に出席するためだ。年に一度、アジア・太平洋地区の事業の伸展、構想などを話し合う重要な会議だ」

「シリコンバレーの本社に到着を問い合わせてみたか」

「メデロスの出国と搭乗便は確認している。間違いなく、成田経由でサンフランシスコに向かっている」

緊張が解けた。ここは、警備部のチェック能力を信じるしかない。

大嶽が、別の部屋を指した。

「次は、溝畑里映に話を聞いてみる」

「メデロスがいない今、黒須以外では最後にルメイを見た貴重な証人だからな」

大嶽は肯き、部屋のドアをノックした。

室内には、若い私服の男女の刑事がいた。席を立とうとした二人のうち女性のほうを、大嶽が引き止めた。

「神崎《かんざき》、お前は、ここに残れ」

「分かりました。何かあったら、お呼びください」

女性捜査員は、そのままドア際に立った。

機先を制して、私から声を掛けた。

「溝畑里映さんですね。GSSの鹿島です。先ほどは失礼しました」

里映は、軽く驚いたふうだった。

「さっきの警備員さんですか。その鹿島さんが、どうして、ここに」

「S社サイドの人間として警察に協力する傍ら、独自に調査をしています。改めて、あなたの所属と仕事内容をお聞かせください」

「また話すんですか、同じ話を」

「お手数ですが、定められた決まりなので、よろしくお願いします」

日本人は決まりという言葉に弱い。里映も不承不承に従った。

「函電設備で一応、電工をしています。でも、まだ一人前ではなくて、見習いが取れたばかりです」

「具体的に、どんなお仕事なんですか」

「地走りって、職長や先輩の指示で、材料《ネタ》や道具を運んだり、部品の下ごしらえをしたりしてます」

「五月三十一日の午後十一時八分にポッドに入られましたが、そのときは、どんな用でしたか」

里映は、ちょっと考えて答えた。

「後片付けやゴミ掃除です。施工工事で出たゴミはポッド内に残さず、小まめに持ち出しています。その日は私の段取りが悪く、体調もよくなかったので、遅くまでかかってしまったんです」

「ポッド内で、誰かに会いませんでしたか」

「ルメイさんを見かけました」

里映の答えは正確だった。私は質問を続けた。

「そのとき、ルメイさんは、どんなふうでしたか」

「特に、変わりはなかったです。『深夜まで、お疲れ様』とねぎらってくれました。その後、少しお喋《しゃべ》りしました」

「ルメイさんは、お喋り好きな人なんですか」

「普段は、物静かなタイプです。でも、深夜まで働いていると気を使って、声を掛けてくれたりもします」

私は、大嶽と眼を見合わせた。今度は、大嶽が質問をした。

「午後十一時二十分に退出したとき、ルメイさんの様子は」

「ルメイさんは、見かけませんでした。私は、潰《つぶ》した箱や電工ドラムを抱えて、それどころじゃなかった」

大嶽が質問を終え、私を見た。特になかったが、ふと思い付いた。

「弟さん――慶祐さんは、かなり若そうですが、何歳ですか」

初めて、里映に動揺らしき表情が浮かんだ。

「十七歳です。高校を中退してブラブラしているぐらいなら、働きに出たほうがいいと、社長が引き受けてくれて」

十七歳――一瞬、イラクで死んだ子どもたちの姿が思い浮かんだ。賢そうな顔立ちだった自爆犯の男の子。九年前に死んだあの子たちも生きていれば、今の慶祐と仲間たちぐらいの歳だっただろうか。

「それで、函電設備に入ろうと」

「煙草の件は、本当にお許しください。まだ反抗期の子どもなんです。今日の一件が社長の耳に入ったら、お終《しま》いです」

頭を下げ続ける里映を見て、大嶽が怪訝《けげん》な表情で私を見た。だが、私は首を横に振った。

「弟さんには、仕事を頑張るようにと、お伝えください」

里映はほっとした表情で、私を見た。

「ありがとうございます。この辺は、ウチで働けなければ行き場がないので」

私の中で、何かが引っ掛かった。

「もしかして、里映さんはこの近くの方ですか」

「隣の七飯町に、生まれたときから住んでいます」

「失礼ですが、里映さんはお幾つですか」

「二十一です。函電設備には入って一年です」

私は思い切って、気になっていた質問をぶつけた。

「もしかして、古寺《こでら》可菜さんを、ご存じですか」

「何で、可菜さんを――」

驚いた里映が、パイプ椅子をゴトンと鳴らした。

「もしかして、鹿島さんは、可菜さんの――」

私は、大嶽をチラリと見た。大嶽が知らなかったはずはない。

「七飯町の〈芸術の村〉で、一緒に暮らしています。訳あって、まだ籍は入れていませんが」

　里映は心底、驚いた様子だった。

「可菜さんは、私より九つ上ですが、子どもの頃から、よく知っています。面倒見のいいお姉さんで、大沼小、中の先輩です。四月に久しぶりに再会して、ここでも、よく顔を合わせています」

「そうなんですか。可菜さんが七飯町の大沼出身とは聞いていましたが、里映さんとも知り合いとは」

「ここら辺は田舎で、人間関係が濃密なんです。小学校だって、全校生徒が十人ぐらいですから。可菜さんはご自分が子どもの頃から〈子ども会〉の係やお姉さん格で、地域の子どもたちの面倒をずっと見てきてくれたんですよ。驚きました」

「それは、どうも。お互いに、変な出会い方で、申し訳なかったですね。可菜に、後で叱られるかもしれない」

　初めて、里映は笑った。笑うと、年相応の顔立ちになる。

「まさか、それはないですよ。ウチのバカ弟と違って、腕っ節の強い頼りになるすてきな方だと報告しておきますね」

　苦笑いするしかなかった。可菜に心配させたくはなかったが、里映は慶祐の一件を必ず伝えるだろう。仕方ないと割り切るしかない。

頃合いだった。私たちは腰を上げ、私服の二人に席を譲った。

＊

午後三時をすぎて、検視結果の概要が判明した。死因は、心臓部に刺さった矢による失血。心臓は普通の人が考える左胸よりも、実際はもっと中央の鳩尾《みぞおち》にある。死亡時刻は五月三十一日の午後十一時半頃から、六月一日の午前零時半頃にかけてと思量された。

凶器は、米バーネット社の製品で、クロスボウ用のカーボン製の矢二十インチ（五十・八センチ）だった。機種によっても変わってくるが、ドローウエート（弦を引く重量）は一八五ポンド（八三・九キロ）で、発射された矢の初速は秒速三八〇フィート（一一五・八メートル）と威力は強い。

ルメイは、約一メートルから二メートルの至近距離から撃たれたと推定された。ほぼ即死と見られる。

これを受けて、函館方面本部森警察署内に捜査本部が置かれた。本部長は、キャリア組の道警警備部長だった。ノンキャリアの大嶽は、指揮本部担当の管理官補佐として実質の現場指揮を担った。

すでに捜査本部では、凶器の矢や発射の可能性のあるクロスボウを追っているが、見通しは暗かった。

自分でもネット検索をして初めて知ったが、そもそもクロスボウは二〇二一年六月現在、法律で規制されていない。二〇二一年二月にクロスボウの所持を禁止する銃刀法の改正案が閣議決定されて、国会に提出されているが、現段階では、誰でも自由に購入できる。

また完成品ではなく、半完成品のキットを購入して、自分で組み立ててもいい。

凶器から犯人に辿《たど》り着く可能性は、薄かった。

死因などの詳細は、翌日に予定されている司法解剖を待たなければならない。ルメイの死体は、取り敢えず森署に運ばれて、さらに札幌医科大学へと搬送されていった。

報道ヘリも、いつの間にか消えていた。だが、メディアが退散するはずもなく、ゲートの外にカメラの放列が並んでいた。

帯刀は警察に再三、申し入れたが、メディアの取材を抑えられるはずもない。

杏実たち昭和電建の調査は、終了していた。外部からポッドへの物理的な通路は全て封鎖されて、侵入の痕跡は一切なかった。

施設内でクロスボウやその機能を果たす物品も見つからなかった。何でもなく見えて、実は不思議な事態だった。

クロスボウは、意外に大きい。バーネット社の標準的製品で全長三十六インチ、幅二十インチもある。ポッド内に持ち込むには、一苦労だったと思量された。

たまたま出会ったデータホール前で、杏実と話していて、思わず口にした。

「それにしても、なぜ、クロスボウなんだろう」

杏実も同じ思いだったらしく、疑念を口にした。

「クロスボウの静音性は、ポッド内の騒音では意味がないです。銃よりは静かですが、それだけです。携帯性や威力を考えたら、銃のほうが有利なのに」

「まあ、銃よりはクロスボウのほうが入手しやすい側面はあるが。やはり、何かのこだわり、思いが犯人にはあったと思える」

「では、関係者の中でクロスボウ愛好家を調べればいいのでは」

杏実の考えを、私は即座に否定した。

「仕事のできる大嶽なら、とっくに当たっている。犯人だって、そこまで愚かじゃない」

「となると——やっぱり、分からないです」

「今は、分からなくていい。いずれ、答えの分かる日が来るだろう」

私は杏実と別れて、データホールを後にした。

結局、この日の収穫はこれで終わりだった。

夕刻を過ぎて、大嶽とは連絡が取れなくなった。午後八時から、森署で捜査会議が開かれると聞いていた。

午後七時を回ると、GSSの夜勤の人間がやってきた。夜勤者たちが口々に話すニュースの断片を聞き流しながら、私は帰り支度を始めた。

何だかんだ、私は疲れていた。心身を休めたかった。

午後七時四十五分の引き継ぎを終え、駐車場からデミオを出した。

11

国道5号沿いのコンビニに寄って、日用品を買い足した。

〈芸術の村〉のゲートを入り、管理事務所の脇を抜けた。駐車場に車が一台、残っていた。漆黒《しっこく》の中、未舗装の山道を走り、自宅ロッジへと向かった。

山道から引っ込んだスペースに、デミオを駐《と》めた。可菜の軽自動車はなく、まだ帰宅していなかった。私はデミオを降りて、砂利道をロッジへと歩いた。

不意に、私の中のアラームが鳴った。砂利道に置いた洗車用のバケツの位置が変わり、転がっていた。可菜は、自分で洗車しない。バケツは、私だけが使う。つまり、誰かが、暗闇の中で、バケツに蹴躓《けつまず》いた。バケツの存在を知らない誰かが。

闇の中で立ち止まって、少しの間、考えた。

警備部の刑事が、私の自宅に立ち回っても一向に不思議ではない。だが、倒したバケツを放置するほど、がさつだろうか。

昼間の若者たちが、お礼参りに来た？　だったら今頃、取り囲まれている。それに、悪ガキにしては手が込みすぎている。

考えを打ち切った。ロッジに帰らないわけにはゆかない。ここは日本だ。テロリストはいない。いても、自動小銃は持っていない。

私は足音を忍ばせて、ロッジ入り口へと向かった。ステップを上がり、ドアに耳を付けた。何も物音はしなかった。

ドアを解錠した。カチリと鳴った。侵入者にも届いたはずだ。ドアを細く開けた。室内の空気が流れてきた。微かにコロンが香った。

私はドアを押し開いて、中に入った。人感センサーの玄関灯が点《つ》いた。私は、奥に向かって「出て来い」と怒鳴った。

突如、リビングの明かりが点き、テレビの音声が流れた。

「ハーイ。こっちに来いよ、ジョー」

テーブルセットに、巨漢の黒人が窮屈げに座っていた。フロントライン社のかつてのボス、ウィリックだった。

「久しぶりだな、元気だったか」

「ウィリック、人の留守中に勝手に家に入り込むなんて、行儀が悪いぞ。ここは戦地じゃないんだ。窓を割ったのなら、弁償しろ」

ウィリックは、ほんの少しだけ眼を伏せた。謝ったつもりなのかもしれない。

「外で待とうかとも考えたが、俺みたいなバカデカい奴が表で立っていたら、迷惑だろうと思ってな」

「自分が迷惑な存在だって、自覚しているんだ？　じゃあ、とっとと帰ってくれ。妻が戻る前に」

「そう怒るな。せっかく、昔のトモダチが来たんだから」

「あんた、俺のトモダチだったのか。初耳だ」

ウィリックは、声を上げて喜んだ。

「ナイスジョークだ。なあ、そう思わんか」

ウィリックが声を掛けると、ベランダから白人の男が姿を現した。何と、イラクで何度も会った海兵隊のディアズ軍曹だった。

「ディアズ、あんたまで来てたのか」

「勘が鈍くなったな、ジョー。俺がテロリストだったら、お前は今頃〝歴史上の人物〟だ」

ディアズは、勝手に椅子に腰を下ろした。

「二発目の爆弾、二人目のテロリストに気を付けろって、あれほど注意しただろう」

「テロリストになったのか、ディアズ」

「除隊して、今は、俺もフロントライン社のメンバーだ」

ウィリックが、話を引き取った。

「ディアズには、俺の副官役を務めてもらっている。今回の件で急遽《きゅうきょ》、合衆国《ユニオン》から飛んできたんだ。三沢《みさわ》経由でな」

「よく、俺の居場所が分かったな。ああそうか、S社経由だな」

ウィリックは、否定も肯定もしなかった。

「ルメイの事件は、大騒ぎになっている。S社とワシントンは、テロを疑っている。それで、俺とディアズは日本に飛んできた」

「テロの疑いは、あるのか」

「国家安全保障局（NSA）の通信傍受システム〈エシュロン〉が、不穏なメールをキャッチしている。ヨーロッパの環境保護団体のメンバー間のＳＮＳで、ＨＫＤⅦで近々、破壊工作を行うとするやり取りだ」

「まさか、こんな田舎で……あり得ない」

突拍子もない話だった。

「ないとは言い切れない。セキュリティーとは備えだ。泥棒が入らなかったから、鍵は不要とはならん。テロも同様だ。放置はできん」

ディアズが、付け足した。

「しかも、現に殺しが起きた。警備強化は、むしろ当然だろう」

「しかし、なぜ、環境保護団体が絡む？」

ディアズは「さあね」と両肩を竦《すく》めてみせた。

「環境保護団体とは名目で、本当は、左翼の過激派なんだ。過激派なら、テロは当たり前に企《たくら》むだろうよ」

「それほど重要な施設なのか、ＨＫＤⅦは」

ディアズは答えなかった。代わりに、ウィリックが口を開いた。

「Ｓ社とワシントンは、日本の警察以外にも、早急に情報のチャンネルを欲していた。そうしたら、打ってつけの野郎が見つかった。しかも、そいつはＳ社の代理人と名乗って、あちこち嗅《か》ぎ回っている。Ｓ社とワシントンは、いっそ、そいつをエージェントに雇うと決めた。それで、俺たちがやって来た」

「勘違いするな。俺は日本の警察に半ば強引に脅されて、捜査に付き合わされている。それだけだ」

「だから、お前をオフィシャルな人間にしてやる。今から、お前は正式にＳ社のエージェントとして動いていい。いい話だろう？」

私は、ウィリックの話を心の中で天秤《てんびん》に掛けた。これで、動きやすくはなる。調査の妨害も受けないだろう。

「俺への報酬と、俺の果たすべき義務は？」

ウィリックは、首を横に振った。

「何もない。時々、俺の問い合わせに答えればいい。な、楽だろ」

「もしも、この話を断ったら、どうなる？」

「やめとけ。お前はＮＤＡ違反で、訴訟を抱える羽目になる」

「くそっ、汚いぞ」

私は思わず、テーブルを手で打った。それを見て、ウィリックとディアズは腰を上げた。

「とにかく、俺たちに協力しろ。悪いようにはしない」

ウィリックは、私の前に名刺を置いた。

「裏に携帯電話番号とメールアドレスが書いてある。何かあったら、連絡しろ。俺たちは、函館市内のホテルに泊まっているからな」

ディアズが私を見て、ニヤニヤとした。

「それと、俺たちは米軍属の身分なんだ。何か欲しい物があったら、何でもリクエストしてくれよ」

「要らない。あんたたちが消えてくれたら、いちばん嬉《うれ》しい」

ウィリックが、梱包材《こんぽうざい》でくるまれた包みを、ゴトンと置いた。

「これは、俺からの気持ちだ」

「何だよ、これは」

「いいから、開けてみな」

梱包材を剝《は》いだ。途中から、中身には気付いていた。

タオルの中から、シグ・ザウエルP320が現れた。イラクで私が愛用していた銃だ。眼の前で、マンディが爆死したとき、私が握り締めていた銃だ。対戦車手榴弾《しゅりゅうだん》を持った男の子を撃てなかった銃だ。

「どうやって、これを――」

「ずっと、俺が預かっていた。いつか、ジョーに返そうと思ってな。メンテナンスも、きちんと行っている。だから今、返す」

「要らん。こんな物は受け取れない」

「そうはいかん。これは、一種の約束手形だ。お前が俺たちを裏切る、あるいは裏切ったと、俺たちが判断する。日本の警察に通報が入る。鹿島丈という男が、拳銃《けんじゅう》を不法所持している、と。一方、お前は俺たちを裏切らない限り、そいつを自由に使っていい。事と次第では、テロリストと対峙《たいじ》するかもしれん。護身用に持ってろ」

私はシグ・ザウエルを手に取った。銃把が、ぴたりと手に吸い付いてくる。持った重みで、九ミリパラベラム弾が十七発、装塡《そうてん》されていると分かる。この銃の癖も、承知している。

「今度こそ、これを使え、マンディみたいな犠牲者は二度と出すな——そういう意味だな」

ウィリックは答えなかった。ディアズも、沈黙の中にいた。

やがて、二人はロッジから出て行った。去り際、ディアズは何か言いたげだった。だが、私の肩をポンと叩《たた》いただけだった。

私はしばらく、動けなかった。やがて銃を再びタオルと梱包材でくるむと、外に出た。

デミオのグローブボックスに銃を仕舞った。

第三章　DHO　Door Held Open

1

二〇二一年六月二日（水）

翌朝、五時に目が覚めた。寝ぼけたまま腕を伸ばすと、横向きに寝ている可菜の身体があった。可菜の脇腹を擽《くすぐ》ってやると、可菜は寝返りを打った。

「うーん、朝か――」

「おはよう。今日も、仕事かい」

「仕事だよ。もう起きなくちゃ。珈琲《コーヒー》を淹《い》れる当番、私だっけ」

「そうだよ。でも、代わってあげてもいい」

可菜が、ふふふと笑った。

「マスター、ブレンド二つ、お願いします。ミルク、砂糖も」

「しようがないな。結局、俺が淹れるのか」

「だって、丈さんの淹れる珈琲は、美味《おい》しいんだもの」

お世辞でも、悪い気はしない。私は反動を付けて「エイヤッ」と起き上がった。その姿が爺《じじ》むさいと、可菜はいつも笑う。

豆から挽《ひ》いた珈琲を淹れながら、テレビを点《つ》ける。スマホでもチェックしたが、HKDⅦの事件に進展はなかった。

朝食を可菜と囲んでいるとき、ふと思い付いて尋ねた。

「ゆうべも遅かったけれど、どうしたの」

「別に、どうもしない。先生んちに南瓜《かぼちゃ》の煮物を届けたら、ニュースをやっていて、丈さん、帰りが遅いだろうなって。それで、先生んちで、テレビを見ながら、お喋《しゃべ》りしてた」

「先生は、何だって」

「これは大変な事件だな、って。何でも、現代を象徴する事件だって。日本全体にも、アメリカや中国にも関わってくる大事件になるだろう、って」

ヨーグルトにのせたブルーベリーのコンフィチュールを掻《か》き混ぜながら、私も大内を訪ねてみようと思った。考えてみれば、私はHKDⅦもデータセンターも何も知らなかった。

ここらで、基礎知識を仕入れても無駄ではあるまいと思った。GSSなら電話を入れておけば、何とかなるだろう。

出かける前に、大内に電話を入れた。可菜は、昨日休んだ分を埋めたいと早めに出かけていった。私は防災センターに電話で断りを入れてから、大内宅へデミオで向かった。

大内宅のチャイムを鳴らすと、パジャマ姿の大内がドアを開けた。

「いらっしゃい。寝起きでこんな恰好《かっこう》ですが、お入りください」

「もしかして、お休み中でしたか。申し訳ない」

「とっくに目覚めておったが、睡眠薬がまだ残っておってな。午前中はいつも、ダラダラと過ごしております」

大内が、睡眠薬のユーザーだとは知らなかった。

私は、小型の保温バッグを掲げた。

「可菜が『先生に』って、朝食を持たせてくれました。後で、どうぞ。珈琲もお持ちしましたが、お飲みになりますか」

リビングのソファに身を沈めた大内は、キッチンを指した。

「戸棚から、あなたの分もカップを持ってきてくれませんか。私はブラックでいいが、クリームや砂糖も戸棚にありますから、お使いになるならどうぞ」

私は礼を述べて、戸棚からカップを二つ取ってきた。私が淹れた珈琲を保温水筒から注いだ。大内はカップを口に運んだ。

「本物の珈琲は、久しぶりです。いつもはノンカフェインのインスタントですが、やはり本物はいい」

「函館の美鈴《みすず》珈琲の豆ですよ。私も、珈琲だけは目がなくて。朝は珈琲があれば満足です」

「鹿島さんは、海外生活が長いのでしたな」

思わぬ切り返しに固まると、大内は微笑んで種明かしをした。

「ウチで一度、昔の名画のＤＶＤをお見せしたとき、あなたは字幕にないジョークで笑っておられましたな。あのとき、鹿島さんは英語圏で暮らした経験がおありなのだなと思いまして」

「昔の話です。可菜には、まだ話していないので」

「分かっておりますよ。可菜さんには、あなたからお話しください」

平静を装ったが内心、ひやりとした。隠してはいないが、まだ話してはいない過去だった。折を見て、可菜には話すつもりだった。

「可菜から聞きましたが、昨日〈グリーンフォレスト〉で起きた事件を、いたく心配されていたとか」

「データセンターで起きた殺人ですね。ニュース以上は知りませんが、その後、進展はあったのですか」

「まだ、犯人は捕まっていません。捜査当局も、苦労しています」

「では、やはり突発的で単純な事件では、なさそうなのですね」

私は、ソファの上で姿勢を正した。

「実は折り入って、お願いがあります。〈グリーンフォレスト〉の事件について、会社からの依頼で警察の捜査の傍ら独自に調査を進めています。大内先生にも、ご協力いただけませんか」

「私のような年寄りでもお役に立てるなら、何なりと」

私は、大内に頭を下げた。どこから話を始めるか、考えを巡らせた。

「ありがとうございます。お願いして何ですが、実は、私はデータセンター自体を全く知りません。一カ月前にタウン誌の求人を可菜に教えられて、初めて知ったぐらいで。そこで、先生にデータセンターとは何かから教えていただきたいのです」

「可菜さんから、お聞きになったのですか」

大内は、カップを手にしたまま軽く笑った。

「こう見えて、私は東北大を出て、母校で地球物理学の教授をしていましてな。本当は、東大に行きたかったが戦後の混乱期で、可能な家庭の子はなるべく東京を避けるようにとのお達しで、私は仙台に進学したのです」

「そうでしたか。先生は、埼玉県の出身でしたね」

困惑する私を尻目《しりめ》に、大内はいつもの自慢話を繰り広げた。アメリカの大学からのスカウト、東日本大震災の四十年前からの警告、獲《と》り逃がしたノーベル物理学賞――。

私が痺《しび》れを切らしかけた頃、思わぬ形で本筋の話になった。

「定年退官をして二十四年前から、ここに住んでおりますが〈グリーンフォレスト〉の建設前、ソラリス社の米国人マネジャーの訪問を受けましてな」

私は一気に、目が覚めた感じだった。

「もしかして、デニス・メデロスですか」

「そんな名前でしたか。私が地球物理学者で、当地の地質や地層を独自に調査研究している専門家と知って、訪ねてきたのです」

「それは、どんな用件でしたか」

「現在の〈グリーンフォレスト〉のある森町赤井川の地質を尋ねに来ました。何でも、データセンターの建設を考えていると内密に打ち明けられ、岩盤の強度と地震の可能性、近くの駒ケ岳の噴火リスクを知りたい、と」

考えてもみないヒットだった。

「先生は、どう答えられたのですか」

「結論を申せば、差し当たり問題はなかろう、と。難点を挙げれば、国立公園に近いので、建設には注意しなければならないと伝えました。また、駒ケ岳は活火山です。火山活動は静穏ですが、噴火爆発の恐れには留意しなければならない。しかし、岩盤は強固で、断層もない。大型施設の建設は可能でしょう。加えて北海道の冷涼な気候、きれいな空気はメカの冷却にもよい。サポート技術者の住居確保も容易だ」

「ソラリス社は先生の意見を入れて、建設に踏み切ったのですね」

大内は、困惑した表情を見せた。

「どうでしょう。ただ、強固な岩盤が〈グリーンフォレスト〉の建設された最大の理由です。実は、私も後から気になって、データセンターとは何かを調べてみた。知れば知るほど、データセンターとは現代社会にとって必須《ひっす》のインフラストラクチャーだと分かったのです。情報の貯水池や浄水場ですな。一日でもストップしたら、社会が崩壊する」

「文科系で、ＩＴに弱い私にも分かるように教えてください」

大内は、室内を見回した。壁際のテレビに目を留め、指さした。

「例えば、テレビ。ＮＨＫや民放が二十四時間、放送していますが、あの放送データや映像はどこに保存されていると思いますか」

「自局でしょう。ＮＨＫには発祥の地、東京・愛宕山《あたごやま》にＮＨＫ放送博物館があって、過去のラジオやテレビの番組を視聴できるとか。横浜には放送ライブラリーもありますよね」

大内は、薄く笑った。

「それは、大昔の歴史的な放送を見られる公開施設です。そうじゃなくて、現在の毎日の放送データはどこに保存されていますか」

「自局内の資料室なり、倉庫では」

「かつては、そうでした。でも、そうした物理的なアーカイブはいずれ満杯になって、新たな保存場所が必要になる。なので、現代の放送局はデータセンターのサーバーをレンタルして、そこに放送データや映像を残しているのです。放送局だけではない。ユーチューブなどの動画投稿サイト、ネットフリックスやアマゾン・プライム・ビデオ、Ｈｕｌｕ《フールー》などの動画配信サービスも同様です」

私は、かつて全国の主要な駅近くにあったレンタルビデオ店を思い出していた。二〇一七年頃から、店舗は次々と閉店した。

「そう言えば、以前はレンタルＤＶＤで映画を観る人が多かった。でも最近は、ネットの動画配信サービスで観ますよね」

「それだけではない。男二人だから話しますが、アダルト動画配信サービスやポルノサイトだって、サーバーはデータセンターにあるのです。何も動画だけではない、インターネットやメール、鹿島さんが最近お始めになったインスタグラムなどのSNS、電話での音声も、役所の戸籍や住民基本台帳も、全てデータセンターにバックアップされている。まさに現代社会にとって、データセンターは情報のインフラ基盤なんです」

「そんなに広範で重要な基盤なのに、データセンターの存在を、今まで私は知らなかった」

大内は、得意げに鼻を蠢《うごめ》かせた。

「関係者以外の一般には、隠されているからです。政府や企業、メディアは全て情報はクラウド、空の雲みたいに浮かんでいて、地球のどこからでもいつでも利用できると宣伝しています。その表現、比喩《ひゆ》自体は正しいが、現実のクラウドは地上のデータセンターにある」

「クラウドは、雲の上にはないんですね」

「原発と同じで、データセンターを物理的に攻撃されれば現代社会はとてつもない打撃を受ける。だから、データセンターの所在は一般には隠されている。分からないような名を付けられ、地図上でも無名の四角い建物としか記されていない」

　私は昨日から詰め始めたデータセンターを、人里離れた山腹に聳《そび》え立つHKDⅦを思い浮かべた。なるほど、データセンターとはクラウドの城だったか。自分は、城に詰める新入りの城兵だった。

「データセンターの内部は複雑で、警備も厳重です。そんな城の内部で殺人が起きた。だから、極めて重大な事件なのですね」

「事件の捜査で、私は部外者です。しかし、データセンターの重要性なら畑違いの私にも分かる。隠されてはいるが、データセンターこそ現代文明の巨大な終着点、完成点なのです」

　大内の熱心な講義は続いた。さすがに、名誉教授だけはある。門外漢の私にも分かるように、大内は易しく説き明かしてくれた。

　――コンピューターの起源には諸説あるが現在、使われているコンピューターはノイマン型と呼ばれ、一九四五年にハンガリー生まれの米国の数学者ジョン・フォン・ノイマンによって原理が構築された。

　翌一九四六年、米ペンシルベニア大で、世界初のノイマン型コンピューターの実機〈ＥＮＩＡＣ《エニアック》〉が完成した。

〈ENIAC〉は高さ二・四メートル、奥行き〇・九メートル、幅三十メートル、総重量二七トンもあった。収容するには、倉庫ほどの建屋が必要だった。マシンではなく、施設だった。

一九四九年、米国の物理学者ウィリアム・ショックレーが、トランジスタを発明。〈ENIAC〉で一万七千四百六十八本も使われていた真空管の代替となる半導体ができた。ノーベル物理学賞を受賞したショックレーは、トランジスタの事業化にも熱心だった。

一九五五年、ショックレーは米カリフォルニア州マウンテンビューに、ショックレー半導体研究所を造った。現在はグーグル本社になっている、その場所を中心に、シリコンバレーが形成された。

一九六八年、シリコンバレーで、三人の技術者が半導体に微細な電子回路を作り込んだ集積回路の会社〈インテル〉を起こした。三人のうちの一人、ゴードン・ムーアはムーアの法則と呼ばれる経験則を提唱した。

「集積回路のトランジスタ数は、十八カ月（一年半）で二倍になる」

ムーアの法則を当てはめれば、コンピューターの性能は二百四十カ月（二十年）で、二の十三・三乗≒一万八十五倍になる。

「鹿島さんは今、三十九歳ですか。二十年前、あなたが十九歳の頃、コンピューターのモデムの通信速度は三三・六Ｋｂｐｓでしたな」

「確かに。三三・六の数字は、未《いま》だに頭に残っています」

「ところが、今のＷｉ－Ｆｉ規格11ａｃ対応のパソコンでは、ほとんどの製品が最大速度を四三三Ｍｂｐｓにしています。一Ｍｂｐｓは一〇〇〇Ｋｂｐｓですから、四三万三〇〇〇÷三三・六＝一万二八八六・九、約一万三千倍も速くなった。ムーアの法則以上ですな」

だが、一万倍も速くなったと聞かされても、ピンと来ない。私が考えていると、私の困惑を見透かしたふうに大内が畳み掛けてきた。

「ロケットが地球の引力圏を飛び出す速度、つまり地球脱出速度を第二宇宙速度と呼びます。秒速約一一・二キロ、時速四万三二〇キロです。二十年前の通信速度が時速三キロの幼児のよちよち歩きなら、今のパソコンは宇宙ロケットです。約一万三千倍も速くなるとは、幼児とロケットの違いです」

「そんなに速くなったんですか」

大内の喩《たと》えに、私は唖然《あぜん》とした。

大内は、声を強めた。

「コンピューターの進歩は半面、データ量の爆発的増大を齎《もたら》します。激増するデータ量にどう対処するかが、現代の情報通信の課題です。しかし、悠長な話ではなく、もはや危機的状況なんです」

「データの激流に、溺《おぼ》れる感じですか」

「まさに、それです。私は、まだ科学者の端くれです。だから、どうせなら正確な話をしましょう。少々、お待ちください」

言い終えるなり、大内は奥の北向きの部屋に引っ込んでしまった。どうやら、そこが大内の書斎らしかった。少しして、大内はノートパソコンを持ってきた。

「ネットで、総務省が発行している『情報通信白書』の要約版が見られます。最新の令和二年版を見てみましょう」

大内はマウスを操作し、第三章第一節「5Gが加速させるデータ流通」を開けていった。急激な右肩上がりの折れ線グラフが現れた。

「このグラフ『固定通信トラヒックと移動通信トラヒック』をご覧なさい。トラヒックとは、情報通信用語で、トラフィックとほぼ同じです。二〇一一年五月では一八〇〇Gbpsだったブロードバンド――つまりパソコンの総ダウンロード量が、二〇一九年十一月には一万二六五〇Gbpsにまで増えています。同様に、移動通信――携帯電話の総ダウンロード量は、ほぼゼロから三〇八二Gbpsにまで増大しています」

「ブロードバンドは八年六カ月——百二カ月で七倍に増えていますね。携帯電話に至っては、まさに爆発だ」

「日本だけでもこうですから、世界全体では途方もない天文学的数字になる。この先、コンピューターの数は増加こそすれ、減りはしない。データセンターの拡充が、全世界的な急務なのですよ」

大内の話は、新鮮だった。私が高校から大学に進んだ頃、情報通信の世界で一種の〝革命〟が起こっていたとは全然、知らなかった。

「データセンターという言葉は、いつから使われ始めたんですか」

「はっきりしないが、一九九〇年代にはインターネット・データセンター（ＩＤＣ）という言葉が使われていた。それ以前には、コンピューターセンターという言葉が使われていた。しかし、今のデータセンターとは違って、巨大コンピューターを収容する施設だった。鹿島さんは覚えておられますか、ウィンドウズ95の発売された一九九五年を」

「はっきり、覚えています。当時、私は中学一年でした。コンピューターマニアがショップに徹夜の大行列を作ったりして、メディアに報じられました」

「ウィンドウズ95の発売された一九九五年と日本でｉＰｈｏｎｅが発売された二〇〇八年を、記憶しておくとよいですよ。社会に大変革を齎した年だから。一九九五年を境に、日本や世界では爆発的にインターネットが普及した。それに応じて、企業は大規模な自社サーバーを用意した。ところが、世の中には頭のいい人がいるもんですな。自社サーバーの使っていない〝部分〟を、人に貸して収益を挙げようとする事業が二〇〇〇年代に始まった。最初は、アマゾンが行ったと聞いています」

アマゾン――IT業界の巨人、巨大国際企業。グーグル（アルファベット）、アップル、フェイスブック（現メタ）と共にGAFA《ガーファ》と並び称される。そのアマゾンが最初にデータセンター事業を行った。

「それとソラリス社は、どう関係するのですか」

「まあ、お待ちなさい」

大内は笑って、珈琲《コーヒー》を一啜《ひとすす》りした。

「アマゾンを追い掛けてグーグル、マイクロソフトなどもデータセンター事業を始めた。日本でもNTTやKDDI、ソフトバンク、さくらインターネットなどがデータセンター事業を立ち上げた。これに、二〇〇六年頃から本格化したクラウドサービスが拍車を掛けたのですな」

「すみません、クラウドがよく分かっていません」

「そうでしたか。クラウドとは雲、空に浮かぶ雲のように、地球のどこからでも利用できるコンピューターサービスを指します」

瞬間的に、なぜかバグダッドの日々を思い出していた。イラクでは天気は毎日、快晴だった。だから、雲はない。天気予報もない。来る日も来る日も強い陽射しが、大地と生き物を灼《や》いてゆく。クラウドとやらを思い付いた人間は、砂漠地帯以外の出身に違いない。

「以前のコンピューターは、アローンのマシンに入っているCPUとアプリケーションがタスクをこなしていた。しかし、通信手段が飛躍的に向上した今、アローンのマシンに代わり、高性能のクラウドコンピューターがタスクを行おうとしています」

「私たちも、ワードやエクセルの代わりにGoogleドキュメントやスプレッドシートをよく使います。知人には、タブレットのChromebookを使う者もいます。ノートパソコンと遜色《そんしょく》なく使えるとか。ただし通信環境が悪くなると、お手上げだって」

「分かりやすい例が、車の自動運転です。個別の車にコンピューターを搭載するのではなく、クラウド上のコンピューターが次々と車に命令を下してゆく。間もなく、そんな時代が来ます」

私は、テレビのCMで何度か見た車の自動運転を思い出した。車の自動運転は、技術的にすでに完成している。

「車の自動運転と、データセンターがどう関わるのですか」

「クラウドのコンピューターは、本当は地上のデータセンターにあるのでしたな。通信速度は飛躍的に向上したとはいえ、やはり近距離のほうが都合がよい。そこで、将来的にはエッジサイトという小さなデータセンターがあちこちの街角にできると言われている。自動運転の車は次々に、指令コンピューターが切り替わってゆく」

私はカップの珈琲を一口、飲んだ。

「そうなれば、自動車の運転の概念が大きく変わりますね。人間が運転しないのなら、車の免許さえ要らなくなるかもしれない」

「まさに、その通り。しかし、ここに来て、米国や中国、ロシアなどの超大国は気付いたのです。クラウドと、それを支えるデータセンターは、大変に重要な軍事技術、軍事拠点ではないか、と」

イラクで毎日、見かけた米軍の装輪装甲車輛（ＭＲＡＰ）を思い出した。自動運転のＭＲＡＰができたら、市街戦は様相が一変するだろう。敵兵を、無人のＭＲＡＰが追い詰めてゆく不気味。

「自動運転の軍用車輛ができたら、ＳＦ風景の戦場が出現しますよ」

「これからの空中戦は、一対一の戦闘機が行うドッグファイトではない。爆撃機の腹から吐き出される超小型無人機《マイクロドローン》の群れが、雌雄を決します。超小型無人機はメダカの群れみたいに時に離合集散し、自律的に動くかと思えば、集団行動もする」

「なるほど。そんな集団の空中戦でも、クラウド——つまり、データセンターのコンピュータが重要になってくる」

「さよう。そこで米政府は、自分たちの肝煎《きもい》りでソラリス社を作った。ソラリス社は世界中にデータセンターを建設して情報のインフラを受け持つと共に、米国の重要軍事拠点にもなるわけですな。ここの〈グリーンフォレスト〉ならば対中国、対ロシア、さらには対北朝鮮の軍事クラウドを受け持っているかもしれない」

ウィリックたちがこんな僻地《へきち》にまで足を運んだ理由が、分かってきた。連中は実質、米軍の手足となって動いている。

だとすれば、やはりＨＫＤⅦの殺人は反米組織によるテロなのだろうか。しかし、テロにしては、どこか小粒だった。

データセンターとソラリス社の接点の話が終わったところで、腰を上げた。

別れ際、大内はどこか寂しげに「疑問があったら、いつでも聞きに来てください」と口にした。

「何かあったら、また、お世話になります」

私は頭を下げて、名残惜しげな大内の家を辞した。

2

ＨＫＤⅦに着いたときは、午前十時を過ぎていた。

駐車場にデミオを駐《と》めて、エントランスを入ろうとするところで、意外な連中とばったり会った。慶祐と仲間三人が、エントランスに列を作っていた。

慶祐たちは私を見ると、一斉に慌てて大声で挨拶《あいさつ》した。

「おはざーっす」

私はおかしさを堪《こら》えながら、挨拶を返した。

「おはようございます。昨日は、どうも」

さすがに、痣《あざ》だらけの慶祐は決まり悪い顔をした。

「鹿島さん、いろいろ、すみませんでした。あれから、姉ちゃんにどやされて――」

「今日から、働きに来たわけだな」

慶祐は、私の後ろを見て「あ、姉ちゃん」と叫んだ。里映が向こうから来ていた。

里映は私を見て、慌てて挨拶した。

「鹿島さん、昨日は弟たちがお世話になりました」

「どういたしまして。慶祐君たちは一日で随分、大人になりましたね」

里映は何度も頭を下げて、慶祐たち四人を引き連れていった。

オフィスに入ると、帯刀たちは困憊《こんぱい》の体だった。午前八時の始業から、ポッド内に大勢の捜査員たちが入り始めた。お蔭《かげ》で、防災センターの機能は崩壊寸前だった。帯刀は、私の来た通路を指した。

「鹿島さん、取り敢《あ》えずエントランスに入ってください。今、就いている人間を交代させなくては」

「承知しました。分からない点は、無線で聞きます。ところで、警察の動きは？　捜索は、ポッドだけですか」

「山狩りは一応、終えたらしい。様子を見る限り、成果はやっぱりなかったみたいですな。あと、駐車場と接続路の防犯カメラの映像を、鑑識課員らが首っ引きで見ています。こっちにも人を取られて、防災センターはパンクしそうです」

「そんな時に我儘《わがまま》を通してもらって、すみません」

エントランスに入って、受け付け業務に就いた。

だが、私が代わってからは暇だった。

午前十一時前には、可菜が〈白樺〉のワゴン車で乗り付けてきた。ロビーに無線を入れ、ワゴン車をローディングドック（搬入口）に誘導した。

車から降りた可菜は朝の出がけより幾分、消耗しているふうに見えた。だが、敢えて口にしなかった。

「いつも、この時間に来るの」

「本当は、もっと早く午前十時半には来るんだけどね。今日は警察の検問に引っ掛かって、いつもより遅くなっちゃった」

可菜は、ローディングドック脇の小部屋の長机に仕出し弁当のケースを移し始めた。手伝ってあげたかったが、制服着用中の警備員は警備以外の業務を禁じられている。見ているしかなかった。

「いつも何食ぐらい、弁当は作るの」

「多い日は百個以上も作るけれど、今日は少なくて四十数個かな。その分、細かい注文が多くて、てんてこまいだった」

「大変だったね。でも、あと一息だね」

「ここは山の中で、コンビニも何もないからね。美味《おい》しいお弁当を、って心を込めて作ってるよ」

可菜は弁当の詰まったケースを降ろし終えると、腰を伸ばした。私は可菜の背中をポンと叩《たた》いて、いたわった。

「ところで、ここで函電設備の里映さんと弟の慶祐君に会ったよ」

「里映ちゃんって、溝畑さんちの？　丈さん、二人を知ってるの」

可菜は、急に目を輝かせた。

「昨日、偶然に出会ってね」

「珍しいね。私の昔からの知り合いに偶然、会うなんて」

「今朝も会ったよ。今日から慶祐君も、ここで働くんだって」

「へー、慶祐も、心を入れ替えたか。ねえ、二人をどう思った？」

私は答えに詰まった。まさか、本音を口にするわけにもゆかない。

「里映さんはしっかり者。慶祐君は――姉さんに敵《かな》わない感じだね」

「それだけ？　ねえ、丈さんの眼から見て、慶祐はどう映ったの」

「ウーン、ちょっと頼りないかな。突っ張ってるみたいだけど」

可菜は、私の曖昧《あいまい》な説明にピンと来たみたいだった。

「もしかして、丈さん、慶祐たちに絡まれたりしなかった？　あの子たち、ワルぶってて、他所者《よそもの》だと見ると、カサに懸かってくるの。とりわけ、ここの関係者には、わざと絡むのよ」

答えに窮したが、可菜に見つめられると嘘は吐けなかった。

「多少はね。でも問題にならないぐらい、弱っちいんだ」

「ごめんね、丈さん。あの子たちも、本当は悪い子じゃないのよ」

「それは分かるよ。でも、一斉に掛かってこられると、こっちも無意識に手が出る。なるべく、けがはさせないようにしているけれど」

可菜は、声を立てて笑った。

「そうだよね、丈さんは怒ると鬼みたいに強くなるもんね」

「別に、大してさ。それはともかく、慶祐君たちも他所者だからって簡単に手を出さないほうがいい。相手が玄人なら、大けがをする」

私は無意識のうちに昨日、会ったウィリックとディアズを思い返していた。二人に手を出したら、骨折一本では済まない。

「里映ちゃんも、注意してはいるんだけどね。あの年代の子は、知らない相手を見縊《みくび》るの。それに、あの火災事故があってからは」

途中まで話していて、可菜は急にやめた。うっかり口を滑らせてしまったと、顔に描いてあった。

「知ってるよ。三年前、まだ建設中の時期に火が出て、六人が亡くなったんだよな」

　可菜はほっとしたふうに、引き攣《つ》った笑みを浮かべた。

「知ってたの？　今まで黙っていて、ごめんね。別に隠すつもりはなかったんだけど、丈さんが気にするかな、と思って」

「俺なら、大丈夫だ。気にしないでくれ」

「そう――亡くなった六人は全員、地元の人たちで、慶祐たちの知り合いもいたから。それで、ことさらワルぶるようになったかもしれない。まあ、私から里映ちゃんにも、きちんと伝えておく」

「なら、問題はない。こちらこそ、変な話をして悪かったな」

　弁当ケースを運び終えた可菜が、私に声を掛けてきた。

「作業終了。じゃあ、引き揚げるね」

「お疲れ様。もう一回、来るのか」

「午後三時頃、弁当ガラを引き取りに来るよ」

「その頃には、外構周辺の捜索も一段落がついているだろう。気を付けてな」

　可菜は手を挙げて、ワゴン車を出していった。

午後は、ポッドのドア前で立哨に就いた。その頃には、私服の刑事の数もめっきり減っていた。

*

大嶽の指示で、警察関係者もポッド内の出入りには金属探知検査を行うようになった。殺人事件の発見から二十四時間以上が経ち、サイト内に普段通りの秩序が復旧しつつあった。

午後二時、私の交代間際に、昭和電建の杏実たちが現れた。台車に建材を積んでいる。問うよりも早く、杏実が声を掛けてきた。

「お客様の指示で、ポッド出入り口のD202にプレハブの仮屋を建ててマントラップを設置します」

「お待ちください。こちらでも、責任者に確認します」

無線でロビーを呼び出すと、帯刀は不在だった。帯刀の呼び出しの間に、杏実が近付いて囁いてきた。

「大嶽さんと、さっき話しました。山狩りは収穫なし、防犯カメラの映像も今のところ、ヒットなし。苦戦しています」

「構内の捜索は、済みましたか」

「軽く、仰《おっしゃ》いますね。電線や光ケーブルなどのエレクトリック・パイプ・スペース（EPS）、上下水道管やガス管などのパイプスペース（PS）も含めて、小扉は何カ所あると思ってるんですか。倉庫室や荷物室、階段室、自動消火用のシリンダー室、消火栓も加えたら、全部で約二百カ所ですよ。目視するだけで一日仕事です」

「すまなかった。それで、何か出ましたか」

「何も。だから、こっちも疲れているんです。でも、犯人が本気でクロスボウを隠したら、簡単には見つからないですよ。バラバラにして産廃ゴミに交ぜてもいいし、防災用貯水槽に沈めたっていい。隠し場所は、それこそ無限にある」

杏実の話は、もっともに思えた。シラミ潰《つぶ》しに調べて回ったら、建設に掛かった手数と同じ手数が掛かる。

「凶器の線は頼りにならないな。ところで、マントラップって何ですか」

杏実は、びっくりした顔で私を見た。

「鹿島さん、警備なのにマントラップを知らないんですか」

「サイト警備は駆け出しなんだ。素人だと思って、教えてください」

杏実は呆《あき》れたふうに顔を振ると、組み立て中のプレハブを指した。

「マントラップ、通称マントラとは検査室です。人間用の罠《わな》じゃありませんからね。トラップは止める、人止めの意味です。サッカーでも、球の受け止めをトラップと呼びますよね。あれと同じです」

「つまり、金探検査、手荷物検査用の部屋ですか」

「そうです。まず、アルミの支柱を立てます。次に、石膏《せっこう》ボードを張ります。天井はないけれど、簡単な小部屋になります。お客様から『物騒だから、早急にマントラを作れ』と要望があったんです」

私は、昭和電建のスタッフたちが組み立てている薄いドアを見た。

「だが、あんなパーティション用の薄いドアじゃ、すぐに破られますよ」

「分かっています。本当は地下二階に正式のマントラップがあるんですが、まだ未完成で供用はできなくて。仮設で凌《しの》いでください」

仮設マントラップに寄ると、杏実が言い訳めいた言葉を口にした。

「でも、警備さんも入場者が来るまで、座って待機できるんですよ。電源も用意するので、パソコンも繋《つな》げられます」

「ポッドのドアが覆われて、外部から見えなくなりますが」

「警察の人たちがいつ、何人、入ったかは、外から分からないほうがいいだろうと思って。大嶽さんにも、了承を頂いています」

となると、それ以上は口を挟めなかった。

昭和電建の人間の手際は、よかった。程なくして、プレハブのマントラップが完成した。長机を置いて、カウンター代わりにした。

長机の端にパソコンを設置したら、どうにか恰好《かっこう》がついた。

私はパイプ椅子に腰を下ろして、入場者を待った。

しばらくして、帯刀とまだ三十代と思《おぼ》しき湯元天《ゆもとあきら》というGSSの警備員が現れた。湯元が、長机をコンコンと打った。

「これは、立派なマントラップですね。我々も随分、楽になります」

帯刀は、いつもの渋面を崩さなかった。

「警備上の意味はないが、S社は何か改善したかったのだろうな」

私は、帯刀に自分の懸念を表した。

「ポッドドアが目隠しされる形になりますが、大丈夫でしょうか」

「お客様の決定だから、仕方がありません。我々としては従うしかない」

帯刀は私の懸念をよそに、マントラップの造作を確かめていた。

「今、気付きましたが、鹿島さんはあれからポッドに入ってみましたか」

「まだです。捜査が続いていたもので」

帯刀は声を潜めて、私だけに聞こえるようにした。

「シリコンバレーの警備センターに頼んで、午後八時まではアラーム発報を解除しています。もちろん、アラームは鳴りますが、センターには届かない。いいチャンスだから、いろいろ試してみてください。立哨は、巡回終了後に湯元が就きますから」

私が礼を述べると、帯刀は湯元を残してロビーに去っていった。

ＡＩの〈ＨＩＫＡＲＩ〉を呼んだ。薄暗い照明のデータホールの虚空に向けて、声を発する。

「〈ＨＩＫＡＲＩ〉、鹿島丈のアクセスレベルを教えてくれ」

若い女性の声で、返事が近くの天井スピーカーから下りてきた。

『鹿島丈のアクセスレベルは〈ＨＫＤⅦ ＭＤＦ ＡＣＣＥＳＳ《アクセス》 ＡＵＴＨＯＲＩＺＥＤ《オーソライズド》〉です』

ウィリックは、最高レベルのアクセス権限を与えてくれていた。

ＭＤＦとは主制御室（メーン・ディストリビューション・ファシリティー）の頭字語《イニシャリズム》で、同時に主制御室に入れる資格をも指す。

ＭＤＦは、サイト全体の電源を管理している。ＭＤＦで主電源を切れば、サイトは全機能を停止し、データは消失する。

〈ＨＩＫＡＲＩ〉にアクセスレベルを確認できたので、一人でポッドに入ってみる。去り際の湯元に、金探検査をしてもらった。

ポッド入り口のドアの前に立つ。昭和電建の作ってくれた仮設マントラップのお蔭で、周囲からは見られない。

壁の高さ一メートルほどの場所に縦二十センチ、幅十一センチ、奥行き四センチほどの黒いボックスのカードリーダーがある。ボックスの上部には赤いライトが、静かに点滅していた。ボックス前面には、縦三列、横四列のテンキーが並んでいる。

私は、自分の誕生日から取ったＰＩＮ番号「０４１４」を押した。さらに、ＩＤカードをカードリーダーのテンキーに近付けた。

カードリーダーが、高く鳴いた。

ピー、ピー、ピー、ピー、ピー、ピー

次いで、ドアロックのデッドボルトの外れる音がした。

ドアレバーを押し下げて、そのままドアを押した。昨日の朝、開かなかったＤ２０２が開いた。想像以上に、力が要った。

ポッド内に入った瞬間、人感センサーのLED照明が点灯した。ドアレバーを放した。ゆっくりとドアが閉まった。アラーム音が消えた。

天井近くのモーションディテクター（MD）が、黒いケース越しに人間の動作を注視している。だが、工事中の今は通電せず、命を失ったままだ。

私は身を返して、ポッド内のカードリーダーを探した。アウト用のカードリーダーには、テンキーはなく、つるりとした黒いケースが緩やかな曲面を見せていた。ケースの上部にはイン用と同じく、赤い光の線が点滅している。

再び、IDカードを押し当てる。カードリーダーは甲高く鳴いた。ドアロックの解除される音がした。

戻ったところで、前から試してみたかったアイデアを実行する。

手近で見つけておいた板切れを手に取った。カードリーダーにPIN番号を打ち込み、IDカードを翳《かざ》しドアを開けた。

ポッド内に入ると、ドアとコンクリートの床の隙間《すきま》に板切れを嚙《か》ませ、ドアが完全に閉まらないようにした。

犯人の使ったトリックとして、前から考え続けていたアイデアの一つだった。犯人はポッドから人が出た際、ドアに細工して、実はドアロックを完成させていない。後から、隙を見てポッド内に侵入したとしたら、どうなるか――。

二十秒後、カードリーダーが甲高く鳴いた。プレアラームだ。ドアが完全に閉まっていないと警告している。

六十秒後、アラーム音がひときわ高くなった。耳を劈《つんざ》く感じだ。

突然、アラーム音が消えた。天井のスピーカーから、力強い男性の声が下りてくる。

『DHO、ドア・ヘルド・オープン。ドアが開放状態です』

私は嚙ませていた板切れを取った。ドアはゆっくりと閉まり、カチリとロックの掛かる音がした。

実験は、失敗に終わった。ドアを閉めたふうを装って、再びポッド内に入る、あるいはポッド内から出る試みは不可能だった。

諦《あきら》めて正規の手順を踏んで、ポッドを出ようとした。ドアの向こうに、杏実の驚いた顔があった。

「鹿島さん、いったい何をしているんですか」

「君こそ、どうして、ここに」

思わず後ずさりすると、杏実はそのまま中に入ってきた。

「資材や道具の置き忘れがないか再確認で巡回していたら、アラームが聞こえました。まさか、鹿島さんとは」

「すまない。ちょっと気になって、実験を一人でしていたんだ」

「呆《あき》れた。間もなく、警察が駆け付けてきますよ」

「一応、アラームシステムは切れているから、連絡は行かないはずだが。無線を入れておこう」

私は無線機で、ロビーを呼んだ。今のアラームはテストで、何も問題はないと説明した。警察にも連絡を頼んだ。

「これで、もう邪魔は入らない。実験を続けさせてもらうよ」

杏実は、足元に落ちていた板切れを拾い上げていた。

「もしかして、これをドアストッパー代わりにしたんですか。ドアがしっかり閉まっていないトリックを考えていたとか」

「犯人は、本当はドアを閉めなかったのでは、と考えたんだ」

「そうしたら、プレアラームが、次に本アラームが鳴ったのですね」

「そういう次第だ」

杏実は、首を横に振った。

「全く、バカバカしい。鹿島さんって、絶対に文科系でしょう？　科学的な研究実験の心構えがなっちゃいない。私の出た建築学科の研究室で、それをやったら教授に呪い殺されますよ」

「建築学科の先生が、人を殺そうとするかな」

「工事現場で揉《も》まれたり、強面《こわもて》の職人さんと渡り合ったりで、建築学科の先生は想像以上にワイルドですよ。それはさておき、研究の心構えですが、まず分かり切った事柄は調べない。次に可能な限り、計算をする。模型を作って、検証する。それらを重ねてから、本実験に入ってください」

杏実の主張は、もっともだった。

「犯人がどうやってポッドに侵入し、どうやって脱出したかを自分なりに検証していた。でも、実験前にきちんとシミュレーションしようと思う。悪いが、手伝ってくれ」

杏実は、ヘルメットの位置を直した。

「分かりました。その前に、ここを出ませんか。ポッド内で、不必要に長居しては目立ちます」

「そうだな。いったん、外に出よう」

答えておきながら、自分の心の中で何かが引っ掛かっていた。

「待ってくれ、沢瀬さん。ここに入るとき、カードリーダーにＩＤカードをスワイプさせたか」

杏実の顔が、ハッとなった。

「いいえ。ドアの前に立って様子を窺《うかが》っていたら突然、ドアが開いて鹿島さんが現れたので、つい、そのまま――」

「このまま出たら、またアラームが鳴るかもしれない」

天井に向かい、サーバーのファン音に負けず、声を張り上げた。

「〈HIKARI〉、沢瀬杏実のカードステータスを教えてくれ」

今度は、若い女の声が下りてきた。

『沢瀬杏実の現状、D202、アウトサイド』

「このまま、沢瀬杏実がD202から外に出たら、どうなる？」

『沢瀬杏実はAPB、アンチパスバックになります』

札幌で受けた新任教育を思い出した。アンチパスバック――データセンターのセキュリティーでしか、通用しない言葉だ。

元々、パスバックとは英語で「差し戻し、すり抜け」の意味だ。転じて、セキュリティー用語では「IDカードを持たない者が、別人のIDカードで不正にアクセス、通行、入退室する」意味になる。大まかに「不正通行」と括《くく》ってもいい。

その反対だから、アンチパスバックは「逆・不正通行」。ＩＤカードを持っている者が、自分のＩＤカードでアクセスしたのに、不正通行になる事態を指す。

通常、セキュリティーシステムはＰＩＮ番号を打ち込みＩＤカードを翳すと、ロックが解除される。さらにドアを開けるとドアのマグネットが反応し、ドアは開放状態と認識される。

この瞬間、ドアを開けた人間はドアを通過したと、セキュリティーシステムは認識する。ところが何らかの理由で、ドアを開けた人間がドアを通過しなかったとする。

生身の人間はドアの外にいるのに、セキュリティーシステム上では、その人間はポッド内にいる状態が発生する。この状態をプレアンチパスバックと呼ぶ。

その人間がドア外のカードリーダーに再びＰＩＮ番号を打ち込み、ＩＤカードを翳したとする。

すると、セキュリティーシステムはアラームを発して、ドアロックを解錠しない。不正通行の試みがあったとして、ポッドとマントラップのドアはシステムによって封鎖される。

こうなると、大ごとになる。まず、日本国内の警備センターではドア封鎖を解除できない。ソラリス社の場合、米シリコンバレー、ジャカルタ、レイキャビクのいずれかのセキュリティーセンターにチャットか電話で連絡して、ドア封鎖を解除してもらう羽目になる。

杏実が困り切った表情で、私を見た。

「このまま、私がカードリーダーにタッチしたら、ＡＰＢになってしまうんですね。私はシステム上、ポッドの外にいるから」

「その通りだ。しかも、この場では表立って救援を要請したくないな。いろいろと面倒になる」

「鹿島さんのＩＤカードでドアロックを解除して、共連れで外に出たらよいのでは」

「どうだろうな――」

ここに至って、ようやく、私は通常のセキュリティーシステムがストップしていると思い出した。そうか、その方法なら問題はない。しかし、念のため〈ＨＩＫＡＲＩ〉に確認しておく。

「〈ＨＩＫＡＲＩ〉、鹿島丈はカードリーダーにＩＤカードをスワイプして、Ｄ２０２を出られるか」

「鹿島丈は、Ｄ２０２から退出可能です」

杏実がホッとした表情になった。私は肯《うなず》き、カードリーダーにＩＤカードを当てた。アラーム音がして赤いライトが瞬き、グリーンに変わった。ロックの外れる音がした。

「私の後ろに付いて。ここから、出るぞ」

　ドアレバーを引くと、問題なくドアは開いた。私は先に出て、ドアを押さえた。杏実が素早く、ドアを出た。

「生まれて初めて、共連れで出た。人に話さないでくれよ」

「分かっています。誰にも話しません」

　杏実を促して、マントラップを出る。マントラップ内のノートパソコンの電源コードを外し、手に持って外に出た。

「余計な手間が、掛かってしまったな。自分なりにシミュレーションする前に、改めてポッド内の構造について教えてくれないか」

「いいですよ。手荷物の中にiPadがあるので、取ってきますね。それを見ながら、説明します」

　杏実は小走りで、iPadのケースを持ってきた。画面をスワイプしながら、目当てのファイルに辿《たど》り着いた。

「まず、これが地下一階の見取り図です。データホールは、エリア1からエリア4まで四カ所が建設予定です。現段階ではエリア1だけが完成しています」

「ルメイの殺害現場は、正確にはデータホールのエリア1だな」

「そうです。エリア1にはラック二十四台の入るラインが二十二列あり、間の通路が二十一ありますす。ラックは正面同士、向かい合わせに置かれており、間の通路がコールドアイルとなっています」

私は杏実の手元のｉＰａｄの図面を覗《のぞ》き込んだ。ポッド内にびっしりとラックの列が並んでいる。

「ＣＯＬＤと書かれた通路がコールドアイルだな」

「反対に背中同士の向かい合う通路は、ホットアイルです。エリア1はコールドアイル十一本、ホットアイル十二本で構成されています」

淀《よど》みない杏実の説明に、中年の私の頭脳は混乱してきた。

「待ってくれ。コールドアイル、ホットアイルって、いったい何だ？　素人にも分かるように説明してくれ」

「ご承知の通り、コンピューターのマイクロプロセッサー、ＣＰＵ（中央演算処理装置）の中には、多くの半導体や金属部品が入っています。計算をするためにＣＰＵに電流が流れると、部品や配線の電気抵抗のため熱が発生します」

「パソコンの底を触ると、熱くなっている。ＣＰＵが原因だな」

「そうです。熱は放置しても、冷えません。必ず排出しなければなりません。熱量保存の法則をご存じですか」

高校時代、物理の授業で習った記憶がうっすらとある。

「熱は、自然には冷めないんだよな」

杏実は、淡々と説明を続けた。

「サーバーの発する熱は、ポッドから排出しなければ、サーバーの機能が低下します」

「では、どうやって熱を排出するのかな」

「エアコン――空調を使います。個人のノートパソコンと同様、サーバーもファンで熱を排出します。そのサーバーの排出した熱を極限まで効率よくポッドから捨てるために、コールドアイルとホットアイルを使います。ポッド内の様子を覚えていらっしゃいますか」

私は、ポッドに整然と並べられたラックの群れを思い浮かべた。

「サーバーの入ったラックが並べられていた。一列二十四台のラックラインが、計二十二列あるんだった」

「そうです。サーバーの正面と正面の間の通路が、コールドアイルです。アイルとは、英語で通路の意味です。ポッドの空調装置は、コールドアイルに向けて冷気を吹き下ろします。サーバーのファンは正面から冷気を吸い込み、ＣＰＵを冷却して背面から熱を排出します。その排気を、プラスチックの透明パネルで背面同士の通路に集めます。それが、ホットアイルです」

「なるほど、冷気を纏《まと》めて吸わせて、排気を纏めて放出するんだな」

「そうしないと、五百数十台のサーバーを効率的に冷やせません」

ポッド内は、空調でいつも寒いぐらいに冷えている。それでも、少しでも効率的に冷やすために、さらに工夫が施されていた。

ふと、私は思い付いて、杏実に問いただした。

「ルメイが倒れていた場所は、ラックとドアの間だったんだよな」

「そうです。幅一メートルの通路に横向きに倒れていました。近くにパイプ椅子やケーブルの巻き軸が倒れていて、ドアを開ける際の障害物になっていました」

「パイプ椅子？　そんなものがポッド内にあるのか」

「まだ工事中なので、ポッド内はいろいろな物が置かれています」

私は杏実を振り向いて、確かめてみた。

「帰ったふりで、ポッドに居残った犯人がルメイを襲ったとは考えられないか」

杏実は、即座に首を横に振った。

「誰にも見つからずに深夜まで一人、ポッドに居残るなんて難しいですよ。まだ完全じゃありませんが、ポッドにはＭＤや赤外線センサーがあります。全部ではありませんが、一部は稼働しています。ポッド内が無人になると、それらのセキュリティー装置は作動し始めます。しかも襲撃が空振りに終わったら、犯人はポッドの外に出られなくなります」

「通気口から忍び込む、あるいは通気口に隠れる方法はどうかな」

「残念ながら、ＨＫＤⅦは山の中に建てた巨大な建物なので、普通の通気口はないんです」

確かに、ＨＫＤⅦのデータホールは倉庫の内部みたいで、通常の建物とは違っていた。床や壁は打ちっぱなしのコンクリート、天井は梁《はり》が剝《む》き出しで、パイプやケーブルが縦横無尽に走っていた。

「ここは、工場や倉庫に近いからな。通気口はないのか」

「他のデータセンターでは、空調の冷気を床の送風口から吹き上げるコールドアイルを採用していたりします。でも、ＨＫＤⅦではコンクリートの床で、天井から床に向かって冷気を吹き下ろす方式です。人の隠れるスペースは存在しません」

「コンクリート床に、隠し穴やトンネルを穿《うが》つ方法はないか」

「コンクリートの厚さ、頑丈さから見て、不可能です。例えば、通常のショッピングセンターですと、一平方メートル当たり三〇〇キロの荷重に耐えられるコンクリート床を造ります。でも、データセンターでは、一平方メートル当たり一トンの荷重に耐えられるように造ります。犯人が抜け穴から侵入する方法はありませんね」

杏実の口調には、得意げや嬉《うれ》しさが入り交じっていた。施工に当たった人間として、HKDⅦの鉄壁の守りが誇らしいのだろう。

聞いていて、私にも未知の抜け穴などないと分かった。まさしく、ここは城だった。

3

その日、私は午後三時すぎに職場を離れた。帯刀に告げても、何も文句は言われなかった。

制服から、私服に着替えた。エントランスから駐車場に出るとき、ローディングドックで、慶祐たちに会った。

慶祐たちは、巨大な台車に積まれたサンタクロースの袋ほどの巨大ゴミ袋を、産廃業者のトラックに移し替える作業をしていた。

「お疲れさん、精が出るな」

私が声を掛けると、慶祐はゴミ袋を肩に担ぎながら、苦しげな表情でこちらを見た。

「函電設備が衛生当番とかで、ゴミ出しさせられてるんですよ。参っちゃったなぁ」

「大事な仕事だよ。頑張ってくれ」

「本当は、明日の木曜日が収集なのに、今週末はレセプションがあるとかで一日、前倒しにさせられているんです」

「聞いてないな。レセプションって、何の？」

慶祐は、ゴミ袋をトラックの荷台に向けて放り出した。

「ここの開設五周年式典です。何でも、内外のお偉方を集めて大々的に開く予定らしいですよ」

初耳だった。

「しかし、レセプションなんて、どこで開くんだ」

「二階のデータホール予定スペースです。今日、朝礼があった場所です。普段は仮資材置き場や産廃置き場になってるんですが、六月五日の土曜日にレセプションを開くからって」

「あそこは、まだ建設ブロックだろう」

慶祐は手を休めて、額の汗を拭《ぬぐ》った。

「何でも髪の毛一本、輪ゴム一本でも落ちていてはならないって」

突然、言い争う声が聞こえた。里映と杏実だった。

「姉ちゃん、何、熱くなってんだよ」

慶祐が手を休めて、二人を見た。ヘルメット姿の里映が、同じくヘルメット姿の杏実に食い下がっていた。

「完成の一日前倒しなんて、聞いてないですよ。絶対に無理です」

「一日じゃないです。六時間早く、ＥＰＳ六カ所の工事を終えてくださいって、お願いしているだけです」

「そんな、無理です。私たちに、どうしろって仰《おつしや》るんですか」

「今日、徹夜してでも完成させてください。他の業者さんたちも皆、理解、協力してくれているんです。例外は認められません」

さっきまで親しく話していた杏実の現場監督としての冷徹な素顔だった。里映は、そんな杏実の腕を摑《つか》まんばかりに懇願していた。

「ウチは電気屋の中でも零細で、今日は職長は休みで、ここの職人は私を入れて三人しかいません。若い四人は見習いのド素人です。時間をください」

「職長会の決定事項です。申し訳ありませんが」

杏実は、建物の奥へと入っていった。里映は「くそっ」と近くのゴミ袋を回し蹴《げ》りした。

慶祐は、里映に駆け寄った。

「姉ちゃん、こうなったら、やるしかないよ。俺たちも手伝うから」

「お前らが役に立つかよ。仕方ない、社長に連絡して他の現場から応援を出してもらうか、それとも、他社に人借りを頼むか――」

里映の悲壮な表情に、思わず声を掛けていた。

「大変だね、里映さん」

里映は、改めて私に気付いたみたいだった。

「鹿島さん、見ていたんですか。元請けさんも酷《ひど》いですよね。たかだかセレモニーのために完成を早めさせるなんて、本末転倒ですよ」

「沢瀬さんは、職長会の決定事項だって話していたが」

「言い訳ですよ。職長会の司会と書記は、沢瀬さんなんだから。元請けさんはこの期に及んで、まだパーティーを開くつもりなんです」

「そんなに大事なイベントなのか」

里映は一瞬ためらった後、吐き捨てた。

「三年前の火災で六人が亡くなりました。皆、地元の人間です。一期工事の竣工《しゅんこう》目前だったんです。それで落成式が中止になったから今回、代わりに開設五周年記念式典を開こうとしている。あの人たちにとって、地元の人間なんてどうでもいい。晴れがましく、自分たちのお披露目をしたいだけなんです」

「でも、前から決まっていたんだろう」

「殺人事件が起きて、パーティーもないですよ。みんな、ギリギリのスケジュールでやってます。職人なんて、眼中にないんです」

言い終えるなり、里映はスマホを取り出した。函電設備の社長と話すのだろう。

私の出る幕はなかった。電話を掛ける里映と心配げに見守る慶祐を置いて、私はエントランスを出た。

*

駐車場内で少し考えてから、デミオを発進させた。

図書館で、三年前のHKDⅦの火災を調べてみようと思った。国道5号を南下し、七飯藤城《ふじしろ》インターから函館新道《しんどう》に乗った。赤川《あかがわ》インターで降り、道道《どうどう》を南へ走った。

函館市中央図書館は、函館の新市街の五稜郭《ごりょうかく》にあった。

駐車場にデミオを駐《と》めて、図書館の相談カウンターに直行した。女性の司書は私の相談を聞くと、当時の新聞綴《と》じ込みを出してくれた。

「函館日報」二〇一八年五月十一日付

工事現場で火災、6人死亡

森、建設中の多目的ビル

10日午後1時15分ごろ、森町赤井川の多目的ビル〈グリーンフォレスト〉の工事現場から出火、6人が煙に巻き込まれて死亡、約5千平方メートルが焼けた。

森署と道警捜査1課の調べでは、同日午前、地下3階の工事現場で、作業員が鉄骨切断作業をした後、午後1時をすぎて出火した。

施工の中堅ゼネコン、昭和電建によると、作業は同日午前9時から、同社社員の立ち会いの下、下請け作業員4人が2人1組で、作業を開始。補強用の鉄骨を溶接機を使って切断していた。

作業中は、1人が溶接機を使い、もう1人が鉄骨を支えた。切断を終えるつど、消火用の水を撒《ま》いて、防火対策を行った。また、作業台の下には、耐火シートを敷き、安全を図ったとしている。

しかし、同署などでは、鉄骨切断作業が出火につながったと見て、捜査をしている。

亡くなった方は、次の通り。

◇函電設備　増本俊文《ますもととしふみ》さん（61）＝七飯町東大沼▽宮越亘《みやこしわたる》さん（52）＝同▽高並冬樹《たかなみふゆき》さん（47）＝七飯町軍川《いくさがわ》▽大牧秀喜《おおまきひでき》さん（20）＝同

◇岩嵜《いわさき》電機　岩嵜耕《こう》さん（31）＝函館市桔梗《ききょう》▽木佐亮《きさりょう》さん（22）＝同

「道民新聞」二〇一八年五月十二日付

一瞬で煙「もうダメかも」
森町の火災、生存者ら証言

6人が死亡した森町赤井川の〈グリーンフォレスト〉の火災で、生還した作業員らが火災発生時の生々しい様子を証言した。

5月10日、昼休み明けの午後1時。男性作業員（44）は、免震ピットと呼ばれる、地下3階のさらに下層で、基礎工事をしていた。高さ1・5メートル、頭がつかえるほどのスペースで、中腰になって作業していると、同僚の叫び声が聞こえた。

「火事だ」

直後、全ての照明が消えて、真っ暗になった。ヘルメットに付けたヘッドランプの光を頼りに階段まで避難すると、すでに煙が立ちこめていた。

「息ができなかった。もうダメかと思いました」

男性はタオルで口元を覆い、さらに作業着の胸元に顔を埋めた。必死に、最後の力を振り絞り、階段を駆け上った。途中、凄《すさ》まじい破裂音が聞こえた。

「とにかく、生きたい、死にたくない。それだけを考えていました」

地上の光が見えた瞬間、同僚たちの手で外に引き上げられた。

地上3階にいた男性作業員（20）は火事に気付いて、すぐに避難した。だが、2階まで火の海だった。

「ここで死を待つか、それとも生きるために闘うか」

男性は決意して、地上十数メートルのバルコニーから飛び降りた。直後、着地の衝撃で両足骨折、激痛に悲鳴を上げて転げ回った。

「でも、私は、まだよかった。中には、火だるまになり、全身に火傷《やけど》を負った人もいた。消火器を持った仲間が、火を消して回っていた」

　3階にいた人たちには、屋上に逃れて、救助を待つ人もいた。結果的に、全員が無事に救助された。だが、男性に後悔は一切ない。

「私は愚か者でも、勇者でもなかった。ただ生き残りに必死だった。火災現場は、まるで戦場、この世の地獄だった」

　駐車場には、毛布の上に、黒のトリアージタグが付けられた遺体が並べられていた。男性は赤のタグを付けられ、身動きできぬようにされた。救急車の順番が来るまで、仲間は励まし続けてくれた。

「人間の栄光と悲惨を、一度に味わいました。あの場所には二度と戻りたくない」

　道警捜査1課の調べでは、火元は地下3階。鉄骨の切断作業中に、火花が、吹き付けられた断熱材のウレタンに引火した可能性があると見て、実況見分を続けている。また、昭和電建の安全責任者から事情聴取を行う予定だ。


　地元二紙の記事を読んで、衝撃を受けた。三年前のＨＫＤⅦの火災は、頭で考えていたよりも、もっと悲惨な大惨事だった。

　私は、階層の高いＨＫＤⅦのバルコニーを思い浮かべた。地上十数メートルの高さから、身を躍らせた人を思った。

　全身打撲か、焼死か——二者択一を迫られたとき、若者はどんな思いだったか。

　それにも増して、衝撃的だった新事実がある。函電設備だった。里映と慶祐姉弟の働く零細電気工事会社は三年前の火災で、犠牲者を四人も出していた。

ルメイ殺しの動機に、なり得るのではないか。少なくとも、全く無関係ではないだろうと思った。

火災の記事をコピーに取って、私は図書館を後にした。

＊

函電設備は、七飯町本町《ほんちょう》四丁目の国道5号沿いにあった。近くには町役場や交番があり、七飯町の目抜き通りを構成していた。

敷地に、トラックや乗用車が二十数台も駐《と》まっていた。一角に二階建てのプレハブが立っていた。函電設備と手書きされた板が玄関先に立て掛けられており、目的地と知れた。

ガラスの引き戸を引くと、電話中の中年女性が眼を向けてきた。

私が会釈すると、女性は肯《うなず》いた。電話が終わるまで、待つ。

電話が終わると、女性が立ち上がった。

「いらっしゃいませ。どちら様でしょう」

「〈グリーンフォレスト〉防災センターの鹿島と申します。社長は、いらっしゃいますか」

女性は、怪訝《けげん》な表情をして、内線電話を掛けた。

「社長、一階にお客様がおいでになっていますが……〈グリーンフォレスト〉防災センターの鹿島さんと申されて……初めての方で、特にお約束はされていないみたいですが」

受話器を持ったまま、女性は私を見た。

「どんな、ご用件か、お聞かせくださいと申しております」

「実は、会社の指示で三年前の火災を調べております。お話を伺えませんかと、お伝えください」

女性が受話器に向かって答える前に、二階の階段から人が下りてきた。大嶽と共にいた警備部の若い刑事だった。

「鹿島さん、困りますね。警察の捜査妨害をしちゃ」

「妨害なんか、していない。むしろ、協力しているぐらいだが」

若い刑事は、ふっと鼻で笑った。

「こちらは、自分たちが預かりますので、お引き取りください。再度の立ち寄りも、お断りします。電話もご遠慮ください」

事務員の女性は、呆気《あつけ》に取られて立ち尽くしていた。背を向けて、私は函電設備を出た。

駐車場からデミオを出して、考えを巡らした。

ＨＫＤⅦに戻って、里映たちから話を聞く？　今すべきほどでもない。明日でも可能だ。それに警備部を刺激したくない。

可菜に電話して、助けてもらう？　それも、後から、いくらでもできる。もっと、自力でできる方法は、ないか。

車を走らせていて、ふと名案を思い付いた。函電設備でもなく、消防や警察の人間でもない。それでいて、誰よりも詳しい、北海道ならではの事情通がいる。警察の聴取予定もないだろう。

私は、路肩にデミオを停めた。スマホで、大内に掛けた。

「鹿島です。郵便配達の草壁《くさかべ》さんの連絡先を、ご存じですか」

予想通り、大内は草壁の電話番号どころか、住所までも知っていた。北海道では、大内みたいな一人暮らしの高齢者は、郵便配達員が見回りを行っている。各家庭の家族構成や動静にも詳しい。

『草壁怜史《さとし》さんですな。住所は七飯町本町六丁目、番地は――七飯郵便局の裏手です。三軒ある民家のうちの真ん中です。仰《おつしや》る通り、話し好きで事情通の草壁さんなら、鹿島さんの役に立ってくれるでしょう』

大内に礼を述べて、電話を切った。時刻は午後四時を回っていた。少し早いが、帰宅している可能性はある。

デミオを空き地に駐めて、草壁の家に向かった。チャイムを押すと、女性の声がした。ドアが開かれると同時に、猫が飛び出てきた。

「チャーミー、待ちなさい」

猫を追って、年配の女性が出てきた。だが、チャーミーは私の横をすり抜けて、出て行ってしまった。私は、女性に向かって一礼した。

「〈グリーンフォレスト〉の鹿島と申します。仔細《しさい》あって、三年前の火災を調べております。怜史さんに、お話を伺いたいのですが」

「あの子なら、郵便局にまだいます。少しお待ちください」

女性はスマホを取り出すと、ＬＩＮＥを打ち始めた。すぐに返信があったと見えて、女性は、改めて私を室内に迎え入れた。

茶の間で待っていると、制服姿の怜史が現れた。私も顔見知りだ。三十頃の細身の男だ。

「鹿島さん、火災の件で、お調べとか」

「警察の捜査とは別に、会社の指示で過去の火災を調べております」

私の話を全部聞かずに、草壁はニヤリと笑った。

「あの殺人事件ですか。過去の怨恨《えんこん》を調べてるんでしょう」

「そういうわけではなくて」

「隠さなくてもいいっしょ。あの火災は、恨まれて当然だ。犠牲者の家族で〈グリーンフォレスト〉を恨まない者は、いないでしょう」

「どうしてですか」

草壁は茶を勧めると、自分も座卓の前に腰を下ろした。

「どうしてもなんも、あれは人災だからですよ」

「溶接機の火花が引火したからですか」

草壁は首を強く、横に振った。

「いやいやいや。引火もだけど九割がた工事が終わった時点で今更、鉄骨の切断をするなんて、あり得ないっしょ。家がほぼ出来上がっているのに、柱を切るようなもんです」

「施工者の昭和電建は、やはり火災の前年に工事現場で鉄骨を切断してボヤを起こしています。全くあり得なくはないのでは」

草壁は自分の湯呑《ゆの》みを取って、口に運んだ。

「そりゃあ、昭和電建の言い訳ですよ。知り合いの大工に聞いたら、あり得ない、と。ご承知の通り、断熱材のウレタンは防火材じゃない。火を付けたら当然、燃えます。だから、工事のいちばん後に、ほぼ完成してから、発泡ウレタンは吹き付けるんです」

「ウレタンの吹き付けは、仕上げ段階の工程なんですか」

「家造りだったら、壁紙貼りの段階なのに柱を切っているようなもんです。しかも百歩譲って、鉄骨切りを認めてですよ、溶接の火花が耐火シートの間から床下のウレタンに落っこちるなんて考えられないですよ」

「つまり、昭和電建の消火は不完全だった、と」

ここに来て、急に草壁はソワソワし出した。

「いや、ちょっと、口が滑っちゃったかなあ。あくまでも、噂ですよ」

「噂でも結構です。昭和電建の対応に、不備はあったんですか」

草壁は眉間《みけん》に皺《しわ》を寄せて、声を潜めた。

「これは噂ですよ。こんな疑問があるんです。溶接の火花が四時間も経ってから、火事を引き起こすだろうか、って。本当は、別の原因で火が出たんだろうって」

「何です、別の原因とは」

草壁はさらに渋面を作って、顔を寄せてきた。

「煙草ですよ。ポイ捨ての煙草が出火の原因だろうって話す人間が、何人かいるんですよ」

「しかし〈グリーンフォレスト〉は工事中も、禁煙だったはずですが」

「建前では、ね。でもね、工事現場で働く人間には、やんちゃな者も確かにいるんです。彼らが隠れ煙草を絶対に喫わなかったとは、言い切れない。さらに、昭和電建はメンツに懸けても、隠れ煙草は認められない」

私は、かつて警備員として詰めた札幌のビル建設現場を思い出した。禁煙のはずの建設現場で、エレベーターの穴底《ピット》に吸い殻が散乱していた。若い鳶《とび》の職人が投げ捨てたと思われた。

「つまり、誰かの捨てた煙草が原因で、火災を引き起こしたと見る人がいるのですね」

「溶接機を使った者たちは、辺りに水を撒《ま》いたと主張しています。溶接の火花が四時間も経って出火するより、煙草の不始末が原因と考えるほうが、むしろ自然でしょう」

「焼け跡から、煙草の吸い殻は発見されたのですか」

「分かりません。でも〈グリーンフォレスト〉に向かう道路沿いの最寄りのコンビニでは、いつも灰皿から溢《あふ》れ返るほど吸い殻が捨てられていますよ。完全禁煙でも、喫う人間は大勢いる。それは事実です」

草壁の話は、ある程度の真実を含んでいると思われた。

「警察や消防は、どう見ているんでしょうか」

「私には分かりません。でも、一つだけ挙げられるとしたら、溶接の火花の引火が最も穏当な原因だったでしょう。逮捕者を出さずに済み、保険金なんかも有利になるのでは。私の想像ですけどね」

草壁の話は、出尽くしたみたいだった。これを機に、腰を上げた。

「いろいろお話を伺い、ありがとうございます。最後に、亡くなられた犠牲者でご家族からお話を聞ける方はいますか」

草壁は、私から受け取った新聞記事のコピーを見て、あっさりと首を横に振った。

「私の知る限りでは、誰もいませんね。函電設備の増本さんの奥さんは、息子さんの暮らす横浜に移りました。宮越さんと高並さんは独り者で、親戚《しんせき》はまだいるでしょうが、それほどの付き合いはないと思います。大牧さんは元酪農家でしたが、息子さんの死を機に東京さ引っ越しました」

「岩嵜電機は、いかがですか」

「耕さんは、一人息子でね。亡くなった父親の会社を継いでいたんで、自動的に廃業です。ご家族も残ってねえべなあ。木佐さんは、分かんねっす。確か、元は七飯町で、桔梗に移った人じゃなかったかな。だとしたら、もうご家族は残っちゃいないなあ」

私は、落胆するよりほかなかった。人災とも目される三年前の火災で、地元で遺族がいないとは思いもよらなかった。

「どなたも、おられないのですね」

「そうですねえ。今、ここら辺は、凄い勢いで過疎化、限界集落化が進んでいますからね」

仕方なく、私は裏に携帯番号を書いた名刺を残した。何か火災絡みで思い出したら、電話してほしいと言い残して草壁家を辞した。

＊

頭の中が、混乱していた。せっかく半日を費やしたのに、有益な情報は得られなかった。

時刻は、午後六時を回っていた。日没まで、一時間余。思い付いて、私は久方ぶりにカヌーを湖に出そうと決めた。考えを纏《まと》めるには、夕暮れの湖上は打ってつけに思えた。

私のカヌー、正確には〈芸術の村〉共有のカヌーは、管理事務所から下った先の大沼のほとりに置かれていた。長靴も借用して、カナディアンカヌーを湖水に押し出した。

紫に暮れなずんだ夕景の中、静かな湖水に漕《こ》ぎ出した。今の時間、湖には私一人だった。

湖水を渡ってきた風が、私の頰を撫《な》でる。茜《あかね》に染まった雲と濃紺の湖水の狭間《はざま》で、可菜の命を思った。

五月に余命半年と診断されてから、可菜と私の時間は特別に濃密になった。

それ以前、ぼんやりと感じていた別れの時が突然、具体的に眼の前に突き付けられた。漫然と過ごしていた一分一秒が、かけがえのない時間だと知った。

それからだった。私は可菜に手伝ってもらってインスタグラムを始めた。自宅ロッジ周辺の大沼の風景、日々の食事、ふとした瞬間の可菜の姿と表情をスマホで撮って、インスタグラムに投稿するようになった。

今、全てが愛《いと》おしい。二人でいる一瞬一秒が、堪《たま》らなく貴重だった。

画像に残したって、どうにもならないと承知している。愛する人を亡くす痛みを、私はよく知っている。日常の何げない瞬間に、マンディの記憶が甦《よみがえ》っては私を苛《さいな》む。流れてくる、ふとしたラブソングの切ないフレーズに、胸が締め付けられる。腰掛けてスマホを見るとき、来るはずのないメールを期待している自分がいる。マンディの記憶は、今も私の中に降り積もっている。

正直、可菜がそこまでの女とは思っていなかった。自分にとって、最後の女はマンディだと思っていた。残された私は一人で生き、一人で野垂れ死ぬはずだった。

それなのに、今は可菜を失う日が心底、怖い。可菜を亡くして自分は本当に一人で生きてゆけるのか、分からなかった。

この思いは、可菜も同じだろう。私は時に、可菜の赤くなった眼に気付いていた。可菜もまた自分の命が三十年足らずで終わるとは、思ってもいなかったに違いない。

イラクで、生は偶然で、死は必然だと教わった。偶然の連続を生きる人間も、いつかはタイトロープから落ちて終焉《しゅうえん》を迎える。

あれほど見慣れた死なのに、可菜の死は、どうしても認めたくはなかった。誰か、嘘だと笑ってくれ。全て、ドッキリだと種明かししてくれ。

だが、私を嘲笑《あざわら》ってくれる者は、いなかった――。

無限の刹那《せつな》が、通り過ぎていった。刹那の無限に、私は閉じ込められていた。

そのとき、私はライフジャケットの内側で、振動しているスマホに気付いた。スマホを取り出して耳に当てると、杏実の強張《こわば》った声が聞こえた。

『鹿島さん、今、どちらにおられますか』

「七飯町で、調べ物をしていました」

『副所長の仙堂が、ポッドから出て来ないんです。もう二時間も』

痩《や》せぎすで、黒縁眼鏡を掛けた仙堂を、私は思い出した。

「二時間の滞在は、初めてですか」

『工事の初期段階ではありましたが、最近では珍しいです』

「無線で、呼び掛けてみましたか。館内放送は」

『試しましたが、応答はありません』

五分五分の可能性だった。ポッド内で何らかのトラブルに見舞われたか、それとも一人で作業に熱中しているか。

仙堂の年齢を思うと、後者の可能性が高く思えた。それでも時期を考えると、何らかの手を打つべきだと思った。

「警察には、相談されましたか」

『刑事に話しても、今は忙しいからと取り合ってもらえませんでした。大嶽さんは、ＬＩＮＥを打っても既読になりません』

「分かりました。今から、向かいます。三十分ほど見てください」

『まだ鹿島さんにしか、相談していません。なるべく早く、戻ってきてください』

私は電話を切った。陽はもう、あらかた落ちている。今夜の夕食は、私が作ろうと思っていた。だが、できなくなった。

4

ＨＫＤⅦに帰り着くと、エントランスから私服のまま、ポッドに直接、向かった。

仮設マントラップ前で、杏実が無線で呼び掛けていた。

「仙堂さん、取れますか。返答、願います。メリットありますか」

私に気付くと、杏実は大きく首を横に振った。

「ダメです。仙堂さんから、答えはありません」

「中に立ち入って、調べてみましたか」

「いいえ。私たちは、工事目的以外では、ポッド内に入れません」

「分かりました。〈キーパー〉で、仙堂さんの履歴を見てみます」

私は、仮設マントラップに設《しつら》えてあるパソコンを立ち上げ〈キーパー〉を始動させた。

焦《じ》れったい時間が流れて、ようやく〈キーパー〉が立ち上がった。

操作パネルのトレースボタンを押す。

切り替わった画面の中から日時を指定する。六月二日午後四時以降に設定した。最後に「OK」ボタンを押す。

トレース結果の画面表示が現れた。**（図2）**

「何だって――」

驚愕のあまり、私は声を失った。

杏実は、真っ青な顔で立ち尽くしている。

図 2

Main Alarm Monitor

Alarm Description	Time / Date	Device	Card
● Granted Access	4:05:09 PM 6/2/2021	HKDVII-1.2.00-RZN-D202-B1F-POD1-AC-01 IN	Yasuhiro Sendo (5702203)
● Granted Access	4:20:37 PM 6/2/2021	HKDVII-1.2.00-RZN-D202-B1F-POD1-AC-01 IN	HKDVII-001-Visitor (5710281)
● Granted Access	4:24:52 PM 6/2/2021	HKDVII-1.2.00-RZN-D202-B1F-POD1-AC-01 IN	HKDVII-004-Visitor (5710284)
● Granted Access	4:25:21 PM 6/2/2021	HKDVII-1.2.00-RZN-D202-B1F-POD1-AC-01 IN	Keisuke Mizohata (5702453)
● Granted Access	4:26:27 PM 6/2/2021	HKDVII-1.2.00-RZN-D202-B1F-POD1-AC-01 IN	Rie Mizohata (5701673)
○ Granted Access	4:27:17 PM 6/2/2021	HKDVII-1.2.00-RZN-D202-B1F-POD1-AC-01 OUT	Yasuhiro Sendo (5702203)
● Granted Access	4:31:47 PM 6/2/2021	HKDVII-1.2.00-RZN-D202-B1F-POD1-AC-01 IN	Azumi Sawase (5702547)
● Granted Access	4:33:09 PM 6/2/2021	HKDVII-1.2.00-RZN-D202-B1F-POD1-AC-01 IN	Yasuhiro Sendo (5702203)
● Granted Access	4:34:11 PM 6/2/2021	HKDVII-1.2.00-RZN-D202-B1F-POD1-AC-01 IN	Akira Kurosu (5703032)
○ Granted Access	4:49:16 PM 6/2/2021	HKDVII-1.2.00-RZN-D202-B1F-POD1-AC-01 OUT	Azumi Sawase (5702547)
○ Granted Access	5:40:46 PM 6/2/2021	HKDVII-1.2.00-RZN-D202-B1F-POD1-AC-01 OUT	HKDVII-001-Visitor (5710281)
○ Granted Access	5:44:11 PM 6/2/2021	HKDVII-1.2.00-RZN-D202-B1F-POD1-AC-01 OUT	HKDVII-004-Visitor (5710284)
○ Granted Access	5:44:53 PM 6/2/2021	HKDVII-1.2.00-RZN-D202-B1F-POD1-AC-01 OUT	Keisuke Mizohata (5702453)
○ Granted Access	5:45:11 PM 6/2/2021	HKDVII-1.2.00-RZN-D202-B1F-POD1-AC-01 OUT	Akira Kurosu (5703032)
○ Granted Access	5:47:04 PM 6/2/2021	HKDVII-1.2.00-RZN-D202-B1F-POD1-AC-01 OUT	Rie Mizohata (5701673)
○ Granted Access	6:28:44 PM 6/2/2021	HKDVII-1.2.00-RZN-D202-B1F-POD1-AC-01 OUT	Yasuhiro Sendo (5702203)

「嘘です！　こんな――何かの間違いです」

「しかし、セキュリティーシステムは、明らかに仙堂さんの退出を示している。午後六時二十八分、仙堂さんは地下一階レッドゾーンのＤ２０２――このドアを出て、アウト状態になっている。つまり、仙堂さんはもうポッド内にはいない」

「そんなバカな！　私は、ずっと事務所で、仙堂さんを待っていたんです。仙堂さんが、黙って出てゆくわけがありません」

そこへ、帯刀が緊張の面持ちで現れた。手に金探棒や懐中電灯、ヘルメット、それに私の制服を持ってきてくれていた。

「仙堂副所長は、ポッドから出て来ないままなのか」

「〈キーパー〉の記録では、午後四時三十三分に入室しています。ところが、記録上は午後六時二十八分に退出しています」

帯刀が、パソコンで時刻を確かめた。

「現在、午後七時三十一分か。入室から、約三時間が過ぎている。やはり、退出しているのか」

杏実が、必死に食い下がった。

「仙堂さんは〝指示魔〟で、無線であれこれ、うるさく指示を飛ばしてくるんです。三時間も連絡が取れないなんて、あり得ません」

私は〈キーパー〉の画面を、帯刀によく見えるようにした。

「〈キーパー〉で、ポッド内部を見る方法はありませんか」

帯刀は、即座に首を横に振った。

「そんな機能はない。出入り口の監視機能しか持ってない」

「なら、仕方がない。ポッドに入って捜索しましょう」

「しかし、S社が認めてくれるかな？　もしも仙堂さんが寮に帰っていて無事だったら、私も君も始末書もんだ」

「理由は、後からいくらでも付けられます。とにかく今は、内部を捜索しましょう」

私が強く言い切ると、帯刀は渋々と肯《うなず》いた。

「分かった、そうしよう。鹿島さん、制服に着替えて装備を着けてくれ。私と君と沢瀬さんの三人で、手分けして捜索する」

私は肯くと、その場で制服の青いシャツに着替えた。警備員の習性で、スラックスは制服のままだった。

ピィ――――

金探棒が鳴った。帯刀が無線で呼んだ警備員が、帯刀と杏実の金探検査をしていた。私は着替え終わると、慌ただしく検査を受けた。

ヘルメットと手袋を着けた。靴は上履きの安全靴に履き替えている。透明なゴーグルを掛けて、マスクを着けた。

D202にPIN番号を打ち込み、IDカードを翳《かざ》した。甲高いアラーム音が鳴り、カードリーダーのグリーンランプが点《つ》いた。ロックの解除音がした。

静かにドアを押し開け、素早く閉めた。

人感センサーの照明が点灯し、黒いラックの群れを照らし出した。サーバーのファンの哭《な》き叫ぶ音が、耳を劈《つんざ》く。

見える限り、仙堂の姿はなかった。

アラーム音が続き、杏実、帯刀の順で、ポッドに入ってきた。

エリア1は、各二十四台のラックの縦のラインが、左右に合計二十二本並んでいる。

二十二本のラインは、パイルで五ブロックに分かれている。

五ブロックに対応して、西側からD201、D202、D203、D204と四カ所のドアが設置されている。

だが、工事中の現在、レッドゾーン内のD201を除いて、D203、D204は物理的に封鎖されている。私たちの通ったD202だけが、セキュリティーシステム〈キーパー〉によって、通行を管理されていた。

杏実と帯刀を手招きした。騒音の中、耳元で声を張り上げた。

「三人の一列横隊で捜しましょう。沢瀬さん、帯刀さん、私の順で、西端のホットアイルから、南北に捜索してください。北端に達したら、横隊ごと横にスライドして、折り返してください」

「分かりました。何か発見したら、ホイッスルを吹きます」

杏実は先頭に立って、左奥へと歩いていった。

私は、帯刀を見た。

「帯刀さんは、中央で目を配ってください」

「分かった。沢瀬さんとの中継役は、私が務める」

帯刀はヘルメットの位置を直すと、杏実の後を付いていった。

私は殿軍《しんがり》に就いて、無線機のチャンネルを再確認した。

「無線チェック。こちらG9、昭和電建の沢瀬さん、取れますか」

『昭和電建の沢瀬、OKです』

「G9からG1、メリットいかがですか」

『こちらG1、メリット5です』

移動するにつれて、それぞれのラインの照明が人感センサーで次々に点灯してゆく。

ファン音も騒々しいが、空調音はもっとうるさかった。まるで生き物の上げる悲鳴だった。

東西の通路脇には、ケーブルの巻き軸が、積み上げられていた。

バスケットと呼ばれる天井のワイヤ・ケーブル・トレーからは、色とりどりのファイバーケーブルが纏《まと》められて、垂れている。

以前は気にも留めなかったサーバーラックの作動ランプが、薄暗い中では光の奔流となって迫ってくる。

OSのＬｉｎｕｘ《リナックス》で動くサーバー群の赤いパワーランプは、こちらを見据えたまま、ピクリとも動かない。

天井から下がるケーブルの束を呑《の》み込んだジャックの上下では、ＬＥＤのアクセスランプが十数個、横一列になっている。

データの読み書きがあるたびに、オレンジ、白、青、緑のランプが一斉に不規則な点滅を繰り返す。

冷たく澄んだ空気とコールドアイルを流れる風が、ランプの光をいっそうキラキラと瞬かせているみたいだった。

帯刀の大声が無線機から響いた。

『全員、位置に着いたな。捜索、始め』

私は、ホットアイルのコンテインメントのドアを開けて、入った。やはり、暑い。周囲より一、二度は高いだろう。透明パネルで区切られたホットアイルは、左右のサーバーから熱風が吹き付けられてくる。ラックとラックの間の透明カーテンが時折、風に揺れていた。

一目見て、ホットアイルに、人は倒れていなかった。それでも、周囲に目を配りながら、北へと進んだ。

北端の壁際で、杏実と帯刀が、私を待っていた。私はそのまま、右に三列ずれて、位置に着いた。杏実と帯刀を待って、身ぶりで南へと捜索を開始した。

今度の受け持ちは、コールドアイルだった。天井の給気口から、空調の冷風が吹き付けてくる。長袖の制服を着ていても、肌寒い。

家庭用の空調と異なり、ゴーという騒音が私を包む。サーバーの発するファン音と相まって、異世界にでも迷い込んだ感じだ。不思議にも、サーバー群の立てるタービン音は一定ではなく、時々、生き物の金切り声みたいに高まる。その都度、本能的に身が強張《こわば》った。

南端に着いた。杏実や帯刀から、発見の合図はない。仙堂は、影も形もなかった。先ほど同様に、横にスライドして、折り返した。

五度目の折り返しだった。北端の壁際で、私は異臭を嗅《か》いだ。かつてイラクで、何度も嗅いだ強烈な臭いだった。排泄物《はいせつぶつ》の臭い。腐敗し始めた有機物の放つ、微《かす》かに甘いドブ臭。これに煙と汗、何日も洗っていない身体、消毒液、煙草、珈琲《コーヒー》の臭いを足せば戦場と同じになる。

私は、後ろを振り返った。帯刀と杏実の緊張した面持ちがあった。私は身ぶりで、二人に付いて来いと知らせた。二人は肯いた。

そのまま、壁際を東に進んだ。東端の壁とは十メートルも離れていない。せいぜい、七メートルだろう。

東端のブロックは、まだラックが設置されていない。コンクリートの床に、ラックを設置するレールが刻み込まれていた。工事途中らしく、休憩用のベンチやケーブル、工具類が床に置かれていた。

ラックの列が途切れて、未工事の空間に出た。屋内作業用の赤い塗装の高所作業車が五台、駐《と》められていた。どの車輛《しゃりょう》にも、乗員の姿はない。

ホッとして顔を上げたとき、宙に浮いている仙堂と眼が合った。

仙堂は蒼白《そうはく》な顔で眼を瞑《つぶ》っていた。黒縁眼鏡は掛けていなかった。

私は呼び掛けようとして、無意味だと気付いた。

仙堂の首は不自然に、やや右に曲がっていた。真似したら、首や肩を盛大に痛めそうだった。

仙堂の安全靴は、地上を一メートルほど離れていた。作業服の両手は、だらりと垂れ下がっていた。足元の水たまりに、眼鏡が落ちていた。

排泄物の臭いが、鼻を突いた。かつて、私がイラクで知った人間の最期の臭いだった。

仙堂の首には、ロープが掛けられていた。玉留めの結び目から出たロープの先が、高所作業車の手すりに固く結び付けられていた。

私は仙堂に正対したまま、立ち尽くしていた。

十秒、待った。仙堂は、眼を開かなかった。

私は無線機の送話ボタンを押した。

「ロビー、こちらG9。仙堂康博と思われる遺体を発見した。警察の指揮本部、大嶽課長に連絡してくれ」

やや、あって、ロビーから返答があった。

『了解した。G9は、その場で待機、現場を保存せよ』

マイクから口を離した。照明の影になって、仙堂の表情は、はっきりとは窺《うかが》えなかった。眠っているようにも、笑っているようにも、苦悶を留《とど》めているようにも見えた。

振り返ると、帯刀が駆け寄ろうとする杏実を必死に押さえていた。

「行ったら、ダメだ」

「でも、助けないと」

「無駄だ、やめなさい」

杏実が力を失って、がくりと頭《こうべ》を垂れた。

5

ポッドは、再び封鎖された。現場は、指揮本部の指令で厳重に保存された。私と帯刀、杏実の三人は三階の〝取調室〟で別々に長時間の聴取を受けた。ルメイ殺しの時とは違い、容疑者並みの厳しい聴取だった。朝からのスケジュールを細かく何度も聞かれた。

私が三年前の火災を調べて、函電設備を訪ねていた件は、いっそう疑惑を募らせる結果になった。

グローブボックスに入れた拳銃《けんじゅう》が心配だった。だが、腹を決めて沈黙した。幸い、警察の捜索は、及ばなかったみたいだった。

日付が変わる頃、私の聴取はひとまず終わった。取り調べの二人の刑事と入れ代わりに、大嶽が一人で部屋に入ってきた。

「鹿島、いろいろ、やらかしてくれたな。捜査への協力は頼んだが、捜査妨害は頼んでいないぞ。いったい、どういうつもりだ」

「ルメイ殺しは、やはり動機が本線だ。その動機だが、三年前の火災と無関係とは思えない。それで、函電設備や被害者を当たった」

「何か上がったか」

「こちらこそ、聞きたい。個人の俺には限界がある」

大嶽は、私の前のパイプ椅子にどっかと腰を下ろした。

「それよりも、今日の仙堂殺しだ。お前なら、何か気付いただろう」

「さっきから何度も取調官に答えたが、返事は『ノー』だ。高所作業車に吊《つ》るされた死体なんて、初めてだ」

「誰だって、そうさ」

大嶽は自嘲《じちょう》気味に笑うと、鞄《かばん》からノートを取り出した。

「被害者は仙堂康博、五十五歳。死体発見時刻は午後七時三十六分。死体の直腸温度は三回の平均で三三・七度。死後一時間で一度低下したとして、三時間前の午後四時三十分頃が、死亡推定時刻だ。仙堂は正午すぎ、地元のカフェ〈白樺〉製の鳥南蛮弁当を食べている。なので、胃の白飯の消化状態を見て、死亡推定時刻は詰める予定だ。だが、検視官はさほど変更はないと見ている」

私は、ポケットのB６判ノートを取り出した。大嶽の教えてくれた基礎データをメモした。

「死因は、確定したのか」

「頸部《けいぶ》の索条痕《さくじようこん》と、眼球結膜の粟粒《ぞくりゆう》大の溢血点《いつけつてん》から、縊頸《いけい》による縊死と推定された。頸《けい》椎《つい》骨折はない。高所作業車で吊り上げられ、自体重により窒息死した。死体を吊り上げたのではない。高所作業車のスイッチ位置などからして、自殺はない」

「高所作業車のキーは、どうした？」

「沢瀬杏実の話では、レンタルの高所作業車のキーは紛失防止のため、差しっ放しにしておく。犯人は、難なく電気の高所作業車を始動させた。ナイロンロープの一端を作業床の手すりに縛り付け、反対側の輪にした先端を仙堂の首に掛けて、吊り上げたと推定される。ロープは工事工画でも、仮資材置き場でも、そこら中にある」

大嶽の淡々とした話し口から、犯人の冷酷非情ぶりに怖気《おぞけ》立った。

「なぜ、犯人は、そんな殺し方をした？」

「分からん。だが、仙堂の両手の爪からは、皮膚片が検出された。おそらくは、自分の皮膚だ。犯人は通常の速度で作業床を上昇させて、ゆっくりと吊るした。苦しんだ仙堂は、自分の首を掻《か》き毟《むし》った。それで、爪に皮膚片が残った」

「仙堂のポッドへの出入りの記録は」

「今日は、二回しか出入りしていない。一回目は午後四時五分にイン、午後四時二十七分にアウトだ。二回目は午後四時三十三分にイン。死亡推定時刻からして、直後に殺された。承知の通り記録上、仙堂は午後六時二十八分にアウト、ポッドから退出している」

もはや、言葉が出なかった。ルメイの時と同じだ。またしても、死者がポッドから出ている。しかも、今度は新たに設けられたマントラップから外に出ている。

「待ってくれ」

私は、どうにか声を絞り出した。

「死んだ仙堂が、自力でポッドを出られるはずがない。仙堂は生きてポッドを出て、外部で殺されたんだろう」

「高所作業車で吊り上げられ、そのまま、ポッドに戻ったとでも」

「違うのか。高所作業車の通行は、ちゃんと確認したんだろうな」

「当然だ。高所作業車は一週間以上前から、ポッド内に駐められている。キーは差しっ放しだが、車輛の出入りできる大型の二枚扉Ｄ２０４は、ずっと封鎖されたままだ。外部への出入りは不可能だ」

思考が混乱する。それでも、必死に理性を働かせた。

「ならば、別人が――おそらく、犯人が仙堂のＩＤカードを使って、ポッドから出たんだ。仙堂の死亡推定時刻、午後四時半前後にポッドに出入りした人間をリストアップすれば、犯人は突き止められる」

「お前は、重要なポイントを忘れているぞ。犯人は、どうして仙堂のＩＤカードでポッドから出たんだ」

「何らかの偽装で、犯人はポッドに入ったからだ」

大嶽は、せせら笑った。

「その通り。犯人は、セキュリティーシステムでリストアップされた人間以外の可能性もある。いや、むしろ、そっちだろうな」

「そうかもしれん」

「そう考えたとき、ちょうど午後四時半前後に所在のはっきりしない、過去の火災で憤慨していたと思《おぼ》しき奴がいる。しかも、そいつはポッドやデータホールの出入りに鑑があるとしたら、どうだ？」

「くそっ、ふざけるな」

言い返すだけで、やっとだった。執拗《しつよう》な事情聴取の理由が分かった。有力な容疑者候補に、私も入っていた。しかも、ご丁寧に、夕方には一人で大沼でカヌーを漕《こ》いでいた。

「だが、自分はお前を信用してやる。上手《うま》く説明できないが、お前ならもっと直截《ちょくせつ》に手を下すだろう」

「人を殺し屋扱いするな。俺がなぜ仙堂を殺さなきゃならん？」

大嶽は微笑するだけだった。だが、大嶽の頭では、私がＣＩＡ（米中央情報局）やＤＩＡ（米国防情報局）に雇われた工作員の可能性も冷徹に計算されたに違いない。

大嶽は、マントラップに置かれていたノートパソコンを差し出した。

「今日の――いや、もう昨日か、人の流れをチェックしてみてくれ」

「分かった。すぐに確かめてみる」

私は、パソコンのスイッチを入れた。

リモートデスクトップから〈キーパー〉を立ち上げる。

「午後四時以降の、ポッドへの出入りでいいな」

「それでいい。先ほども帯刀に見せてもらったが、改めてお前と確認したい」

大嶽のリクエストに応じて、六月二日の午後四時から翌日の午前八時までに限った、ポッドへの出入りをトレースした。

「まず午後四時五分に、仙堂がポッド内に入っている。午後四時二十六分までに入った六人は、函電設備の人間だ」

「三年前の火災で、犠牲者を出した会社だな。お前が昨日、訪ねた」

「直後の午後四時二十七分に、仙堂はポッドから出ている」

「ここから問題の記録だ。この時刻に、仙堂が本当にポッドを出たかは疑わしい。直後に、仙堂は死亡したと推定されるのだから」

私は、ペットボトルの水を一口だけ含んだ。

「マントラップに就いていたガードは、どう答えている？」

大嶽も、ペットボトルを開けた。

「それが、よく覚えていないと答えている。ガードは、お前も知っている三宅だ。だが、三宅は当時、一人でマントラップに就いていた。いきなり六人の団体が来て、三宅はパニくった。お蔭《かげ》で、その前後に出入りした人間は、ろくに顔を見ていない。とにかく、金探に必死だったそうだ」

三宅と聞いて、初日にポッドで立っていた中年男だと思い至った。

「警備員あるあるだ、致し方ないな。手いっぱいのとき、警備員は顔を確かめずに、身体検査、持ち物検査に目が行く。三宅を責められない」

「三宅には、何でもいいから、思い出してくれるよう、捜査員が促している。だが、実際のところ、無理だろうな」

口ぶりとは裏腹に、大嶽は、仙堂の退出を信じていないみたいだった。

「トレースを先に進めるぞ。午後四時三十一分、今度は沢瀬杏実が、ポッド内に入室している。これは、確かか」

「間違いない。三宅は、沢瀬杏実とだけは会話を覚えている。沢瀬杏実からも、ウラは取れた。この記録は、真実で間違いない」

「その次、午後四時三十三分に、再び仙堂はポッドに入っている。このウラは、取れたか」

「残念ながら、三宅は『記憶にない』と答えている」

私は、苦笑するしかなかった。

「午後四時三十四分、今度は、黒須が入室している。仙堂の入室と、ほぼ同時刻だな。黒須は、どう話している」

「それが、仙堂の姿は見ていないと話している」

「では、仙堂の生きている姿を最後に見た人間は、誰だ」

「午後四時二十六分までに入室した函電設備の人間だ。溝畑里映が、仙堂に挨拶《あいさつ》している。溝畑里映が、仙堂と最後に会話した人間だ」

最後の目撃者が里映だったとは、好都合だった。里映には、尋ねたい点が他にもある。

「溝畑里映は、まだサイトにいるのか」

「もう帰した。容疑者でもない市民を深夜まで、引っ張れない」

「よい話を聞いた。こちらも、そろそろ引き取らせてもらおうか」

「よかろう。続きは、また。何かあったら、チャットを使うからな」

私は、疲れ切った身体を立ち上げた。スイッチを切ったパソコンを持って〝取調室〟を出た。

駐車場でデミオに乗ると、真っ先にグローブボックスを開けた。シグ・ザウエルの包みがあった。思わず、安堵《あんど》した。

自宅ロッジに帰り着く前、山道でデミオを駐《と》めた。グローブボックスのシグ・ザウエルを隠すためだった。地面に埋めるか、自宅に隠すか。散々、迷った末、運転席のシート下に隠した。

我ながら、安直で笑ってしまう。だが、最初から〝道具〟を持っていると知られない限り、案外、有効な隠し場所だった。

6

帰宅してからも、あれこれ片付けて、可菜の眠るベッドに潜り込んだときは、午前三時に近かった。

明け方、可菜の泣き声で目覚めた。頭を両手で押さえて、可菜が苦しんでいた。以前にも経験のある脳腫瘍《しゅよう》の症状だった。

私はベッド脇のナイトテーブルに置いた薬袋から、頓服《とんぷく》の鎮痛剤を取り出し、水で飲ませてやった。

気休めだった。片頭痛や風邪とは違って、頭蓋内圧《ずがいないあつ》（頭蓋内の髄液の圧）の亢進《こうしん》が原因だから、脳腫瘍の痛みに、鎮痛剤は効かない。そもそも、脳の器質に痛覚はない。

一つだけ、痛みを緩和する方法があった。ケシから採取したアルカロイド、麻薬オピオイドの投与だった。

だが、オピオイドを使用すると、意識の混濁が起こる。可菜は、可菜でなくなる。コミュニケーションは一切、取れなくなる。

「もう大丈夫だ。間もなく、薬が効くからな。俺もついてるぞ」

私は、可菜を抱きかかえて、身体を摩《さす》り続けた。できるなら、代わってあげたかった。可菜に、私の寿命を分け与えたかった。

「もう死にたい。死んだほうがましよ」

泣き苦しむ可菜を抱いていて、一瞬、デミオのシート下に隠したシグ・ザウエルを思い浮かべた。

頭《かぶり》を振って、妄念を振り払った。私は絶対に、可菜を銃で撃たない。もしも、もしも、私が可菜の命を奪うとしたら、この手で——。

奇跡が起こったのか、それとも、天の恩寵《おんちょう》か、可菜の痛みは治まった。鎮痛剤と共に飲ませたハルシオンが効いてくれたのだろう、可菜は再び眠りに落ちていった。

だが、私は機を逸して、深い眠りには就けなかった。ベッドの上で横たわり、眼を閉じていただけだった。

それでも、横になっているうちに少しだけ、短い眠りに落ちた。

＊

大事を取り、可菜に〈白樺〉を休ませた。私も休みたかった。しかし、済ませなければならない用がある。可菜を置いて、家を出た。

午前七時前に、ＨＫＤⅦの駐車場に着いた。デミオの中で待っていると、函電設備と描かれたワゴン車がやって来て、下請け業者用の駐車スペースに駐まった。中から、慶祐たちが降りてくる。

私はデミオを出て、慶祐たちに近付いた。

「おはよう。里映さんは、いるかな」

慶祐たちが威勢よく挨拶を返すと、運転席から、里映が降り立った。

「鹿島さん、昨夜は大変でしたね。随分、長く呼ばれてましたが」

「午前零時すぎまで掛かった。でも、大丈夫だ。ところで、亡くなった仙堂さんと最後に話したときの様子をもう一度、教えてくれ」

「いいですよ。何度も同じ話をさせられたので、慣れっこになりました。今、ここで話していいですか」

「いいとも。立ったままで申し訳ないが」

私はポケットからＢ６判ノートを取り出して、メモの用意をした。私の準備を待ってから、里映は話し始めた。

「昨日は午後四時すぎ、上がり前に、最後の点検と片付けでポッドに入ったんです。ほら、元請けさんにむちゃぶりされた工事があったでしょう。結局、他の現場からの応援で凌《しの》いだんですが、後片付けまで頼むわけにはゆきません。それで、最後に皆で入りました」

「記録では、午後四時二十六分までに、六人が入っている。そのときに、仙堂さんと会ったのですか」

「仙堂さんも、ポッド内で作業していました。仕上がりチェックと、簡単な手直しですが。仙堂さんは建物担当の副所長なので、仙堂さんのOKを頂かないと、電気工事は終わらないんです。それで、仙堂さんに挨拶して、ウチの区画の仕上がりチェックを頼みました」

私は、作業服を着た痩せぎすの姿を思い返した。堅物で、細かそうな印象だった。里映は内心、ビクビクだったに違いない。

「函電設備の担当区画を見て、仙堂さんは何と？」

「『特に問題はなさそうだ』って。思わず、心の中で、ガッツポーズしましたよ。ここ最近で、いちばんキツい工事でしたから」

「それで、その後は」

「担当区画を回って、後片付けとチェックをしてきました。ゴミ一つ落ちていただけで厳しく注意されるので、気が抜けないんです」

里映の話は、大嶽から聞いた通りだった。敢《あ》えて、違いを挙げると、距離感だった。里映たち下請けの人間にとって、仙堂は親しくもあり、難しくもある間柄だった。取引先の典型でもあった。

あらかた聞き終わると、里映がおずおずと尋ねてきた。

「可菜さんは、お元気ですか」

「今日は仕事休みですが、どうして」

「昨日、話したとき、ちょっと具合が悪そうだったから」

「そうでしたか。ご心配なく。今朝は普通でしたよ」

話を切り上げて、私自身もエントランスに向かおうとすると、里映が言葉を選ぶふうに声を掛けてきた。

「鹿島さん――可菜さんを、いつもいたわってくれて、ありがとう。鹿島さんと出会ってから、可菜さんは、すっかり明るくなったんですよ。体調も、きっと戻ると信じています」

私は思わず、里映に向き直った。

「お気遣い、ありがとう。これからも、可菜をよろしくお願いします」

里映は少し、はにかんだふうだった。

「分かりました。特に何もできませんが」

「里映さんたちは、可菜にとって得難い幼馴染《なじ》みの友人です。今まで通りのお付き合いを。そばにいてくれるだけで、可菜はどれほど救われるか」

里映は少し言い淀《よど》んでいたが、意を決したふうに私を見つめてきた。

「可菜さんの病気ですが、もしかして重いのでしょうか。差し支えなければ、教えてください」

「可菜は、何と話していますか」

「それが、具体的には、何も教えてくれないのです。でも、逆にそれだけ悪いのかな、と。昔から、何でも話してくれた間柄だけに、心配なんです。こんな感じ、初めてで。何も話してくれなくても、伝わってくるんです」

何と答えればいいのか、私には分からなかった。しかし、可菜が口にしない以上、私から話せはしない。

「可菜はきっと自分の健康状態で、皆さんにご心配をお掛けしたくないのでしょう。でも、大丈夫です。私がそばに付いて、しっかり支えますから。里映さんたちは、見守ってくれるだけでいいんです」

里映は考え込んでいたが、やがて気持ちを切り替えたふうに微笑みを投げ掛けてきた。

「ご存じかどうか、以前と違って、可菜さんはすっかり人が変わったんですよ。穏やかになって、丸くなった感じで」

「そうなんですか。それは初耳だ」

　思わぬ話題に、私は少し救われた気がした。

「ご存じなかったですか。以前の可菜さんは芸術家タイプで、かなりトンガっていたんですよ。中学の先生と政治上の意見で争ったり、将来は絶対に写真家になるって写真に夢中になったり。北欧のメタルロックを聴いて、洋服なんかでも結構、攻めてましたねー」

「そうだったんですか。想像もつかないな」

　意外な可菜の側面を知って、私は驚いた。でも考えてみれば、今の可菜にも所々、それらしき感じはある。私との出会い方があんな形だったから、今まで意識してこなかった。

だが、きかん気、一種の芯《しん》の強さを可菜はずっと湛《たた》えている。

　私たちの笑い声を聞き付けて、慶祐がちゃちゃを入れてきた。

「姉ちゃん、余計な話をして、後で可菜さんに怒られても知らねえぞ」

「うるさいわ。余計な口を突っ込むな」

「姉貴だって、可菜さんと仲たがいして一年間、口を利かなかったりしただろうが」

「慶祐、後でぶっ飛ばすすよ」

里映が蹴《け》る恰好《かっこう》をすると、慶祐はおどけたふうに仲間たちとローディングドックに入っていった。

里映は改めて、私に向き直った。

「いろいろ、すみませんでしたね。何せ、田舎なので、人間関係が濃ゆいんです」

「いいえ。ここは気候がいい。美しい自然もある。私も元々は青森の田舎者ですが、ここはすっかり気に入っています」

「この辺は、とりわけ秋の紅葉が綺麗《きれい》です。地元の人は冷え込む秋冬を嫌がるけれど、私は秋冬が最も北海道らしくていい時季だと思います。秋になったら、可菜さんと一緒にご案内しますよ」

「そうですね。そのときは、よろしく。秋を楽しみにしています」

私が答えると、里映は嬉しげに慶祐たちの元へと走っていった。

＊

防災センターのオフィスに着いてから、大嶽と連絡を取ろうとした。だが、果たせなかった。ＬＩＮＥを送っても、既読にならない。

ＧＳＳの警備業務は、大変な事態になっていた。二人目の犠牲者が出たため、ＨＫＤⅦの館内警備は、ほぼ全面休止になった。

警察の現場検証が済むまで、セキュリティーシステム〈キーパー〉は、ストップされた。代わりに、ＧＳＳの警備員が要所に立つ。

私が挨拶《あいさつ》しても、帯刀の返事は、弱々しかった。

「今日の朝イチで、常務の労担から電話があったよ。私は間もなく、道南支社の総務部付になるらしい。後任は未定だ」

「帯刀さんの責任ではないと思いますが」

帯刀は、力なく首を横に振った。

「一連の事件は、もはや日米の外交問題になっている。米国のＳ社本社は、ＨＫＤⅦの業務をいったん停止し、施設管理権を日本警察に委ねた。私たちは、警察の下働きになったんだよ」

「たとえ、そうでも、サイトリーダーは必要でしょうに」

帯刀は自嘲《じちよう》するふうに笑った。

「私もそう思った。だが、常務に一蹴《いつしゆう》された。責任者の処分なしに、本社は政府と話すらできないって。私は、とんだ土産首だ」

「それで、いいんですか」

「仕方ない。とにかく、館内の警備は形だけだから、鹿島さん、今日は好きにしてください。何なら、もう帰宅してもいいんだよ」

そういうわけにもゆかず、私は空いている席に腰を下ろした。

「給料分は働きます。それと、構内を調査しても、よろしいですか」

「構わないですよ。警察の捜査の邪魔にならなければ」

「もう一つ、明後日のレセプションは中止になるのでしょうか」

帯刀は、自分の前のパソコンを操作し始めた。

「中止の連絡は、来てないなあ。S社の日本法人にも、問い合わせてみるがね。連絡がないところを見ると、予定通り開催だろうな」

「この状況で、開くのですか」

「だろうね。外資のIT企業は、そこら辺が物凄《ものすご》くドライだ。中止にする場合と、開催する場合の費用対効果を計算したに違いない」

私は内心、呆《あき》れ果てていた。人が二人も死んでいるのに、費用対効果もないだろう。

「今、レセプションを開いたら、メディアも押し掛けて混乱に拍車が掛かりますよ」

「S社はそれも広告の内ぐらいに、捉《とら》えているんだろう。ルメイはともかく、仙堂さんの死は何でもないと思っているに違いない」

「酷《ひど》いな。ともかく、犯人はレセプションを標的にする考えを持っているかもしれない。改めて、警備計画の変更を考えましょう」

帯刀の表情が、少しだけ引き締まった。

「そうだな。最後の仕事かもしれない。もう一度、計画を見直すよ」

「それと、出席者全員のリストを手に入れてください。もしかしたら、犯人の標的が、いや、犯人自身もリストにいるかもしれない」

「分かった。手を尽くそう」

帯刀は、再びパソコンに向かった。私は席を立った。

思い付いて、杏実に電話した。十分後に地下一階で待ち合わせた。

杏実は、いつものライトブルーの作業着姿で現れた。

「昨夜は、お疲れ様です。たいへん、ご迷惑を掛けてしまって――」

「それより、警察の捜査の状況はどうなっているか、知らないか」

「昨日の夜のうちに、警察は仙堂さんの寮を調べています」

「昭和電建の寮は、どこにあるんだ？」

杏実は、肩から下げていたｉＰａｄを取り出した。

「この近くで、ある企業の閉鎖された保養所を寮にしています。仙堂さんの部屋からは、何も出なかったと聞いています」

「仙堂さんは、単身赴任だったのか」

「札幌にご自宅があって、ご家族もおられます。でも、この現場に入るためにもう五年近くも単身赴任をしていました」

「五年も。じゃあ、仙堂さんにとって、ここは大仕事だったんだな」

長期の単身赴任の果てに、殺された仙堂の境遇が哀れだった。

「仙堂さんのご遺体は今朝、札幌医大に送られました。ご遺族も、札幌で対面予定です。ご質問があれば、担当者が繋《つな》ぎますが」

「今のところは、ないです。何か必要になったら、お願いする。それより、構内の捜索にお付き合い願えませんか」

杏実が、驚いたふうに私を見た。

「私なんかで、お役に立ちますか」

「案内してくれるだけでいい。何カ所か、見ておきたい」

杏実は少し思案してから、引き受けてくれた。

「分かりました。ご一緒しましょう。幸い、鍵《かぎ》も持っていますし」

「鍵って、事務所の金庫に仕舞ってある物理鍵ですか」

「仙堂さんが亡くなって、全て私一人の管理になったんです。警察の鍵開け要請にすぐに対応できるよう、今日は持ち歩いているんです」

杏実は、首から掛けたチェーンの先の鍵を見せた。

私は断って、杏実の鍵を手に取った。普通のロータリー・ディスク・シリンダー錠だった。ただし、上下のカギ山が少ない。

「もしかして、これがマスターキーなのか」

「マスターキーAです。敷地内の全ての鍵を開けられるグランド・マスター・キーは、非常時以外は使用禁止です。でも、内構でデータホール以外の全ての鍵を開けられる、このマスターキーAは、もう一人の副所長、黒須さんに断れば持ち出し可能です。早速ですが、どの鍵を開けますか」

いきなり聞かれて、戸惑った。取り敢《あ》えず、ポッドへの空調ダクト、つまり通風管を挙げた。

「ポッドへの空気の出入り口を、自分でも確かめたい」

「では、ポッド北側のチャンバールームを、ご案内します」

聞き慣れない名前に、首を捻《ひね》りたくなった。

「すまない。チャンバールームとは何かから教えてくれ」

杏実は、すぐにｉＰａｄで見取り図を見せてくれた。

「地下一階ポッド北側に幅一・三五メートル、長さ五十五メートルの長い廊下みたいな部屋があります。これがチャンバールームです」

「ポッドと室外空調機置き場との間にある細長い区画だな。確かにChamber Roomとある」

「室外空調機——エア・ハンドリング・ユニット（ＡＨＵ）は、外気を取り入れて温度調節をして、ポッドに空気を供給します。でも、ＡＨＵから直接、空気を送り込むと、気流が乱れ、気温にムラが生じます。空調機の性能をフルに発揮できません。結露もできます。それで、いったん部屋に空気を送り、安定させてから供給します。それがチャンバールームです。日本語で、空気室と訳されます」

「変だな。英語ではチャンバーも、ルームも部屋の意味だ」

杏実は、うっすらと笑った。

「和製英語です。英語ではミキシングチャンバーとか、ＡＨＵルームと呼ぶんですが、日本ではチャンバールームで通っています」

まだ納得できないが、話を進める。

「今から、そのチャンバールームに案内してくれるんだな」

「はい。チャンバールームは、イエローゾーンです。なので、金探チェックは不要です。安全のため、ヘルメットを着用してください」

私は杏実の指示通り、ヘルメットを被《かぶ》った。

杏実は、仮設マントラップの前を東へと歩いた。後を追う。

ポッドのあるデータホールのエリア1を出て、東隣の工事中のエリア2に入った。そのままエリア1との境界の壁を進むと、突き当たりの左手に大型のドアがあった。杏実は、頑丈なグレモンハンドルを回して引いた。

想像以上の力が、要るらしかった。私は杏実を助けて、ドアを開けた。ハンドルを押さえながら、杏実が叫んだ。

「左手の壁にスイッチがあります。点《つ》けてください」

私は左手で照明スイッチを探り、ボタンを押した。廊下そっくりのスペースに、薄暗いLEDライトが点いた。

杏実は慎重に、ドアを戻していった。

「このドアは特殊で、ハンドルを回すと、ロックが掛かるんです。勢いよくドアが閉まると、反動でハンドルが回ってしまうので、注意が必要です」

「分かった。以後、気を付けよう」

ドアを閉めると、私たちはチャンバールームを奥へと歩いていった。AHUから吹き出す風が、耳元でゴーゴーと音を立てた。

右手のAHU側は、巨大なグラスウールのフィルターで天井まで覆われていた。左手は通常の壁だった。吹き出た冷気は、石膏《せっこう》ボードの壁に当たって跳ね返る。さらに天井に設置されている吸気口から吸い込まれてゆく。

冷気はポッドに流れ、天井からコールドアイルに吹き下ろされる。ラックのサーバーは、正面から冷気を吸い込み、CPUやマザーボードを冷やす。熱交換で暖かくなった空気は、背後から排出される。排気はホットアイルを上昇し、排気口から吸い出されてゆく。

杏実が、チャンバールームの天井を指した。

「チャンバールームの天井高は、ポッドと同じ五・五メートルです。梯子《はしご》がなければ、吸気口に辿《たど》り着けません。空調ダクトは、全熱交換型の換気ユニットを使用しています。通り抜けは、不可能です」

まさしく、想定内だった。チャンバールームからの通り抜けは、不可能だ。秘密の抜け穴などない。

杏実の手にしていたｉＰａｄの見取り図を覗《のぞ》き込む。とりとめもなく眺めているうちに、不意に疑問が浮かんだ。

「来たばかりで、よく分からないんだが、ここのデータホールは、地下一階から二階にまで、できるんだよな」

「最終的には、そうなります。でも、現状では、地下一階のデータホールのエリア1だけが完成している状態です」

「それなら、尋ねたいんだが、一階の大部分と二階の一部が閉鎖されている。それは、どうしてなんだ？」

杏実はしばらく画面と私の顔を交互に見ながら、考え込んでいた。やがて、パッと表情が変わった。

「そうか！　鹿島さんは、きっと勘違いされているんですね。実は、この建物は掘り下げられて造られています。半階分、地下にめり込んでいるんです。なので、地下一階のデータホールは一階の高さまで、繋《つな》がっているんです。その分、二階が高くなっています」

「よく分からないが、地下一階と一階は、ぶち抜きなのか」

「そう考えてもらって、構いません。地下一階と一階の高さは、合計七・四メートル、二階の高さも七・四メートルで造られています。だから、一階フロアも、地下一階と連動で、封鎖されているんです」

「三階建ての建物に、二階分のデータホールが造られているのか。なぜ、そんな構造に」

杏実はiＰａｄを閉じて、斜め水平に手に持った。

「この敷地全体が山地なので、斜面になっているからです。水平な床を造るためには、地面を削らなければなりませんよね。どのみち、地階も造るので、全体の高さを抑えるために、地下一階と一階を繋げてワンフロアにしたんです。コスト削減にもなります」

「一階が、実は地下一階とぶち抜きでデータホールになっているとは分かった。でも、なぜ未完成の二階も封鎖されているんだ？」

「ポッド専用の人荷用《じんかよう》エレベーターで、繋がっているからです。二階のデータホール予定区画も封鎖しないと、侵入されます」

ほんの少しだけ、何かが見えてきた気がした。

「よし、では二階を見よう。もしかしたら、犯人は二階の封鎖区画からエレベーターで地下一階のポッド内に入ったのかもしれない」

「それはないと思いますよ。とにかく、ご案内しますが」

杏実の言葉通りだった。二階のデータホール予定区画の三カ所のドアは施錠されている。フロア全体が資材置き場で、レセプションのため片付けられていたが、ドア前にもまだ資材が残されていた。

「これじゃ、侵入するどころではないな。許可を得て、堂々と入るにしても、邪魔な資材を移動しなければならなかっただろう」

「二階からは、地下一階以上に侵入が困難です」

私は徒労感を覚えて、壁に凭《もた》れかかった。

「不可能と分かった。最後に一階の入り口をチェックさせてくれ」

エレベーターで、一階に下りる。ワンフロアの階高が高いので、一階下りるだけでもエレベーターを使った。

一階に着くと、エレベーターのドアが開いた。ローディングドックに繋がる荷捌《にさば》きスペースと、エントランスホールを兼ねた空間が広がっていた。ローディングドックの脇に、警備員の詰める管理室のドアがあった。

杏実はエレベーターを出ると、くるりとUターンした。左手の細長いスペースを指した。奥に、頑丈な二枚扉が見える。

「こちらが、一階の二枚扉です。お伝えした通り、一階は、地下一階とぶち抜きになっています。でも、全てぶち抜きになっているのではなく、人荷用エレベーターの周りは、独立した一階スペースになっています」

「込み入った構造だな。なぜ、わざわざ、そんなふうに造ったんだろう」

「サーバーラックはトラックで運ばれるので、一階と地下一階でエレベーターが止まるほうが便利なんです」

「なるほど。機材の移動のために、一階部分を付け足したわけだ」

そのとき、エントランスから大勢の人が入ってきた。里映たち、函電設備の人間だった。

私に気付いた里映が、挨拶《あいさつ》してきた。

「仙堂さんの事件が起きて、工事はストップになりました。でも、できる工事箇所があったら全部、済ませようと思いまして」

「それで、一階に」

「二枚扉の脇のパイプスペースを片付けようと」

答えるなり、里映は慶祐たちに合図した。慶祐たちは待ち構えていたように、脚立とケーブルの束をパイプスペースのドア前に置いた。

私は肯《うなず》き返すと杏実を伴い、エレベーターへと向かった。

今度は、私がエレベーターの上りの呼び出しボタンを押した。

「最後に、屋上を見せてくれ」

エレベーターを待ちながら、杏実は微笑んだ。

「いいですよ。私も、最後にご案内しようと思っていたんです」

杏実は、エレベーターの「R」ボタンを押した。

『屋上階です』

女声のアナウンスが響いて、ドアが開いた。

エレベーターから出ると、塔屋《とうや》の照明が点いた。杏実は、左手の大きな二枚扉をマスターキーで開けた。細長い廊下に、作業用の資材が並べられていた。

廊下には、やはり二枚扉が二カ所あった。そのうち手前の大きな二枚扉を、杏実は開けた。

杏実が先に立ち、塔屋から屋上に出た。左手には丈高いパネルが立ち、その中で機械がブーンと稼働音を騒がしく立てていた。

「空調システムの室外ユニットです。データホールから熱交換された熱を排出しています」

パネルの向こうに遠く、緑の山並みが続いていた。パネルの反対側も、五メートルほどの遮蔽板《しゃへいい》で覆われていた。

それでも、五十メートルほどで空調室外ユニットのパネルは途切れ、百八十度の広い展望が広がった。

杏実に勧められて、コンクリート製のベンチに腰を下ろす。目の前にハト小屋と呼ばれる小屋が規則的に並んでいる。

ハト小屋と言っても、本当に鳩を飼っているのではない。エアコンの室外機や冷却塔に続く配管を収めた小屋だ。

ベンチに腰掛けた杏実は、背伸びした。

「リフレッシュしたいとき、一人になりたいとき、私は屋上階に来るんです。一種の役得ですね。ここ、気持ちいいんですよ」

「確かに、ここはよく風が通る。休憩するには、打ってつけだね」

「夜になると、星空が綺麗《きれい》なんですよ。周囲の視界は遮られているけどその分、周りの光も入らないんです」

「なるほど。隠れた天体観測スポットか」

杏実はしばらく遠くを眺めていたが、やがて私に振り向いた。

「鹿島さん、私を嫌な奴だと思ったでしょうね」

私は、すぐには答えなかった。

「――函電設備の里映さんとの一件か。無理めの工事の強行は、上からの命令だったんだろう?」

「現場監督とおだてられても、私は入社二年目の未熟者です。現場も、ここしか知りません。それなのに、父親ほど年上の人や自分とさして歳の変わらない人たちを使わなければならない。苦しいほうが、多いです」

「そうなんだろうな。でも、現場監督は必要だ。仙堂さんのいなくなった今、いっそう、君は求められている」

杏実は少しの間、感に堪えているみたいだった。

「鹿島さんが密《ひそ》かに三年前の火災を調べているって、私は知っています。私が口にすべきではないのでしょうが、私も二件の殺人と三年前の火災は決して無関係ではないと思います。いいえ、どう考えても、犯人の動機は火災への恨みとしか考えられません」

私は意を決して、杏実に向かい合った。

「君は、何を知っているんだ？　話してくれ」

杏実はコンクリート床に視線を落としていたが、眼を上げた。

「私は昨年四月、芝浦工大から東大の院を出て入社、この現場に配属されました。火災から二年後で、直接的には、何も知らないんです。でも、建築を学ぶ者として、珍しいデータセンターの工事現場火災はニュースなどで印象に残っています」

「そうだろうな。六人が亡くなったあの現場火災は、俺でさえニュースの記憶がある」

「院生だった頃は、どうして最終段階で鉄骨なんか切るかなあと思いました。でも、現場で実務を積むうちに、ビル建設は一種の〝生き物〟で必ずしも計画通りには行かないとも知りました」

「大規模な工程は得てして、人間的な作業になる」

「私は当時の担当者を責められません。私だって、同じ作業を命じたかもしれない。それは、仙堂さんも繰り返し仰《おつしや》っていました」

仙堂が、三年前の火災に言及した話は初耳だった。

大ベテランの仙堂も、鉄骨切断には肯定的だったのか。

「仙堂さんは火災のとき、すでに副所長だったんだよな」

「その通りです。でも、仙堂さんは断熱材のウレタン吹き付けには反対していたんです。拙速だって。ですが、本社の突き上げでやむなく踏み切ったんです」

断熱材のウレタンは、不燃の防火材ではない。火を付ければ、簡単に燃え上がる。

「だから、耐火シートを敷き、鉄骨切断作業を始めたんだよな」

「警察発表では、耐火シートとなっています。でも、実際は、耐火被覆を敷いて使用したと、仙堂さんから聞きました」

「――何だ、それは？」

ヒフクと聞いて、最初は被服を連想した。しかし、それでは意味が通らない。しばらく考えて、被覆に思い至った。

「耐火被覆は、鹿島さんも目にしてますよ。コンクリートの柱や梁《はり》を覆っている布みたいな製品です。もっとも本物の布ではなく、不織布の下に耐火材のロックウールを重ねています」

「それなら、よく目にする。でも、コンクリートは燃えないのに、なぜ耐火被覆が必要なんだ？」

「鉄の融点は、一五三八度です。でも、それは溶鉱炉や鋳物を作るときの温度です。建材の鉄骨は意外にも熱に弱く、三五〇度以上になると、次第に軟化します。建物の荷重でグニャリと曲がって、床が落ちたり倒壊したりします。それを防ぐために、コンクリートの柱や梁に耐火被覆を巻き付けるんです」

「コンクリートの耐火被覆には、そんな理由、目的があったのか」

「三年前も、そんな耐火被覆を流用して床に敷き、作業しました。この現場ではすぐに手に入る、ありふれた素材でしたから」

耐火被覆の資材は今でも、このサイトに置かれている。巨大な絨毯《じゅうたん》、布地みたいにグルグル巻きにされている。

「耐火被覆を床に敷き、耐火シートとして、作業する――何も、問題はなさそうだが」

「確かに、問題はありません。それが、新品の耐火被覆なら」

「どういう意味だ？」

杏実は、すぐには答えなかった。代わりに、答えをはぐらかすふうに話題を切り替えた。

「さっき、私は『火災は、直接的には知らない』と申し上げました。でも、私が昨春、配属されたときは、このサイトのあちこちに火災の跡が残っていました。火災で建物は焼け焦げ、煤《すす》だらけになりました。消火で、地階部分は半ば水没しました。事故物件となったこのサイトは廃棄されても、おかしくなかったんです」

「そうだろうね。実際、日本企業だったら廃棄するだろう」

「でも、外資のS社は、建設費を値引きさせ、格安で補修させました。データセンターとして活用し続けると決めたんです。私が配属された頃は、補修工事はあらかた終わっていました。煤はグラインダーで削り落とし、使えなくなった建材は交換しました。それでも、まだ補修工事は完全には終わっていませんでした」

杏実は立ち上がり、眼下の一角を指した。それは、屋外に造られた、トレンチと呼ばれる区画だった。地上から地下三階までを掘り下げ、クレーンで物資の搬入などにも使うスペースだ。

「去年の夏です。あそこのトレンチに、巻かれた古い耐火被覆が、便宜的に立て掛けられていました。後で、産廃として搬出するためです。ちょうど、居残りで遅くなったとき、仙堂さんに声を掛けられたんです。ちょっと手伝ってほしい、って」

話は、核心に差し掛かったみたいだった。私は、杏実を見つめた。

「仙堂さんは、何を頼んだんだ」

「消火器を用意してほしい、って。二階の資材置き場から、私は中型の消火器を二本、持ってきました。すると、仙堂さんは私にその場で待機させて、立て掛けてある耐火被覆に近付きました」

私は、杏実を正面から見つめた。

「近付いて、どうした」

「仙堂さんはしばらく、黙って耐火被覆を見ていました。次いで、ポケットから着火用ライターを取り出しました。ライターの火を点けると、やおら耐火被覆に近付けました。次の瞬間、真っ赤な炎がボッと立ち上りました。まるで、手品みたいに」

「まさか。耐火被覆が燃えたのか」

「火柱が天に噴き上げたんです。耐火被覆は燃えなくても、付着した埃《ほこり》、特に油分を含んだ埃は、燃え上がります」

信じられなかった。だが、言われてみれば当然だ。耐火材は燃えなくても、付着した埃は燃える。

「それで、その後どうなったんだ。火事にでも、なったのか」

「いいえ。火は一瞬で消えました。消火器も結局、使いませんでした。私が驚いて尋ねると、仙堂さんは手を振って『何でもない。驚かせて、すまなかった』と」

「それだけか。それで、終わったのか」

「仙堂さんは、念のためにってホースで水を掛けていました。私も手伝いました。その間、何度か尋ねましたが、仙堂さんははぐらかすばかりでした」

杏実と視線が交わった。動揺している杏実を、私は静かに促した。

「仙堂さんは答えなくても、君は答えを知っていたんだな」

「私は、気付いていました。仙堂さんは、きっと実験をしたんだって。三年前、そのときは二年前の火災原因を確かめる実験をしたんだって、私は思いました」

私は、しばらく言葉を失っていた。仙堂は三年前の火災を人災と疑い、実験で確かめていた。耐火被覆は燃えなくても、耐火被覆に付着した埃は燃える。もしも、鉄骨切断中の水撒《ま》きが不完全だったら——しばらく経ってから、火種から出火する可能性もある。仙堂は、それを疑っていた。

「実験の後で、仙堂さんは何かアクションを起こしたのか」

「いいえ、何も。仙堂さんは誰にも伝えず、実験結果を自分だけの胸に仕舞ったんです。私も——今まで、黙っていました」

「どうして、真実を明かそうとしなかったのか」

「今更、どうにもなりません。全ては終わったんです」

私は、頭がクラクラしそうだった。もしかしたら、犯人は仙堂たちの実験は知らないかもしれない。火災の原因も把握していないかもしれない。

でも、確実に一つだけ、はっきりしている。関係者の隠蔽《いんぺい》体質。自分たちの利益のために、他は犠牲になってもよしとする非情さ。そういった全てに、犯人は気付いている。そうとしか、思えなかった。

「この話を、今まで誰かに話したか」

「鹿島さんだけです。私も組織の人間です。会社を、自分を守りたかったんです。どうか、許してください」

杏実は、私の前で項垂《うなだ》れた。私は、杏実の肩を摑《つか》んだ。

「許す、許さないではない。人間としての良心の問題だ。今からでも、遅くはない。警察に、今の話をきちんとしろ。犠牲になった人たちのために、真実を明かすんだ」

杏実は肯《うなず》いた。私はスマホを取り出した。大嶽に、杏実から証言させるためだった。コールを数えながら、私は、犯人の胸の内に少しだけ近付いたと感じていた。

第四章　CS―Critical Site Incident

二〇二一年六月三日（木）

1

杏実に付き添い、指揮本部に行った。大嶽が顔を覗《のぞ》かせた。手早く用件を伝え、杏実を託した。

大嶽は、仙堂のIDカードが見つかったと教えてくれた。駐車場の端に常時駐《と》められているラフタークレーンの下に投げ込まれていた。不審な指紋は、検出できていない。

私は、自席に戻りかけた大嶽を呼び止めた。

「教えてくれ。火災で亡くなった犠牲者の墓は、どこにある？」

大嶽は驚いた表情で、私を見返した。

「墓なんて調べて、どうする？　犯人と鉢合わせするとでも」

「どうもしない。ただ、見たくなっただけだ。犯人と同じ風景を」

「勝手にしろ。警察は、そんな悠長な真似には付き合ってられん」

「墓の場所は、分からないのか」

大嶽は私の問いに答えず、指揮本部に戻っていった。

どうしたものか、しばらく考えを巡らせた。

考えた末に、正攻法でゆけばいいのだと気付いた。

腕時計を見た。午前十一時を過ぎていた。

ローディングドック脇の小部屋へ行くと、思った通り、里映と慶祐たちは仕出し弁当を受け取っていた。

私は、里映に声を掛けた。

「作業中、すまない。ちょっと、聞いてもいいか」

里映は、弁当運びの手を止めた。

「大丈夫ですが、いったい何でしょうか」

「三年前の火災で、亡くなった函電設備の人たちの墓を教えてくれ」

火災という言葉に、里映は一瞬、凍り付いた。

「なぜでしょうか。鹿島さんには、関係ないでしょう」

「サイトで働く者として、犠牲になった人たちのために祈りたい」

「事件の捜査のためですか」

「違う。そんな小さな理由ではない。この土地で生きて働き、骨を埋《うず》める覚悟の人間として頼んでいる――」

里映は、私から眼を逸《そ》らさなかった。

「分かりました。では、今からご案内します」

「すまないが、頼む」

里映は振り向いて、慶祐たちに弁当運びを指示した。里映と共に、エントランスから駐車場に出た。

2

大牧秀喜の墓は、七飯町軍川の農道沿い、牧場のはずれにあった。沿道の一角を低いブロックで囲み、玉石が敷かれている。石造りの三体の小さな地蔵が設《しつら》えられた裏に、三基の墓石が立てられていた。

真ん中が大牧家の墓で、秀喜はそこで永遠の眠りに就いていた。

「あら、誰か、お参りしたんだ」

里映が、墓前に供えられた花に気付いた。

真っ白い可憐《かれん》な花束を見て、私は凍り付いた。

鈴蘭《すずらん》の花束だった。それも、野生の鈴蘭を摘んで作った手製の花束だった。根元を緑の蔓《つる》で縛り、花束にしていた。

葉の緑と花の白の対比が、眼に染みた。鈴蘭特有の甘い芳香が漂ってくる。

「鹿島さん、どうしました？　顔色が悪いですよ」

「どうもしていない。最近、寝不足気味でね」

里映は、花束の位置を直した。

「線香も、何もないけど――」

里映が、先に手を合わせた。私も倣って、後から手を合わせた。野生の鈴蘭の強い香りがした。供えられてから、日は経っていない。

「鈴蘭の花言葉は、何だったかな」

私が思わず漏らすと、里映は耳ざとく聞き付けた。

「何でしたっけ？　ちょっと、お待ちくださいね」

今どきの若者らしく、里映は片手でスマホを素早く操作した。

「ありました。『幸福の再来』です」

立ちくらみがする。視界がぼやける。底知れぬ暗い穴に落ちてゆく。眼に映る映像が意味を失う。視野が狭まり、光が消える。世界が形と色彩を失ってゆく。

この花束は、犯人が供えた。大牧秀喜の「幸福の再来」を願って、犯人が捧《ささ》げた。

何の証拠がなくても、私には分かった。

「大丈夫ですか。鹿島さん、やっぱり、具合が悪そうですよ」

「心配は要らない」

声を絞り出した。崩れそうな心と身体を、必死に奮い立たせた。

「それより、この花束の贈り主に、心当たりはないか」

「誰でしょう。気まぐれで、野の花を摘んだのかな」

私は、もはや里映の返答を聞いてはいなかった。

「大牧秀喜は、君にとってどういう人間だったのか、教えてくれ」

里映はスマホを操作して、液晶画面をこちらに向けた。

細面の端正な顔立ちの若者が、写っていた。長い前髪が額に掛かり、どこかシンガー・ソングライター風の面影を湛《たた》えていた。

「秀喜君です。二コ上で、大沼小と大沼中の先輩です。私や慶祐の幼馴染《なじ》みです。前にも話しましたが、一学年が十人もいない田舎なんで、その分、繋《つな》がりも濃いんですよ」

「学校ばかりか、会社まで同じだったのか」

「秀喜君は、アルバイトでした。高校を出た後、大学に進みたくて、お金を貯めていたんです。大牧さんちは、元は酪農家でしたが、秀喜君が高校生の時に潰《つぶ》れてしまったんです。ここら辺で、働き口は函電設備しかないですから」

「苦労人だったんだな」

里映は、風で吹かれた髪を直して、耳に掛けた。

「秀喜君は、カッコいいでしょう。めちゃ、モテましたよ。東京さ行って芸能人を目指せばって、よく弄《いじ》られていた。でも、秀喜君は全然チャラくなくって、将来は先生になりたいって。ずっと子ども会のリーダーだったし、世話好きだった」

「教師を目指していたのか——」

里映は眼を細めて、昔を思い出す顔つきになっていた。

「他に火災で亡くなった岩寄耕さんも、元は大沼の人です。函電設備で修業して、函館市内で家業の会社を継ぎました。岩寄さんは私よりずっと上の人で、可菜さんのほうがよく知っています」

不意に、身近な名前が出て驚いた。生きていれば、岩嵜は三十四歳。四つ下の可菜にとって、兄みたいな存在だっただろう。

「可菜は、岩嵜さんと親しかったのか」

「もしかして、妬《や》いています？」

里映が、ふふふと笑った。重い話題が逸れて、救われた気がした。

「いや、全然。可菜は十代の頃、どんな子だったのかなと思って」

「あの頃、可菜さんに特定のボーイフレンドはいませんでしたよ。昔の可菜さんは、今と違って、かなりトンガってましたね。写真家になりたいってカメラを持ち歩いて、よく撮っていました」

「可菜は、どんな写真を？」

「風景写真が多かったですね。大沼や小沼《こぬま》の渡り鳥とか、駒ケ岳の写真とか。あと、四季折々の花の写真なんかも、撮っていました」

そこまで話していて、里映は「あっ」と声を上げた。

「今、思い出しました。岩嵜さんも写真が趣味で、可菜さんが昔、使っていたニコンの一眼レフは、岩嵜さんのお下がりをもらったんです。岩嵜さんが『フィルムのカメラは、もう使わないから』って」

「そうだったのか。全然、知らなかった」

可菜のニコンの一眼レフには見覚えがない。もっとも、奥江と暮らし始めて、生活に困窮した可菜は、とっくに手放していたに違いない。今でも可菜は、カメラはｉＰｈｏｎｅでしか持っていない。

気の利かない自分が苛立たしかった。限られた時間しかない可菜に、どうしてカメラを贈る発想を抱かなかったのか。今度、一眼レフをプレゼントしようと思った。サプライズで贈るより、可菜の希望も聞いて機種を選ぼう。すぐにでも、実行に移してやりたい。

里映は、最後に木佐亮の名を挙げた。

「木佐さんは、生きていれば二十五ですか。私より四つ上ですが、あまり接点はなかったですね。岩嵜さんが独立して、最初に雇った人で、やはり実家は大沼ですよ。でも、実家を出て、岩嵜さんの会社の敷地にあるユニットハウスに住み込んじゃいましたから」

「何だい、そのユニットハウスって」

「コンテナ型の簡易住宅ですよ。ここら辺では結構、ポピュラーです。中古だと二十数万円ぐらいだし、買ったその日に住めますから」

その時だった。スラックスのポケットに入れていたスマホが振動した。

取り出してみると、帯刀からメールが入っていた。

『六月五日、土曜日のレセプションは予定通り開催される。招待客のリストを添付したので、確認されたし』

私は早速、PDFファイルの招待客リストを開けた。VIPの招待客には、肩書がかっこ書きされていた。

ソラリス・ジャパン社長、副社長、専務、常務、ジャパン・リージョナル・マネジャーのデニス・メデロスの名もあった。

米国政府からは、在日米大使館の首席公使、政治部長らが、招かれていた。日本側の招待客には北海道副知事、函館市長ら周辺自治体の首長、議長。防衛省や警察庁の関係者もいた。

これだけの人数を招待するには、半年がかりの準備が必要だろう。ソラリス社のレセプション強行開催も肯《うなず》けた。

一般の招待客のリストを見ていて、仰天した。何と、里映や慶祐の名前があった。古寺可菜の名もあった。

「どうして、君たちや可菜が招《よ》ばれているんだ」

里映が、脇から私のスマホを覗《のぞ》き込んだ。

「土曜日のレセプションの招待客ですね。私たち住民も、全員が招ばれています。私と慶

いた。

祐も出席するつもりです」

驚きのあまり、なかなか声が出て来なかった。ようやく出た声は、語尾が掠《かす》れていた。

「なぜ、君たちが招待客に――」

「地元住民だから。ソラリス社はサイト建設に当たり、周辺の全世帯と住民協定を結んだんです。最初はデータセンターとは出さず、単に総合情報ビルを建てるとうたっていたんですけれどね。完成すれば、道は混む。建設中は、振動や騒音などでも迷惑を掛ける。だから、一軒一軒と住民協定を結んだんです」

「しかし、君たちはサイト建設の下請け作業員でもある」

「関係ないですよ。むしろ、ソラリス社は地元企業の函電設備に優先的に仕事を発注しています。可菜さんちはご両親が転居したから、住民協定の相手は可菜さんになっているはず。鹿島さんは、まだ籍を入れていないから、招ばれていないでしょうけれど」

初めて知る事実だった。帰宅したら、真っ先に可菜に当日の出欠を確認しなければならない。

里映が声を上げて、スマホの招待客リストを指した。

「伊是名大助《いぜなだいすけ》も招ばれている。やっぱり、あいつも出席するんだ」

「誰だ、その伊是名って」

「ＨＫＤⅦの敷地を売った人、元地権者。元々は林業を営む家で、ここら辺の大地主です。でも、評判は悪いですよ。入会地の所有権を主張したり、裁判で負けた腹いせに私有地の通行を禁止したり。とにかく、金に汚い嫌な爺《じい》さんだって。鹿島さんたちの住んでいる〈芸術の村〉も、元々は伊是名の土地ですよ」

「そうなのか。今まで、知らなかった」

里映は、腹立たしげに鼻を鳴らした。

「大内先生から、聞かなかったですか。大内先生は自治会の代表として、管理会社の私設水道料金の交渉をしているんですが、そこのオーナーが伊是名。大内先生は私設水道が不当に高く、補修の実態がないと抗議しているんです。でも、伊是名は頑として町営水道への合併を拒否しています」

「そんな曰《いわ》く付きの人間も、招ばれているのか」

「考えようによっては、このサイト建設の最大の功労者ですものね。〈グリーンフォレスト〉の建設は、反対が多かったんです。大規模な自然破壊のうえ、地元にはメリットがないって。実際、このサイトの建設が始まる前まではキタキツネやエゾリス、エゾシカが、いっぱいいたんです。それが、今ではすっかり減って」

里映の口調には、辛辣《しんらつ》な毒があった。

「伊是名は、サイトの土地をいくらで売ったんだろう」

「敷地が五千坪です。坪単価二十万円として、約十億円でしょう」

「それだけあれば、一生、安泰だろうに」

「一生どころか、孫子の代まで、左団扇《ひだりうちわ》ですよ。しかも、周辺で第二、第三サイトの建設まで計画されているって評判です」

明後日の式典でもあるレセプション。伊是名大助は、要警護の対象に加えなければならなかった。改めて、帯刀と打ち合わせる必要があった。私は里映を促して、墓所を辞した。

3

ＨＫＤⅦに戻ると、道警の指揮本部を訪ねた。幸い、手が空いていた大嶽が、デスクでの立ち話で応対してくれた。

「沢瀬杏実の事情聴取は、あらかた済んだ。今、ウチの人間がウラ取りをしている。当時の鑑識と消防は、耐火被覆の埃《ほこり》は認識していなかった。使用した耐火被覆は使い回しだと、昭和電建の担当者は話さなかった。専門家の話では『古い耐火被覆からの出火は、起こり得る』だ」

「改めて、報告し直すのか。それとも、報告書を修正するのか」

「いや、どちらもしない。一事不再理と、上が判断した」

「くそっ、やはりな」

予想通りだった。

「警察官なら、真実にだけは目を瞑《つぶ》らないでくれ。それで、メデロスからの聴取はどうなっている？」

大嶽は、机のノートパソコンに視線を落とした。

「メデロスは現在、日本への帰国便に搭乗中だ。サンフランシスコから道警警備部の人間が二人、同行している。成田から乗り換えて、函館着は明朝八時。午前九時から、ここで事情聴取の予定だ」

「逮捕状は？　それとも、犯人じゃないアタリを摑《つか》んだのか」

「すでにＦＢＩ（米連邦捜査局）の捜査官が、聴取している。詳細は届いていないが、メデロスは、ルメイ殺しへの関与は完全否定している」

「額面通りに受け取るつもりか」

大嶽は苦々しげに、表情を歪《ゆが》ませた。

「物証がない以上、札《ふだ》は取れん。あちらは最大の厚意で、ウチの事情聴取を受けると話している。もちろん、米国政府のヒモ付きだ。聴取は、概《おおむ》ね二時間以内とされている。米大使館員も立ち会う」

「酷《ひど》いな、それは。とんだ治外法権だ」

大嶽は力なく、首を横に振った。

「仙堂殺しはともかく、ルメイ殺しにはメデロスは何らかの形で必ず絡んでいる。自分だって、メデロスを引っ張ってじっくり話を聴きたいさ。だが、たかが一警部には何もできん」

突然、閃《ひらめ》いた。私は大嶽のデスクに手を突き、耳元に口を寄せた。

「俺に、いいアイデアがある。俺にも、メデロスの聴取をやらせてくれ。ほんの十五分でいい。メデロスと二人きりで話させてくれ」

大嶽は眼を剝《む》いて、私を見た。

「正気か。何で、お前が警察を差し置いてメデロスと話すんだ」

「こう見えて、俺はソラリス社から調査を委任されている。メデロスもソラリスの社員である以上、俺の事情聴取は断れない」

大嶽が、急に眼を輝かせた。

「なるほどな。だが、ソラリス社はお前の聴取を認めるだろうか」

「知るか。とにかく、やらせてくれ」

大嶽はボールペンを取って、ノートをコツコツと叩《たた》き始めた。

「よかろう。指揮本部は、ソラリス社の調査を委任されたお前にメデロスの事情聴取を認めよう。ただし、自分も立ち会わせてもらう」

私は少し考えて、肯いた。

「分かった。それで、手を打とう。取引成立だ」

「明日午前九時に、ここに来い」

答えるなり、大嶽は私に興味を失ったみたいにメールを読み始めた。私は会釈だけして、指揮本部を出た。

4

昼休みに、函館市民病院の診療科に電話した。今朝の可菜の状態を電話口の看護師に話すと明日、来てくれとなった。

午後一時に予約した。これなら、いったん帰宅して、可菜と共に来院できる。可菜に、予約が取れたとメールした。

可菜の看病を名目に、午後は早退した。やらなければならない検証作業は、山ほどあった。

だが、順番を考えて〈芸術の村〉へとデミオを走らせた。

大内のロッジを訪ねると、ちょうど起き抜けだった。

そのまま、大内をデミオに乗せて〈芸術の村〉を出た。

「どこに向かうのかね」

大内が、不審げに眼を向けた。

「自然愛好家の先生に教えてほしいんですが、この近くで鈴蘭の自生地は、ご存じですか」

「鈴蘭ですか——それはまた、どうして」

適当な理由を付けようかとも、思った。だが、考え直した。大内なら信頼できる。味方になってもらうしかない。

「実は、三年前の火災の犠牲者、大牧秀喜の墓を訪ねたら、誰かが手製の鈴蘭の花束を供えていました。その鈴蘭が摘まれた場所を、ご存じではないかと思いまして」

大内は少し考えてから、口を開いた。

「花束を供えた人が、犯人だと思っているんですね」

「一連の殺人の動機は、三年前の火災だと考えています。ルメイや仙堂を殺すまで憎むとしたら、六人の犠牲者を出した火災しか考えられない。少なくとも、犯人は必ず、その周辺にいるはずです」

「根拠の薄い推測では、ありませんか」

「鈴蘭の花言葉は『幸福の再来』です。偶然のはずがない」

大内は、視線を落とした。やがて、ためらいがちに答えた。

「私は、これまで弟子たちに科学的態度を説いてきました。だが、科学的態度は実はフィクションです。なぜなら、観察者は自分を説明できない。自分はこの系の内に存在するのか、外に存在するのか——この命題に知らんふりをして、客観を装うしかない。人間の思考は、実は全て推測です」

「先生、私は自分の勘を信じたいんです」

大内は、静かに肯《うなず》いた。

「分かりました。私も自分の推測を明かそうと思います。大沼のほとりの道を北へ進んで。JR函館線の銚子口《ちょうしぐち》駅を目指してください」

「確か、無人駅でしたね。では、その方面に向かいます」

私は、森の中の道道大沼公園鹿部《しかべ》線にデミオを走らせた。

東大沼キャンプ場を過ぎて、大沼沿いの道を左折した。道は林の中の幅員三メートルの中央線もない細い道に変わった。

林の中を、ただ私たちのデミオだけが進んだ。

「ここら辺で、止めてください」

大内が声を上げげた。私は路肩にデミオを駐《と》め、エンジンを切った。

大内がゆっくりとした動きで、慎重に車から降り立った。私も運転席を出て、大内の傍らに立つ。

「ほら、ご覧なさい。綺麗《きれい》なもんだ」

大内の指す先に、水芭蕉《みずばしょう》の大群生地が広がっていた。静寂の湿原に真っ白な〝花〟が無数に広がっていた。

「前に一度、通りがかりに見ました。可菜の話では、これほどの群生地はめったにないとか」

「さよう。これでも、以前より群生が失われて小さくなったのです。今では、地元のボランティアが水芭蕉の世話をしていますな」

「こんな人けのない場所で、無数の水芭蕉が咲いて、神秘的ですね」

大内は湿地に下りて、手前の水芭蕉の前にしゃがみ込んだ。

「水芭蕉の白い部分は、花ではありません。苞《ほう》と呼ばれる葉です。仏像の背後にある炎の形の飾りに似ているので仏炎苞《ぶつえんほう》と呼ばれますな。あの真ん中にある黄色の肉穂花序《にくすいかじょ》が、本当の花です」

「そうですか。清らかで、どこか宗教的な感じのする草ですね」

「ここの大群生地に比べたら、内地の群生地など俗っぽくて見てられませんよ。ここは、誰もいない貸し切り状態ですからな」

「確かに。人知れず、静かに佇《たたず》んでいる感はありますね」

大内は、手元の水芭蕉に手で触れた。

「ここら辺は国定公園ですから、水芭蕉を摘んだり取ったりしたら罰せられます。しかし、この奥には地元の人しか知らない小さな群生地がありましてな、そこだけは何をしても自由です」

「水芭蕉を持って帰るのですか」

「さすがに、それはしません。でも、そちらの群生地のほとりには鈴蘭も生えている。犠牲者の墓に供えた鈴蘭の花はそこで取ったのでは、と思いましてな。少し足元が悪いが、ご案内しましょう」

私は、自分の足元を見た。仕事柄、どこに足を踏み入れてもいいように、外履きはハンティングブーツを履いていた。

「では、お願いします。先生、足元は大丈夫ですか」

「私は、どこに行くにもゴム長ですから、大丈夫です」

「お気を付けて、ゆっくりと行きましょう」

大内は、そろそろと湿地に足を踏み入れた。

「若い頃、私はさして自然が好きでもなかったのですよ」

「そうなのですか。驚きました」

「自然は自然にではなく、人為的に好きになったのです」

大内は自分の冗談が気に入ったのか、小さく笑った。

「無理に、好きになられたのですか」

「若い頃、もう半世紀も前ですが、私はアメリカのプリンストン大学の院に留学させられましてね。私としては母校の東北大学《トンペイ》で博士課程に進みたかったんですが、教授の命令には逆らえません。身一つで東部のニュージャージー州プリンストンに飛びました」

「それは、エリートコースですか」

「どうですか。ところが、留学先の地質地球物理科学科では、みんな不親切で誰も相手にしてくれない。今にして思うと、英語も覚束《おぼつか》ないエイジアンだから当然ですがね」

自嘲《じちょう》気味に笑う大内に、私は追従《ついしょう》笑いはできなかった。

「先生も苦労なさったのですね」

「せめて学問で見返してやろうと思ったら、これがまた全くダメ。何せ、ノーベル賞受賞者がゾロゾロ輩出する〝天才〟ゼミです。先生の課題も凄《すご》い。『明日までに、論文集を読破して、自分なりの考察をリポート用紙何十枚に纏《まと》めてきなさい』などと平気で出す。私はたちまち落ち零《こぼ》れて、孤立を深めていった」

大内に、そんな過去があったとは知らなかった。

「私も、上智《じょうち》で苦労しました。外国人の教員は、厳しいですから」

「大学図書館で孤独に過ごす私に、一人のアメリカ人教授が声を掛けてくれた。今度の週末、自分の別荘に来ないか、と」

アメリカ人の教授はよほどの親切か、変人だったに違いない。

「もしかして、その先生は、アジア系の方だったのですか」

「七十すぎの白人の老教授でしたな。教授は、自分の山荘に連れて行ってくれた。そこでは何をするでもなく、バードウオッチングや天体観測、昆虫や植物の観察をする。食事は缶詰です。でも、心に染みた。以来、週末は教授の山荘で過ごすようになった」

「それで、自然愛好家になられたんですか」

「なぜか、米国人の学者には自然愛好家が多いのです。釣りや狩りではない。彼らは、休日の大半をただネーチャーウオッチングに費やす」

自然観察に熱中する二人の組み合わせが、おかしかった。

「先生は、埼玉県出身でしたね。埼玉にも豊かな自然がある」

「元々、私は鳥好きなので、すぐにハマった。すると、バードウオッチングから何人もの研究者と仲良くなれた。そうなると不思議で、冷たく見えた米国人も同じ人間だと思えてきた。私は物怖《ものお》じせず、意見や考えを口に出せるようになりました。孤独を脱して、ゼミの一員になれたと実感できた。以来、社交として、私は意識的に自然を愛好してきた。今ではすっかり、自分の一部になっていますが」

「先生の自然好きは、そんな事情がおありになったのですね」

大内の足取りは、たゆみなかった。そのうち湿地を抜けて、ほとりに上がった。そこだけ開けていて、周りの木々で目隠しされている。小さい空き地には、木の枝からブランコが吊《つ》り下げられていた。

驚いた私は、ブランコを手で引っ張って強度を確かめてみた。大人が乗っても、大丈夫と思われた。

「これは、凄い。ちょっとした秘密基地になっている」

「いけないのかもしれませんが、ブランコは椅子代わりです」

大内は、手製のブランコに腰を下ろした。

「ほら、足元には、鈴蘭がたくさん咲いている」

大内の指す先には、野生の鈴蘭が生え広がっていた。そのうちの数カ所の群生には、明らかに人間の手で花が切り取られた新しい痕跡があった。茎の途中で、鋏《はさみ》か何かで切断されている。私は、切り取られた鈴蘭に手で触れてみた。大内が急に声を上げた。

「気を付けてください。鈴蘭の根や花には毒がある」

私は、断面には触れぬように茎を持った。

「誰かが今朝、鈴蘭を摘み取ったのですね」

「おそらく、ここで鈴蘭を切って、大牧秀喜さんの墓に献《ささ》げたのでしょう。鈴蘭は水芭蕉ほど稀少《きしょう》ではないから、摘む人もいる」

見る限り、花摘み人の足跡は見つからなかった。湿地でないだけに、致し方ない。

「大内先生、ここで鈴蘭を摘んだ人間に心当たりはありませんか」

「ありませんな」

「では、先生自身は最近、鈴蘭を摘まれませんでしたか」

大内は声を上げて、笑った。

「私も容疑者の一人ですか。答えはノーですよ、証人はいませんが」

「この場所を知っている人は？」

「そもそも、私自身が、土地の子どもたちに連れて来てもらったぐらいですから。地元の人なら、大抵は知っているでしょうな」

私は、ぐるりに目をやった。犯人は分からなくても、犯人の目にした光景を見るために。犯人の思いを確かめるために。

大内を自宅に送り届けた。買い物を済ませようと考えて、どうせなら函館の市街に出ようと思った。

国道5号に乗り、七飯藤城インターから函館新道に乗った。

午後三時、道路は空《す》いていて、三十分ほどで函館市内に着いた。

函館港近くの駐車場に、デミオを駐《と》めた。財布とスマホだけを持って、ショッピングモールに向かって歩いていると、スマホが鳴った。

ウィリックからだった。苛《いら》つきながらも、通話ボタンを押した。

『ジョー、話がある。これから、函館国際ホテルに来てくれ』

私は驚いて、スマホを右から左に持ち替えた。

「ウィリック、汚いぞ。人の車に、ＧＰＳを付けたな」

『気にするな。悪気はない。話があるんだ』

「GPSは外して、捨てるからな」

『やめとけ。GPSのお蔭《かげ》で、お前は尾行されなくて済むんだ』

本気ではない。何か、言い返したかっただけだ。

「国際ホテルは、部屋に行けばいいのか、それともラウンジか」

『部屋に直接、来てくれ。本館六階の三六二〇号室だ』

函館国際ホテルは、港の近くに旧日魯《にちろ》漁業が建てた老舗ホテルだ。

三六二〇号室のチャイムを鳴らすと、ウィリックが笑顔で出迎えた。

「ハロー、マイフレンド、入ってくれ」

私は室内に入ると、奥の大きなドアに向かって呼び掛けた。

「ディアズ、そこにいるんだろう。銃は置いて、出て来い」

ドアが開いて、ディアズがニヤつきながら現れた。

「すっかり、勘が戻ったな。これで、俺たちも安心だ」

「バカバカしい。くだらないコントに、人を巻き込むな」

ウィリックが、椅子を指さした。私とディアズが座ると、ウィリックはパソコンを持ったまま、巨体をベッドに乗せた。

「気になる情報をキャッチした。スウェーデンに、過激な環境保護団体がある。その団体の幹部限定のSNSで、またもHKDⅦの名が出た」

「もしかして、エシュロンが傍受したのか」

「さあな。とにかく、六月二日——日本時間では三日だな——ストックホルム支部委員会の名義で、こんなメッセージが発信された。『the cocktail party 6/05/2021, HKD VII (JP)』。NSAが分析しているが、メッセージは、コピー・アンド・ペーストのミスと見られている。問題は、今週末のレセプションへの言及だ。レセプション自体は公開だが、なぜ言及したか、だ」

「そっちこそ、最優先で分析が必要だろう」

ウィリックは、頭と同様、剃《そ》り上げた顎《あご》をつるんと撫《な》でた。

「もちろん、NSAの調査官は分析した。調査官はカクテルパーティーという言葉に注目した。カクテルには混ぜ物、ミックスという意味がある。多国籍の多人種の人間が集まって、パーティーを開く——それをカクテルパーティーと表現している」

「どうかな。本当にカクテルが、供されるのかもしれない」

「ジョー、それは、お前が調べるんだ。次いで、調査官はカクテルパーティーとは一種のテロ予告かもしれないと考えた」

テロという言葉への動揺を、どうにか押し隠した。

「NSAやDIAは、このところ何でもテロかもしれないと勘繰りすぎる」

「火炎瓶をモロトフ・カクテルとも呼ぶ。レセプション会場に火炎瓶を放り込まれる恐れがある。あるいは、飲食物に毒が混ぜられる可能性も」

「女性客がカクテルドレスを着る可能性もあるな」

とうとう、ウィリックが痺《しび》れを切らしたふうに声を高くした。

「ジョー、くだらん突っ込みは、やめろ。お前はコメディアンか」

「この調査官は、思い込みが激しい。そいつの話を真に受けるな」

大げさに顔を顰《しか》めたディアズが「ステイカーム」と割って入ってきた。ディアズは困った顔付きで、ウィリックの肩に手を置いた。

「ウィリック、落ち着けよ。ジョーの意見も、もっともだ。この調査官は北欧の左翼活動家と同様、クレージーになっている」

「お前に、何が分かる」

「分かるさ。北欧はいかれた奴ばかりだ。負の連鎖だよ」

ウィリックはもはやディアズには答えず、頭を横に振った。

「とにかく、六月五日、土曜日のレセプションは厳重に警戒しろ」

「そんなに心配なら、レセプションを中止したら、どうだ」

ウィリックは、いっそう強く首を横に振った。

「セレモニーには、米国の威信が懸かっている。中国やロシアに対して、東アジアの軍事サーバーはＨＫＤⅦが担う。その表明なんだ」

「だからって、レセプションを強行するのか」

「プレゼンスだよ。軍事とは、プレゼンスなんだ。俺たちは強い、誰も手を出せないと、思わせる——それが何よりも重要なんだ。苦難の末に造り上げた巨大データセンターを世界に披露するために、レセプションは必要不可欠だ」

ウィリックの口調には、確固たる信念が込められていた。これが、米国の軍産複合体、エスタブリッシュメントの意思なのだろう。

「データセンターは、その重要性から、基本的に秘匿されている。それなのにＶＩＰや地域住民を招いて大々的に披露パーティーを開く。矛盾していないか」

「全く矛盾していないね。空母と同じさ。米海軍の原子力空母ロナルド・レーガンは、日本の横須賀《よこすか》を母港としている。それは公開された情報で、ＶＩＰが空母を視察してはスピーチを行ったりもする。だが、今現在のロナルド・レーガンの位置は、軍事的な秘密だ。データセンターも同じだ。プレゼンスは大々的に公開する。だが、具体的なロケーションは秘匿する。何の矛盾もない」

ウィリックの口調には、微塵《みじん》も懐疑は感じられなかった。権力の意志は揺るぎないと見なければならない。

改めて、レセプションの首尾は、やはり私たちGSSと日本警察の双肩にかかっていた。

5

自宅ロッジに帰ると、可菜は起きて、片付け物をしていた。すぐに声を掛けたが、ひとりでに声高になった。

「何をしているんだ。片付けや探し物なら、俺がやるから」

「ごめんね。探し物をしていたら、ついつい片付け始めちゃって」

可菜の前にミカン箱があり、中から様々な物が取り出されていた。

「いったい、何を探していたんだよ」

「小中高の卒業証書。文集やアルバムも片付けちゃおうと」

ピンと来た。可菜は、自分の身じまいを始めていた。

だが、私は全く気付かないふりで、散らばった品々を集め始めた。

「俺がいる時にやれよ。ギックリ腰になっても知らんぞ」

「ギックリ腰になったら、遠慮なく丈さんを呼ぶから大丈夫」

私は茶封筒に纏《まと》められた書類を戻そうとして、ミカン箱の底に銀色の小さなラジカセを見つけた。

「珍しいな、今どき。これは、ミニディスクのラジカセだ」

「小学校の進級祝いに買ってもらったの。かつての宝物なんだ」

ラジカセを、私は箱から取り出した。周りには、透明ケースに入ったミニディスクはあるが、電源コードは見当たらない。

「まだ使えるのかな、このラジカセ」

「ずっと使っていないから、分からない」

ラジカセの乾電池入れを開けてみた。中は空っぽだった。

「単三乾電池六本か。暇を見つけて、買って来よう」

「無理しなくていいよ。単に捨てづらいから、持っているだけで」

「違うんだ。乾電池で動くラジカセは今、案外、貴重なんだよ。アウトドアに持って行けるから、重宝されている」

「そうなの。意外だね」

私は、ケースの中のミニディスクも調べてみた。二十数年前、九〇年代に流行《はや》った歌謡曲のアルバムに交じって、ピアノ曲のミニディスクが何枚か入っていた。

「ピアノ曲か――可菜は、ピアノが好きだったのか」

「小学六年まで、七飯のピアノ教室に通っていたから。合唱のときは、ピアノを弾く係だったのよ」

そうか、それは知らなかったな――と言いかけて、やめた。

「ところで、今日、会社で知ったんだが、明後日に〈グリーンフォレスト〉でレセプションがある。招待客に、可菜の名前もあった」

「〈グリーンフォレスト〉の建設を始めるとき、住民協定を結んだのね。ウチは両親が越していったから、私が後を継いだ形になっている」

初めて聞いたふうを装った。

「それで、可菜はレセプションに出席するのかな」

少し経ってから、ためらいがちに可菜は答えた。

「出席しようと思っている。いけない？」

「あんな事件があって、関係者はピリピリしている。あまり楽しい集まりじゃなさそうだよ。可菜が無理して出るほどかな」

可菜は熱っぽい眼で私を見て、首を横に振った。

「丈さんにだけ打ち明けるけれど、私は地元の人間として〈グリーンフォレスト〉を見届けたいのね。データセンター自体を、きちんと見たいと思っている」

「それは、可菜のふるさとへの思いから？」

可菜は、しっかりと肯《うなず》いた。

「私は今度、三十になるけれど、長くは生きられない。自分の中で折り合いはついていないし、まだ混乱もしている。それでも、少しずつ分かってきたのね。人間には足元が必要だって。足元――立ち位置が決まらないと何も定まらない、何も見えてこない」

「可菜は立派だよ。そこまで、深く人生を考えているなんて」

「私の立ち位置は、地上の座標軸ではここ大沼で、魂の座標軸では丈さんだと思っている。そこに立たなければ、世界は車窓の景色と一緒で、すぐに消え去ってしまう。何も考えられなくなるのよ」

可菜の話は、どこか大内の話に似ていた。

――科学的態度は実はフィクションです。なぜなら、観察者は自分を説明できない。自分はこの系の内に存在するのか、外に存在するのか――

「それが、可菜の答えなのか。もっと他に方法はないのか」

「私は決めたのよ。この場所に立って、丈さんと一緒にこの世界を最後の瞬間まで見届けるって」

私は、もはや何も答えられなくなっていた。知る限り、可菜は自分の死を初めて語ったと思う。

これまで、可菜は表向き自分の死に触れなかった。死を、心のどこかで拒絶していた。だが、今の可菜は自分の生と死を恬然《てんぜん》として受け入れていた。

もしかしたら、触れてはならなかった部分なのかもしれない。私は、不作法で残酷な観察者なのかもしれなかった。

しかし、触れてしまった。服の上から身体に触れて、骨の感触を感じたみたいに。可菜と交わした日常の会話から、つい可菜の硬い内面の精神に触れた。

「さあ、もう晩ご飯にしましょう」

可菜は、気を取り直したふうに朗らかな口調だった。私も気持ちを切り替えた。今の会話は、これで終わりにする。

第五章　ＡＰＢ　Anti-Passback

1

二〇二一年六月四日（金）

翌日の六月四日午前九時に、ＨＫＤⅦの指揮本部に行った。

九時四十五分頃に、刑事に案内されて一室に入った。

机に座って腕組みする大嶽の前に、白人の男が二人、座っていた。一人は小太りの若い男だが、容貌《ようぼう》に明らかにアジア人の面影があった。ミックスに違いない。

もう一人は金髪碧眼《へきがん》だが、身長一八五センチの私よりも小さかった。しかし、整った目鼻立ちが、どこかテレビキャスターを思わせた。

「デニス・メデロス？」

私が呼び掛けると、金髪碧眼が顔を上げた。

「私です。あなたはソラリス社の人ですか」

「ジョー鹿島です。ソラリス社の委任で、事件を調査しています」

だが、メデロスは私の制服を不審げに見ていた。私は、ソラリス社の紫のＩＤカードを示した。

「このサイトでは、セキュリティーの仕事をしています」

小太りのほうが、ＩＤカードを見せてきた。

「大使館のジョシュア・ショータ・ヘルナンデスです。英語、それとも日本語のどちらを使いますか」

「せっかくですが、通訳は不要です。あなたは退出してください」

「しかし、私は大使から、取り調べに立ち会うよう命じられている」

不満げなヘルナンデスに、私は首を横に振ってみせた。

「それは、日本語が母語《マザータング》ではないメデロスをサポートするための配慮です。今、サポートの必要はない。他ならぬメデロス本人が希望していますよ。違いますか、デニス？」

急に、話を振られたメデロスはニッコリと微笑んだ。

「ノーサンクス、サー。ジョシュア、私一人で大丈夫です」

「それなら、仕方ない」

言葉とは裏腹に、ヘルナンデスはそそくさと立ち上がった。

改めて、メデロスと対峙《たいじ》した。

「まず、五月三十一日の〈キーパー〉の記録で質問します。あなたは午後十一時二十分にポッドに入っている。間違いありませんか」

「確かに、その時間、夜遅くにポッドに入った」

「入ったときは、一人でしたか」

「私一人、単独で入った」

私はプリントアウトした〈キーパー〉のリポートを眼で追った。

「ポッドに入る際、マントラップで金属探知検査をした警備員は誰でしたか」

メデロスは少し考えていたが、やがて声を立てて笑い出した。

「トリッククエスチョンだ。まず、そのとき、マントラップはなかった。次に、午後十時から翌朝六時までの深夜帯に、すでに検査済みの者の金属探知検査は行われない」

「失礼した。あなたを揶揄《からか》うつもりはないが、これも規則です」

そんな規則は存在しない。メデロスの反応を確かめただけだ。

「では、引き続き質問します。そんな夜遅くに、あなたは一人で、何の目的で、ポッドに入ったのですか」

「一人で、何の目的で――」

メデロスは、両眼をぐるりと回してみせた。

「私は、ソラリス社のジャパン・リージョナル・マネジャーとして、全権を預かっている。二十四時間いつだろうと、一人でも、百人連れでも、象に乗ってでも、自由にポッドを視察できるんだ」

「答えになっていません。あの夜、あなたはなぜ夜遅くに視察したのか、その理由を話してください」

メデロスはさも不快そうに腕組みをして、首を回した。

しかし、私が質問を引っ込めないと分かると、わざとらしく息を吐いた。

「OK、私の負けだ。隠していたのではないが、サイト建設の機密に触れる事項だったので黙っていた」

「私もソラリス社サイドの人間です。秘密は守ります」

「あの夜、私は空調をチェックしにポッドに入った。ご承知の通り、翌日からシリコンバレーでAPAC、アジア・太平洋戦略会議という非常に重要なコングレスに出席しなければならなかった。席上、HKDⅦの進捗《しんちょく》状況を報告しなければならない。ところが、ルメイから不調の報告メールを受けていたから心配で訪ねた」

「目的は、達成できましたか」

メデロスは腕組みを解いて、机に両肘《ひじ》を突いた。

「簡単に、聞いてくれるね。HKDⅦは、我々にとって実験的な巨大リースドサイト（専用のサイト）だから、他のコロケーテッドサイト（共同利用のサイト）とは全く違う工法を採用している」

「他にない巨大サイトだとは承知しています」

メデロスは気負って、力説し始めた。

「通常ならポッドの床を二重にして、冷気をコールドアイルの床から吹き上げる形にする。空冷モジュールチラー方式、床下吹き出しだ。だが、HKDⅦでは逆に、その手間をなくし、床は一枚コンクリート、冷気は給気ファンでコールドアイルの上部から吹き下ろす。で、サーバーと熱交換した暖気は、今度はホットアイルの上部から排気ファンで吸い出す。つまり、吸排気システムが重要になってくる」

「知っています。だが、上手《うま》くゆかず、ルメイは苦しんでいた」

「その通りだ。空気の流れは気象と同様、実に繊細で難しい。室内の微少な温度調整は、宇宙ロケット並みの精度が要求される」

「確かに、ほんのちょっとで変わってしまうのでしょうね」

メデロスは見上げて、宙を指さした。

「オフィスビルを考えてみろ。冷蔵庫みたいに皆、震えているフロアもあれば、冷房が全く効かないフロアもある。我々のポッドの空調も難しかった。前日には、ポッドの室温が制限の二五度を超えた。ルメイは昭和電建や他の下請け業者《ベンダー》と共に空調の調整に必死だった。上手くゆかなければ、ルメイも私もお払い箱《ブラッシュオフ》になる」

「それで、帰国前夜の遅くに、ルメイを訪ねていったのですね」

メデロスは忙《せわ》しく、何度も肯《うなず》いた。

「ＣＥＯのダニエル・サジチェク、上席副社長ブライアン・ジュテーバーら幹部の前で、失敗の報告は許されない。私も必死だった」

「ルメイは、あなたに何と答えたのですか」

「ルメイとは結局、話せなかった。話したかったのに、あいにく日本人の下請け業者らがルメイを取り囲んでいた。そんな中に割って入れるか。『ルメイ、懸案の空調工事は上手くいったかい？　ソラリス社の命運と、私たちのクビが懸かっているんだぞ』とでも話せと。できるはずないだろ」

「ルメイが話し終わるまで、待てばよかったのでは」

メデロスは両手を組んで、肯いた。

「だから、邪魔な日本人が消えるまで待った。だが、奴らは執拗《しつよう》にルメイを離さない」

「結局、諦《あきら》めたのですか」

「精神的疲れで、もう限界だった。しかも、翌日は朝五時から動かなければならない。もうどうにでもなれと、ポッドを出た」

私は、手元のプリントと照合した。

「午後十一時四十四分、あなたはポッドから退出している」

「その通りだ。単純計算でも、五時間余しか眠られない。私がキレた理由も分かるだろう」

「わずか、二十四分の滞在ですね。ポッドを出るとき、ルメイはどうしてましたか」

「それが、見ていないので分からない。さっきまでルメイと話していた日本人たちも、いなくなっていた」

私は、傍らの大嶽を見た。大嶽は、あらかたはリスニングできていたに違いない。私を見て肯き、メデロスに質問した。

「ルメイと話していた日本人の下請け業者の名前は、分かりますか」

「さあね。下請け業者の名前まで、気にしていないよ。だが、若い女性が一人いたな。珍しいから、覚えている」

私はプリント資料から、里映の画像のある書類を引き出した。

「この女性ですか」

「そうだ、この女性だ。女性の電工《ワーカー》、しかも若い職人は珍しい。ルメイも、熱心に受け答えしていたな。まさか、その後に殺されるとは」

私は、最後に大嶽を見た。大嶽は肯いた。私に与えられた聴取時間は、過ぎていた。私は、メデロスに終了を伝えた。

2

いったん、オフィスに戻り、明日の打ち合わせをした。

さらに、杏実を呼び出して、全館巡回をした。

メーン会場は、二階の大フロア。杏実ら昭和電建の努力でフロアは清掃され、現在は資材なども撤去されている。

北側の壁は紅白の幕で飾られ、白い敷物の上に演台も設置されていた。一種のステージになっている。その両脇にはスクリーンが設置されて、スライドや映像資料を映し出せるようになっていた。

演台にはマイクが置かれ、両サイドに置かれたスピーカーとの接続テストが行われていた。

杏実は、すっかり気持ちを切り替えたみたいだった。フロアの真ん中に立って、腕を左右に回した。

「間もなく資材が到着したら、ここに長テーブルが置かれます。フロアの真ん中に料理の大皿を置きます。壁沿いには鮨《すし》や蕎麦《そば》の屋台を並べ、ステーキのライブキッチンも置きます。南側の壁沿いには、お酒や飲み物を出すドリンクコーナーも設置します」

「想像以上に、豪華だな。時に、ドリンクはカクテルも出すのですか」

杏実は振り返って、私をまじまじと見た。

「バーコーナーがあるので、出しますが――セキュリティーと、何か関係ありますか」

私は答えに窮して、ごまかした。

「いや、参考までに。ところで、招待客の出席総数は何人に」

「現在、三百人を超えています。しかし、ＶＩＰ客の同伴、ボディーガード、メディアを加えたら、四百人を超えると思われます」

「それだけいると、入り口の手荷物検査所は、十じゃ利かないな」

「帯刀さんと話し合って、ウチの人間も手荷物検査をやります。当初、全部で二十カ所を予定しています。目視でやります」

私は、頭の中で映像をイメージした。

「エレベーターは、三十人乗りだったな。だが、それで足りるか」

「内階段の階段室ドアは開放します。さらに、外階段も自由に使えるようにします。幸い、天気予報は晴れです」

「階段にも人を置きたいが、こちらの人員や混雑予想からして無理だろう。二階メーン会場に四人か五人を置いて、やっとだ」

「その分、ウチの手伝いスタッフ総勢五十人が眼を光らせます。さらに、職長会に頼んで自主警備隊も二十人、組織します」

GSSが総勢十一人、自主警備隊二十人、手伝いスタッフは半数の二十五人が見ているとして、五十六人。出席者四百人として、約八人に一人。人数としては、どうにか凌《しの》げそうだ。

「三階フロアは？　警察の応援は得られそうですか」

「三階は、トイレを除いて封鎖です。指揮本部の話では、警察は敷地内と駐車場の警備には協力するが、基本的にはノータッチです」

「連中にすれば、そのために警備会社があるんだろう、となる。それでも、大嶽と何人かは招待したほうがいい」

「警察関係者は入れるように、手配しておきます」

三階以上を、杏実を伴って、巡回した。エレベーターで屋上階に上がり、塔屋から屋上に出た。以前に見たフェンスが続いている。

「屋上から、地上に下りる外階段をチェックしておきたい」

「分かりました。ご案内します」

ハト小屋の脇の扉の鍵《かぎ》を開けた。目隠しのフェンスのない風景が広がっていた。一角に吹き流しが置かれ、風にそよいでいた。

杏実が先に立って、手すりの付いた鉄階段を上った。

「この階段は建物の外周の立ち上がり壁《パラペット》を跨《また》いでバルコニーへと続いています。足元に、お気を付けください」

私は階段の手すりを握って、強く動かしてみた。びくとも揺るがなかった。次いで、鉄階段の表面を安全靴で擦《こす》ってみた。

「手すりはともかく、この階段は雨で濡《ぬ》れたら滑りそうだ」

「仰《おっしゃ》る通りです。なので、GSSさんには注意を呼び掛けているんですよ」

私は、鉄階段を強く踏み鳴らした。カーンと硬い音がした。

「この階段、ちょっと急すぎだな」

「屋上へと続く最後の部分は、どうしても急になります」

私は、立ち上がり壁を跨ぐ階段の頂点で、周りを見渡した。北東の駒ケ岳はフェンスに遮られて見えなかった。

南に大沼、小沼が見えた。曇天で、水面は灰色になっていた。

「あいにくの天気だが、それでも素晴らしい眺めだ」

「そうなんです。遮られるものがなくて、まるで空に浮かんでいるみたいです」

私は視線を転じて、足元を見た。急勾配《きゅうこうばい》の鉄階段が下に続いていた。途中、折り返しのバルコニーがあった。

「よし、では、屋上から下りてみる」

今度は、私が先に立って鉄階段を下っていった。

三階、二階のバルコニーを回って地上に着いた。地階へと繋《つな》がる階段の出入り口に、建屋があった。

建屋の陰に、深い切れ込みがあった。底には約五メートル四方のコンクリート床があり、出入り口の二枚扉が外から見えた。

「これがトレンチです。クレーン車から直接、発電機やポンプなどの大型の機材を地下三階に下ろせます」

私は、身を乗り出して底を覗《のぞ》き込んだ。結構な高さがある。

「このトレンチは、どれだけの深さがあるのかな」

「ざっと、十一メートル強です。搬入用なので、あまり厳重な囲いも造れないんですよ」

私は頭の中で、トレンチを脆弱《ぜいじやく》点にリストアップした。

人を張り付けるほどではないが、巡回には組み込まなければならない。改めて、当日の計画を見直さなければならなかった。

3

二日連続で、早退した。今日は、真っすぐ自宅に戻った。可菜をデミオに乗せて、函館に向かった。

函館市民病院の脳神経外科で、診察を受けた。予約していたＭＲＩ検査を受けた。

三十分ほど待たされてから、可菜に付き添って診察室に入った。

ＭＲＩ画像を示しながら、医師は可菜に説明していった。

「自覚症状で、変わった点は、ありますか」

「昨日、今日と痛みや吐き気がしました。今は、治まっていますが」

医師は、パソコン画面を凝視しながら、考え込んでいた。

可菜が患っている脳腫瘍《しゅよう》は、神経膠腫《しんけいこうしゅ》と呼ばれる脳内の悪性癌だ。

根本的な治療法はない。手術療法は根治ではなく、症状の改善が目的だ。放射線療法も同様だ。しかも、脳へのダメージが大きい。

「もう少し様子を見ましょう。改善する可能性もあります」

可菜は何かを口にしかけたが、やめた。

代わりに、私が思い切って尋ねた。

「麻薬――オピオイドの使用は、どうなのでしょうか。痛みが酷《ひど》い時に限定して、使う方法はあると聞きましたが」

「オピオイドを使うと、譫妄《せんもう》状態に陥ります。場所や時間の感覚がなくなり、自分がどこにいて、どういう状況なのか分からなくなります。表現しづらいですが、やはり取っておきたいかなと考えます」

「分かりました。症状が変化したら、改めて相談させてください」

「脳神経外科にお電話いただければ、なるべく早く対応いたします」

可菜と私は医師に頭を下げて、診察室を出た。

午後三時を過ぎていた。診察から解放されて、やはり清々とした気分だった。

「まだ、三時だな。これから、どうしようか。必要なら買い物に行ってもいいし、このまま帰ってもいいが」

可菜は久しぶりに、元気を取り戻した表情だった。

「近場だけど、大沼に行きたい。丈さんと、カヌーに乗りたいな」

「それはいい。気分転換になる。戻って、カヌーを出そう」

「その前に、単三の乾電池を買ってもいい？　ＭＤラジカセが使えるかどうか、試してみたいから」

コンビニで電池を買い、いったん自宅ロッジに戻った。ＭＤラジカセを操作していた可菜が声を上げた。

「凄《すご》い、動いた。このラジカセ、まだ生きてるよ」

「よかったな。これで、アウトドアにも持って行ける」

「今度、使ってみたい。ＭＤを選んでおくからね」

珈琲を保温水筒に入れて、ロッジを出た。

そのまま大沼のほとりまで歩いて、ボートハウスとも呼べない古い納屋に着いた。

〈芸術の村〉の共有カヌーから二人乗りを選んで、水際まで引っ張っていった。ゴム長靴に履き替えていた私が湖水に入って、カヌーの艫《とも》を押さえた。

「足元に注意して、そのまま乗って」

可菜は水際まで敷かれた板の上を歩いて、カヌーに乗った。

「これから、どうすればよいの」

「何だ、可菜、カヌーは不慣れなのか。意外だな」

「そりゃ、そうだよ。子どもの頃、家にカヌーなんてなかったもん」

「分かったよ。じゃあ、可菜は前に乗れ。前に乗って、ひたすらパドルを漕《こ》ぐんだ。俺は、後ろで舵取《かじと》りの船長をするから」

可菜の悲鳴を無視して、私はカヌーを湖に思い切り押し出した。舟底が土を離れると、私はカヌーに飛び乗った。

「カヌーとカヤックの最大の違いは、パドルだ。水搔《みずか》きが二つあるカヤックのパドルに対し、カヌーには一つしかない。左右均等の力で漕がないと、真っすぐ進まないぞ」

「そんな、困るよ。急には、できないよ」

「大丈夫。上手《うま》く舵取りするから。曲がりたい時は、反対方向だけを漕ぐ。右折なら左、左折なら右だ」

可菜は、懸命に漕いだ。私はパドルを真っすぐ後ろに差し、直進の舵を取った。

「それで、どっちに向かえばいいの」

「どっちでもいい。ヨットや舟と違って、カヌーは自由にどこでも行ける。それが魅力なんだ」

「分かんないけど、取り敢《あ》えず、対岸に向かって漕ぐね」

「おお、漕げ漕げ。俺は王様だから、後ろでのんびり座っているぞ」

時刻は、午後五時を回っていた。日没まで二時間あるが、すでに雲は薄く茜《あかね》に色付いている。

水面《みなも》に、可菜のパドルが水を切る音だけが広がる。風は全くない。静かだった。可菜がパドルを漕ぐ手を止めた。

「ちょっと、休んでもいい?」

「構わない。カヌーは自由なんだ。転覆したって、簡単に戻せる」

振り返った可菜の背に、遠く駒ケ岳の姿が見えた。波の全くない大沼の湖面が、鏡になって駒ケ岳の稜線《りょうせん》を映していた。大沼が鏡になる瞬間は貴重だった。風が少しでも吹くと、さざ波が立って、湖面は鏡にはならない。

私は、懐からスマホを取り出した。

「今、写真を撮ってもいい？　凄く絵になってるよ」

「いいよ。シャッターを切る前に声を掛けて。綺麗《きれい》に撮ってね」

スマホの液晶画面で、微笑む可菜を捉《とら》えた。駒ケ岳と鏡になった湖を背景に、可菜を撮った。夕暮れの空と雲と。完璧《かんぺき》な一瞬だった。私は夢中でシャッターを切り続けた。

レンズを広角に切り替えたが、標準に戻した。やはり、肉眼で見たままの可菜がいい。

手ぶれしないようにしっかりと構えて、縦と横で撮った。

「ねえ、私のｉＰｈｏｎｅでも撮って」

「いいよ。じゃ、こっちに渡して」

私は、しっかりと可菜のｉＰｈｏｎｅを持った。入念にピントを可菜の瞳《ひとみ》に合わせ、標準レンズで撮った。

「私も、丈さんを撮ってあげるよ」

「頼む。インスタ映えするように、上手く撮ってくれよ」

可菜は受け取った自分のｉＰｈｏｎｅで、私の写真を撮った。撮影を頼んだくせに、今この貴重な瞬間に、私はぎこちない笑顔しか作れなかった。

「丈さん、表情が硬いよ。もっと笑って」

「これでも努力しているんだけどな」

「それなら、いっそ空を見上げてよ。男は下手に笑うより、そのほうがよい表情になったりするから」

「そうだな。二枚目じゃないおじさんだから、そっちのほうがいいかもな」

可菜は静かに笑っていたが、不意に表情を引き締めた。

「私より、このところ丈さんの具合のほうが心配だよ。疲れが顔に出ている。あまり眠れていないんでしょ。事件のほうは、どうなってるの」

事件や私の置かれた状況で、可菜に心配を掛けたくはなかった。慎重に言葉を選んでいった。

「レセプションの警備計画は案外、順調に進んでいる。何せ、機動隊が厳重に警戒してくれているからね。明日は無事にレセプションを終えられると思うよ。可菜も安心して来てくれ。でも、二人の殺された事件のほうは、依然として進展はないな。大嶽――現場の指揮官から聞いたんだが、とにかく証拠が乏しい」

「証拠って、ルメイさんはクロスボウの矢で殺されていたんでしょ。矢のメーカーとか入手方法とか、割り出せそうな気がするけれど」

「それがそうでもない。改正の動きはあるけれど今現在、クロスボウに法の規制はない。誰でも、自由に簡単に手に入れられる。しかも、個人間で譲り受けたり、盗まれたりした物だったら、もうお手上げだ」

「意外だね。それなら、今も犯人は野放しで、クロスボウを持ってこの辺りにいるかもしれないの？」

不安げな表情になった可菜を安心させるために、私はわざと豪快に笑ってみせた。

「クロスボウは想像以上にデカい。一般的なフォークギターは全長約四十インチ（百一センチ）で、幅は十五インチぐらいだろ。一方、今回で使われたと見られるクロスボウは全長が約三十六インチ、幅が約二十インチで、フォークギター並みに大きい。持ち歩いている人間は嫌でも目立つから、大丈夫だよ」

「そうなの。でも、まだ見つかっていないんでしょう？」

可菜の不安げな表情は解けなかった。可菜の心配も無理はない。HKDⅦで、クロスボウを持った犯人と遭遇する可能性は、警察よりも警備員のほうが大きい。仕方なく、ほんの少し知識をひけらかしてみた。

「クロスボウは、フランスで発達した武器なんだ。世界史で習ったヨーロッパの百年戦争を覚えてる？　フランス軍のクロスボウ隊は当初、イングランド軍を圧倒した。イングランドの騎兵は、自分たちの甲冑《かっちゅう》を易々《やすやす》と貫通するクロスボウの矢に恐慌を来した。だが、そのうちクロスボウの弱点が判明して、フランスの優位は失われていった」

「クロスボウの弱点って、いったい何なの」

「命中精度が低いんだ。それに矢をつがえるときに時間がかかり、一分間にせいぜい二本しか発射できない。その弱点が分かり、イングランド軍は盛り返した。甲冑も、クロスボウの矢が貫通しないように改良した。ちなみに、イングランド軍はウェールズ人の使っていた長弓《ロングボウ》を採用した。実際の戦闘では、毎分十数本発射できる長弓で、矢を雨あられと浴びせて、フランス軍の騎兵部隊を殲滅《せんめつ》した」

だが、可菜の憂いは晴れなかった。

「でも、丈さんは〈グリーンフォレスト〉で甲冑を着ているわけじゃない。防犯カメラが機能していないから突然、クロスボウを持った犯人と出くわして、至近距離で撃たれる恐れだってあるでしょう?」

思わず、自分のスマホを取り落としてしまっていた。舟底に転がったスマホを慌てて拾う。幸い、液晶画面に傷はなかった。

「——大丈夫さ。飛び道具はピストルも含めて、実際にはめったに当たらない。動いている人間が、動いている人間を撃っても当たりゃしない」

そのときになって、眉間《みけん》を険しくした可菜に気付いてしまっていた。

「丈さん、私はね」

「いや、ごめん――。何でもない。今の話は忘れてくれ。つまり、俺は訓練を積んでいるから大丈夫だって、伝えたかっただけなんだ。別に、タフを気取るつもりはない」

「どうしたの、丈さん。何だか、具合が悪そうだよ」

「別に、だよ。俺は、どこも悪くない。それより、話の腰を折って悪かった。何を言いかけてたんだい」

可菜はほんの少し目を伏せていたが、やがて顔を上げた。

「丈さん、いろいろありがとうね。丈さんと出会わなかったら、私の人生はどうなっていたか。たぶん、もっと悲惨だったと思う。丈さんがいるから、私はまだ正気を保っていられるんだ」

「やめてくれ。そんな話は聞きたくない」

可菜は寂しげに笑って、首を横に振った。

「ううん。どうしても今、話したいの」

可菜の真剣な眼差《まなざ》しに、私はたまらず折れるしかなかった。

「俺は、そんな話はしたくない、認めたくないんだ。たとえ最後の日が来ても、その朝が訪れても、最後まで俺は自然に普段通りに振る舞いたい。上手《うま》く説明できないが、生きるって、生活って、そうだろう。淡々と起きて淡々と眠りに就く。悲しければ泣く、楽しければ笑う。友達と遊ぶ、家族と暮らす。その繰り返しだ。人間の幸福って、そこら辺にあるんだろうが」

「だから、今が、その時なんだってば――」

可菜は、眼にいっぱい潤みを湛《たた》えていた。

「本当にありがとう。何度、生まれ変わっても、丈さんと出会いたい。たとえ死んでも、私の心は丈さんと共にある」

私は、何も答えなかった。答えられなかった。

「丈さんは精いっぱい、私に尽くしてくれた。だから、もう解放してあげる。私が死んだら、丈さんは、また自由に、自分の生きたいように、思いっ切り生きて。私との日々は、忘れてくれていいから」

「やめろよ。死んだって、可菜を忘れるもんか」

「最後に、丈さんの話を聞かせて。私には分かっていた、丈さんは、絶対に普通の人なんかじゃないって。直感的に、気付いていた。丈さんはきっと、私なんかには分からない大きな悲しみを知っている。何か、凄絶《せいぜつ》な生き方をしてきた人なのよ。教えてよ、最後のお願い」

私はパドルを持って、静かに水を掻《か》いた。

「愚かな生き方をしてきた。大学二年の夏、親父が心筋梗塞《しんきんこうそく》で亡くなった。唯一の身寄りを失った俺は大学を中退して、故郷の隣の北海道で警察官になった。幼稚な正義感からだ。子どもの頃から打ち込んできた柔道を、生かしたくもあった」

可菜は、静かに聴いていた。パドルは、手に持っている。

「知ってた。札幌にいた頃、丈さんが私の罪を帳消しにしてくれたよね。あのとき、丈さんはきっと警察に何か手を打ってくれたと分かった。でも、一介の警備員が、どうやって？　元警察官の丈さんは何か大きな代償を支払って、古巣に手を回してくれたんだって、むしろ自然に気付いたよ」

「巡査になってほどなく、俺は警備課に異動した。ドラマで見た憧《あこが》れのＳＰに近付いたと思ったよ。だが、違った。現実の公安警察官は、エスと呼ばれる内部協力者の獲得、情報工作と、後ろ暗い仕事ばかりだった。俺は、警察を辞めた。その後、アメリカに語学留学した」

可菜は伏し目がちに、口を開いた。

「大内先生のお宅に、よくお邪魔したよね。そのとき、先生に『丈さんは、海外が長いの』って聞かれた。先生は、名画のＤＶＤ観賞のとき『丈さんは、字幕に関係なく反応しているから』って。あと、ゆっくりとした食べ方やテーブルマナーも。玄関や二階の窓辺に花を飾る習慣も、ロマンチックなドイツ人みたいだって」

思わず、ドキリとした。マンディと過ごした日々が甦《よみがえ》る。花が好きだったマンディ。人目に触れる玄関と窓辺に、よく花を飾っていた。世界一、花にお金を使う人間は、ドイツ人だとも話していた。

「留学中に、民間軍事会社にスカウトされて入った。つまり、傭兵《ようへい》だよ。雇われて紛争地に行って、戦地で警備をする。俺はバグダッドで六年間、働いた。お蔭《かげ》で結構な金が貯まった。でも、金には換えられない大事なものを失った——」

パドルを掴《つか》んだ手に可菜の手が重ねられた。体温が伝わってくる。

「何か、とてつもない痛手を負ったのね」

「眼の前で、警備していたスクールバスに、対戦車手榴弾《しゅりゅうだん》を持った男の子が駆け込んだ。八人の子どもたちと恋人だった同僚女性、運転手が死んだ」

「酷《ひど》い。子どもの自爆テロだったのね」

可菜は、私の手を上から摩《さす》った。

もう、これ以上は耐えられなかった。黙っていようかと思った。

だが、できなかった。死にゆく可菜に嘘はつけなかった。

「本当は、救えた。バスの一番近くにいた俺が、手榴弾を持った男の子を撃っていれば、子どもたちもマンディも生きていられた。でも、撃てなかった。俺には勇気がなかった。決断できなかった。俺は臆病《おくびょう》で、愚か者だった。本当は、生きている価値のない人間だ。十人を死なせて、のうのうと生きている卑怯者《ひきょうもの》だ」

「そんな考え方は、よくないよ。結局、誰も幸せにしない」

可菜の眼から、潤みが零《こぼ》れていた。

私は、静かに自分のパドルを水から引き上げた。

「分かっている。これまで、俺は自分が許せなかった。でも、可菜に出会ったお蔭《かげ》で、可菜と暮らすようになってから、ほんの少しだけ楽になった」

「そんなふうに思ってもらえて、嬉《うれ》しい」

「朝、起きて朝食や珈琲《コーヒー》の支度をしたり、林を歩いたり。洗濯したり、星空を見たり――上手く説明できないけど、そんな日常に人間の幸福はあるんだろうって気がしている。可菜と出会えてからの俺は幸せだった、世界は美しくなった。可菜、ありがとう。本当に心から感謝している」

「丈さんこそ、ありがとう。もっともっと生きたかったけれど、まだまだ、丈さんといたかったけれど、私は幸せだった」

湖上を、風が吹き抜けていった。

たった今、可菜と私は真の別れを告げたのだと思った。

あとは、現象に過ぎない。葬儀や告別式も、臨終の告知さえも。

本質的な別れを、私たちは今、告げた――。

4

カヌーを納屋に戻して、私たちは自宅ロッジに戻った。

私は夕食当番を引き受け、可菜に食べたい物はないかと聞いた。

可菜は少し考えてから、遠慮がちにリクエストした。

「もしもできるなら、ちらし寿司《ずし》が食べたいかな」

私は頭の中で、冷蔵庫の中身を探った。

「奇遇だな、お嬢さん。実は昨日、俺もちらし寿司を妙に食べたくなって、海鮮市場で材料を仕入れておいた。すぐにできるよ」

「本当に？　嬉《うれ》しい。手伝うよ。やっぱり、私たち気が合うよね」

意外に思われるが、私は料理が得意だった。十五歳で母を乳癌で亡くし、以来、自分で料理を作ってきた。

マンディは食事に無頓着《むとんちゃく》だったが、私の作る料理はいつも平らげてくれた。だから、私の腕前はまんざらではないと思う。

米を二合研ぎ、炊飯器に掛けた。可菜に蓮根《れんこん》と絹莢《きぬさや》を、さっと茹《ゆ》でてもらった。蓮根は銀杏《いちょう》切りに、絹莢は千切りにする。切った蓮根は寿司酢に漬けて、冷蔵庫に置く。

フライパンで薄く卵焼きを二枚作り、細切りにしておく。

ご飯が炊けた。私はガラスのバットにご飯をあけ、杓文字《しゃもじ》で寿司酢とご飯を切った。生ものを食べられない可菜のために、竹輪を切ってのせた。蓮根と絹莢、卵焼きをのせ、さらに上から桜でんぶを振りかけた。

色鮮やかなちらし寿司が完成した。お手軽なのに、なかなかの出来栄えだった。

私は、可菜によそってあげた。可菜は喜んで、ちらし寿司を小皿に半分、口にしてくれた。残りは全部、私が食べた。

食事の間、可菜は久しぶりによく笑い、よく喋《しゃべ》った。どん底を抜け切って、体調が戻ったかに思えた。

つられて、私もよく喋った。生まれ育った弘前の街。盆地ゆえの猛暑と弘前ねぷた。四月下旬から五月上旬にかけて咲き誇る弘前城一帯の桜。桜が終わると、今度は白い林檎《りんご》の花が綻《ほころ》ぶ。

思い付いて、私はインスタグラムを探した。「#弘前城桜祭り」で検索すると、弘前城の桜の写真が数多く現れた。私はインスタグラムの画像を見せながら、弘前の桜の美しさを語った。

「ちょうど大型連休の頃に、見頃になるんだ。桜の花を見るためだけに、人口十七万の街に内外から二百万以上の人が訪れる。俺は桜が好きで、日本でいろいろ見て回ったけれど、やっぱり弘前の桜が最高だな」

「画像を見ると、凄いね。引き込まれてゆく気がする」

「俺はさ、花見の時季って、一日に何度も足を運んで見にゆく。夜明け直後、朝の登校途中、夕方の下校中に、夜中に散歩して見にゆく。全部、桜の表情が違う。いろんな美しさを愛《め》でて、楽しむ」

「確かに、いろんな桜の写真が撮れそうだね」

私は思い切って、里映から聞いた話をした。

「可菜は高校生の頃、ニコンの一眼レフで大沼の写真を撮っていたんだって」

可菜は最初、驚いた表情だったが、やがてニッコリとした。

「里映ちゃんに聞いたのね。地元のお兄さんから、使わなくなったフィルムカメラの一眼レフを頂いて、いろいろ撮りまくってた」

「十月の可菜の誕生プレゼントに、一眼レフカメラを買ってあげようか」

可菜は、私の話に眼を見張った。

「そんな——もったいないよ。今の私に一眼レフカメラは宝の持ち腐れになる。それに写真を撮りたくなったら、ｉＰｈｏｎｅがあるし。たとえ、プレゼントしてもらっても——」

可菜は、続く言葉を呑《の》み込んだ。一年も使えないと言いかけたのだろうか。ぎこちなくなった空気を振り切って、私は明るく言葉を続けた。

「一緒に弘前の桜を見に行こう、来年の四月から五月にかけて。よかったら、俺の写真も撮ってくれよ」

「私が丈さんの写真を撮るの」

「そうさ。考えてみたら俺、故郷できちんと撮った写真がない。あれほど好きだった弘前の桜と一緒に撮った写真が一枚もない。だから、可菜に撮ってほしいんだ」

可菜も、自分の生い立ちや体験を話してくれた。初めて聞く話が多かった。

思い付いて昨日、訪ねた鈴蘭の群生地の話をした。可菜は、その場所は鈴蘭沢と呼ぶのだと教えてくれた。

子どもの頃から、可菜は考え事があるときは鈴蘭沢に行くのだと話した。あのブランコは誰が取り付けたのか、昔からある。

私は可菜にカメラをプレゼントしたいから、欲しい機種はあるかと尋ねた。可菜は最初、遠慮していた。だが、私が熱心に勧めると、後で考えると答えた。私はニコンの一眼レフを贈ると約束した。可菜は嬉しそうに笑った。

そうやって、私と可菜のささやかな晩餐《ばんさん》は終わった。

第六章　DFO　Door Forced Open

1

二〇二一年六月五日（土）

六月五日、土曜日、レセプション当日。午前四時、日の出と共に目が覚めた。寝ている可菜を起こさないように、身支度をした。

それでも、可菜を起こしてしまった。可菜はベッドの中から、眼を細めて私を見ていた。

「もう起きるの」

「今日は、早めに行く。可菜は、まだ寝ていていいよ」

私は可菜の頬に自分の頬をくっつけた。朝の空気の中で、微《かす》かに体温が伝わってくる。

可菜の腕が私の首に巻き付き、可菜は私の頬に唇を付けた。

「行ってらっしゃい。気を付けて」

「可菜こそ、身体に気を付けてな」

「今日は体調がいいの」

「あまり、無理はするなよ。じゃあ、行ってくる」

私は二階の寝室を出て、一階のリビングに下りていった。洗濯済みの制服シャツをバッグに入れ、ゴム引きのアウターを羽織った。

自宅前に駐《と》めていたデミオのエンジンを掛けた。少しだけ迷ったが、運転席の下を探り、包みを取った。

二日前に、私が包んだタオルの中から、シグ・ザウエルが現れた。簡単なチェックで、異常がないか確かめた。

再び、包みを座席下に戻そうとして、一人で首を横に振った。

何が起こるか分からない今日は、持っていなければならない。

重みをしばらく手に感じてから、私は包みをバッグに突っ込んだ。

大沼の湖畔の道を走っていると、後ろから来る黒いアルファードがミラーに映った。中には外国人の男が二人、乗っていた。

私は、デミオを岸沿いの駐車スペースに乗り入れた。後ろのアルファードがウインカーを点滅させて、後から続いてきた。

私は、デミオを停めた。アルファードの中から、黒スーツにサングラスの男たちが降りてきた。二人のうちの一人は、身長が優に一九〇センチを超えている。ウィリックとディアズだった。

万一を思って、私はバッグを持ってデミオを降りた。ウィリックたちは、真っすぐ近付いてくる。

「モーニング」

私の挨拶を、ウィリックは無視した。

「ついに、レセプションの日になったな。今日のパーティーには、我々もセキュリティーのメンバーとして出席する」

「セキュリティーって、誰の護衛だ？」

「ソラリス・ジャパンのＣＥＯ、ダニエル・サジチェクだ」

「上手《うま》く潜り込んだな」

「前から、決まっていた。お前は、犯人の確保に集中すればいい」

ディアズが傍らで、私のバッグの膨らみを見てニヤニヤした。

「俺たちの〝気持ち〟は、きちんと持ってくれているんだ」

「あんたらに何をされるか、分からないからな。用心に持っている」

ディアズは、呆《あき》れたふうに両肩を竦《すく》めてみせた。

ウィリックが引き取った。

「俺たちは、催促に来た。ジョー、そろそろリターンを貰《もら》おう」

「犯行の動機だけは、察しがついている。三年前の六人が亡くなった火事は、やはり人災だった。地下三階で、断熱材のウレタンを吹き付けてから、鉄骨を切断した。作業中、古い耐火被覆を敷いていた。耐火被覆の埃《ほこり》から、出火した可能性がある。ただし、日本警察は一事不再理の原則で、何もしない」

「それぐらい、米国《ユニオン》も見当がついている。問題は、二件の殺人がテロかどうか、だ。テロならば、実行犯を処分しなければならない」

ウィリックの視線は、真剣だった。

「少なくとも、組織的なテロではないと思う。この辺鄙《へんぴ》な土地で、外国人が活動するとは考えにくい。やはり、日本人の犯行だろうと思われる」

「ジョー、そこまで推定するからには、犯人について何らかの感触を得ているんだろうな。犯人の目星を教えろ」

「断る。確実な証拠が摑《つか》めるまでは、自分の考えは話せない」

　ウィリックの眼が大きく見開かれ、私を凝視していた。怒りの波動が、至近距離から放射されてくる。殴られるかもしれない。

　だが、すんでのところで、理性が踏み留《とど》まってくれた。

「よかろう。待ってやる。確実な証拠を摑んでこい」

「可能な限り、努力する。だが今、一つ明らかにできるとしたら、あんたたちの期待する明快な解決はきっと存在しない。この事件で、俺たちは『ピュロスの勝利《ピリク・ビクトリー》』しか得られない」

　英語でピリクというピュロスの人名を聞いて、ウィリックは、私を睨《にら》んだ。

　ピュロスとは紀元前三世紀、古代ギリシャのエピロス王だ。

　戦術の天才とも呼ばれたピュロスは、私たち傭兵《ようへい》の〝祖先〟でもある。

　イタリア南部の都市国家タレントゥム（現在のタラント）とローマの間で戦争が起こった。常備軍を持たないタレントゥムは、ピュロスに膨大な報酬を支払い、傭兵として雇った。

　ギリシャから遠征したピュロスの軍は、連戦連勝した。だが、ローマは講和に応じなかった。

　ピュロスは、戦勝祝いを述べる部下に漏らした。

「もう一度、ローマ軍に勝ったら、我々は壊滅するだろう」

転じて、割の合わない勝利は「ピュロスの勝利」と呼ばれる。

「分かったふうに抜かすな。俺たちは、役人ではない。犯人は別に確保しなくても、処分するだけでいい」

ウィリックは睨み付けると、踵《きびす》を返した。二人はアルファードに乗り込むと、反対方向へ走り去った。

2

HKDⅦの周囲は、すでに厳戒態勢だった。入り口ゲートと正門ゲートの前の二カ所で、検問が実施されていた。

しかし、免許証と紫のIDカードを見せると、所持品検査はなしで通行できた。

駐車場で、バッグにシグ・ザウエルの重さを感じながら車を降りた。

管理室にいた同僚に挨拶《あいさつ》して、エントランスを通った。幸い、誰にも見咎《みとが》められずに、地下二階のオフィスに入った。

夜勤の責任者が眠たげな顔で、驚いていた。

「鹿島さん、まだ六時前ですよ。どうしたんですか、こんなに早く」

「チェックしておきたい箇所がありまして」

「今は、至って平穏ですよ。何か必要だったら、仰《おっしゃ》ってください」

「ありがとう。取り敢《あ》えず、館内を巡回してきます」

キーボックスから、電気室・機械室用の鍵を取った。次いで、充電器に差されている無線機から、フル充電の緑のランプが点いているものを抜き取った。

オフィスを出た。エレベーターの呼び出しボタンを押した。

シグ・ザウエルを使わなければならないとしたら、三階か屋上階のはずだった。

メーン会場の二階には、私服捜査員が潜り込んでいるだろう。一階は、立哨中の制服警官がすぐに駆け付けられる。私が銃を抜くまでもない。

だが、三階のトイレや外階段、屋上階では、居合わせた私が銃を使うしかない場合もあるはずだった。

エレベーターのドアが開いた。中のケージに乗って、三階のボタンを押した。エレベーターの扉が閉まった。

一階で音が鳴り、エレベーターが止まった。ドアが開き、大嶽と私服の部下たちが乗り込んできた。大嶽の視線が、私の手にしたバッグに、次いでエレベーターのボタンに注がれた。

「鹿島、俺に何か用か」

「違う。巡回の途中だ」

鋭い大嶽は、何かを感じ取ったみたいだった。

「巡回にしては、大荷物だな」

「こんな状況だから、念入りに回ろうと思っている」

エレベーターの表示が二階通過を示した。大嶽は不意に思い出したふうに、口を開いた。

「凶器のクロスボウが、出て来ない。お前も、気を付けて見てくれ」

「分かった。見落としがあるのかもしれん。注意しよう」

大嶽の視線は、私のバッグを捉《とら》えたままだった。

「お前なら、凶器のクロスボウはどこに隠す？」

自分の考えを読まれた気がして、ドキリとした。

「想像もつかんな。だが、一つだけ確かだ。犯人がクロスボウを隠したとしたら、また使うためだ。もう使わないなら、持ち出して廃棄しているだろう」

「妥当だな。とっくに犯人は処分しているのかもしれない」

エレベーターが三階に着いた。私は、大嶽に先を譲った。全員が降りてから、私は最後にケージを出た。

指揮本部を通り過ぎて、東端の壁際まで行った。

作業員のヘルメットや下足箱が置かれている一角がある。

外階段への出入り口の壁に、スチール製の細い扉があった。丸いケースハンドル錠が付いている。

昨日の巡回の時から、目を付けていた。扉の中は、細長いパイプスペースになっている。

周囲に注意してから、持ってきた電気室・機械室用の鍵で解錠し、扉を開けた。

真っ暗な闇から、埃《ほこり》っぽい空気が漂ってきた。手探りで壁の照明スイッチを入れた。

垂直に走るパイプの群れが浮かび上がる。

パイプスペースの中に入ると、扉を閉めた。内から施錠する。

パイプの間に設けられた梯子《はしご》に手を掛けて、上った。天井近くのL字形の湾曲部にバッグを押し込んだ。

子ども騙《だま》しもいいところだ。だが、厳重な捜索の後だから、見つからない可能性が高い。少なくとも、今日一日は何とかなるだろう。

私は梯子を下りた。

パイプスペースの内部を通って、外階段に出た。内側からドアのケースハンドル錠を持参の養生テープで十字に貼って留めた。そのままドアを閉めた。

外から、ケースハンドル錠をゆっくりと回した。施錠されているみたいに、ハンドルが途中で止まった。

この後、力を入れれば養生テープは剝《は》がれて、扉は開く。だが、施錠されていると思い込めば騙されるはずだった。そのまま、私はドアを離れた。

外階段を上って、屋上階に出た。いつもならエレベーターを使って、塔屋から出るコースを逆に進んだ。

晴れ上がった今日は、見晴らしがよかった。思わず、私はハト小屋の上に立って、遠くの景色を眺めた。

ハト小屋を下りて、手すりから地上を見下ろした。早出の昭和電建の所員らが、仮設テントを張っていた。あれが、手荷物検査場所になるのだろう。

駐車場に眼を転じると、警察が臨時の詰め所を設置していた。

今までのところ、警備上の穴はなさそうだった。私は屋上を離れて、エレベーターで、地下二階に戻った。

3

午後二時をすぎて、続々と招待客の車が集まってきた。入ってきた車輛《しゃりょう》を昭和電建の所員たちが、駐車スペースに誘導してゆく。

私は一階のエントランス前に立ち、駐車場を監視した。

ソラリス・ジャパンのCEO、ダニエル・サジチェクは、外交官ナンバーの大型ベンツに乗って現れた。ディアズとウィリックが、同乗して警護に当たっていた。

HKDⅦの元地権者、伊是名大助は、ベンツGクラスの黒のSUVに乗って現れた。ネットで見た地元紙の記事では、七十近いはずだが、老いは全く感じさせない。傍らに三十代と思《おぼ》しき髪の長い女性を伴っていた。

隣に寄ってきたGSSの三宅が、私の肘《ひじ》を突《つつ》いた。

「何と、伊是名のオヤジは、愛人連れだよ」

「あの女性は、愛人なんですか。随分、歳が離れているが」

ブラックスーツ姿の伊是名は女性を連れて、エントランスに入ってきた。昭和電建の所員が、エレベーターへと導く。伊是名は私たちを一顧だにせず、傲然《ごうぜん》とエレベーターに乗り込んでいった。

続けて、ディアズを先頭にサジチェクの一行がやって来た。ディアズは、私を見つけると、素早いウインクを送ってきた。

ディアズの背後に、サジチェクがいた。四十代の白人。東欧系なのか、薄い眉に灰色の瞳を持つ小柄な男だった。後ろのウィリックのせいで、いっそう小柄に見える。

エレベーターケージが降りてきて、サジチェクたちは乗り込んでいった。

改めて、手帳の予定を見返した。会合は、二部に分かれている。

午後三時から五時まで、地下二階の会議室で、ソラリス社と土地を所有する大手不動産会社、伊是名らを交えた非公開ミーティング。

午後五時から六時までは、二階メーン会場で、公開の施設引き渡しのセレモニー。関係書類にサインして交換する。

次いで、全ての鍵を開けられるグランド・マスター・キーなどのキーが、昭和電建からソラリス社、すなわちGSSに引き渡される。

その瞬間、サイト内の水道光熱費は、昭和電建からソラリス社の負担へと移行する。同時に、ソラリス社から昭和電建に第一期工事の代金の残りが振り込まれるはずだった。おそらくは十億円を超える金が動く。

午後六時、セレモニーはそのまま、レセプションに移行する。サジチェクと来賓らのスピーチが予定されている。

レセプションは立席のビュッフェスタイルだが、テーブルと椅子も用意されている。閉会は、午後八時の予定だ。だが、会場は自前だから、特に制限はない。場の流れで、延長もあり得る。

また、レセプションも、乾杯の挨拶《あいさつ》とスピーチが終われば、特に細部までは定められていない。サプライズや余興も、あり得る。警備上、いっそうの注意が必要になるだろう。

とはいえ、会の雰囲気に水を差してはならない。この兼ね合いが難しい。何事もなく終わってくれればいいがと、私は思った。

4

午後四時を回ると、一般の参会者が次々とやって来た。

ちょうど手荷物検査をサポートしていた私は、いつもと違ったスーツ姿の杏実に驚いた。

「どうしたんだ、スーツなんか着て」

「スーツ姿で、申し訳なかったですね」

杏実は笑って、検査待ちの列の最後尾についた。

「本社から、レセプションのホステス役を務めるよう、命じられたんです。もっとも、ミーティングにはお呼びじゃなかったんですが」

「とにかく、こちらとしても、沢瀬さんが来てくれて、ありがたいよ。メーン会場で、眼を光らせられる」

杏実ははにかんだふうに肯《うなず》くと、二の腕を叩《たた》いてみせた。

「華も色気もない、とんだホステスですよね。でも毎日、重い物を持って働いたお蔭《かげ》で、腕力には自信があります。いざとなったら、長テーブルを引っ摑《つか》んで立ち向かいます」

杏実は妙に張り切って、手荷物検査を受けに行った。

杏実の後ろ姿を追っていると、背中を叩かれた。驚いて振り向くと、可菜の笑顔があった。

「熱心に仕事している丈さんを、初めて見た。随分、真剣な表情なのね」

「可菜、来たのか。体調は大丈夫か」

「今日は、気分がいいの。お天気のせいかな」

「おととい出てきたそのワンピース、やはり似合うな」

可菜は、ベージュの袖なしワンピースの裾をつまんでみせた。

可菜も私も、嘘をついていた。そのワンピースは札幌にいた頃に買った、可菜のお気に入りだった。光沢のある布地で、ちょっとしたハレの日に着る。

たまたま出てきたのではない。今日、着るために可菜はわざわざ見つけた。

「可菜さん、お待たせ」

里映と慶祐、函電設備の若者たちが姿を見せた。里映も普段とは違い、白いサマーニットにベージュのスラックスを穿《は》いている。

溝畑姉弟たちが検査の列に並ぶと、可菜は目配せしてきた。

「お仕事、頑張ってね。私、もう行くから」

「無理するんじゃないぞ。また、後で会おう」

「丈さんもね。仕事中だけど、なるべくパーティーは楽しんでね」

「めったにないからな。せっかくだから、招《よ》ばれてみるか」

肯いて里映たちを追おうとした可菜を、思い付いて呼び止めた。

「可菜、今度はカヌーの上で、音楽を聴こう。聴くとしたら、どんな曲がいい？」

可菜は一瞬だけ、考え込んだ。

「静かなピアノ曲がいいと思うの。水の上だから」

「何か、いい曲があったかな」

「ラヴェルの『亡き王女のためのパヴァーヌ』がMDの中に入っている。誰の演奏か、忘れたけれど。後で、探してみて」

可菜の瞳は真っすぐ私を捉《とら》えていた。私も視線を外さなかった。

「後で、探しておくよ」

「お願いね。じゃあ、行ってくる」

可菜は最後に肯くと、踵《きびす》を返して里映たちを追っていった。

5

午後五時、二階のメーン会場で公開の引き渡し式が始まった。

幅八十メートル、奥行き四十メートルの長方形の会場に、四百人以上の参会者が集まった。

北側の壁を背に、昨日も見た演壇が設けられていた。演台の隣に長机が設《しつら》えられ、向かって左手にソラリス社のCEO、サジチェク、右手に昭和電建の社長、成冨勝紀《なりとみかつのり》が座っていた。

サジチェクと成冨は、互いの文書に署名して交換し合った。握手を交わした後、成冨からサジチェクに縦五十センチ、横三十センチ、奥行き十五センチの白いキーボックスが渡された。

一連の過程を、メディアのカメラの放列が追った。シャッター音とフラッシュの光が盛んに交錯する。

司会役を務めるソラリス・ジャパンの日本人スタッフは場慣れしているらしく、ご丁寧に同じ動作を三回も繰り返させた。

さらに、司会者は米国の首席公使、北海道副知事らをサジチェクと成富の周りに集めて、カメラサービスをさせた。

続けて、サジチェクが演壇に立ち、スピーチを行った。スピーチの内容は、事前に明らかにされていたらしく、両サイドのスクリーンに日本語の字幕が映し出された。

『〈グリーンフォレスト〉の開設から五年、第一期工事《フェーズワン》が完成しました。本日から私たちは、このサイトを本格的に稼働させます。このサイトは、ICT（情報通信作業）産業に留《とど》まらず、米国と日本、世界にとって実に意義深い拠点となります。当サイトは世界有数の規模のリースドサイトとして、東アジアで政治、経済、安全保障の面から、非常に重要な機能を受け持つ――』

サジチェクに続き、米国の首席公使の祝辞が続いた。共に、ルメイと仙堂の殺された事件への言及は一切なかった。

北海道副知事が短いスピーチの後、乾杯の音頭を取った。

「一期工事の完成を祝しまして、乾杯」

中央に置かれた料理の覆いが外され、ビュッフェスタイルのパーティーが始まった。

華やかな宴《うたげ》にあって、私とGSSの警備の人間は監視を緩めなかった。

しかし、会話の輪にも入らず、飲み食いもせずに突っ立っていては、却《かえ》って目立つ。水のグラスを持って、会場内を巡回した。

巡回を続けるうちに、自分の中で何か違和感を覚えた。違和感はやがて、どんどん膨らんでいった。

ようやく、私は里映と可菜の姿が消えていると気付いた。開宴直後、二人は演壇の近くで、サジチェクらのスピーチを聴いていた。それが、いつの間にか消えていた。

談笑中の慶祐たちに聞いてみた。慶祐は小首を傾《かし》げてみせた。

「さっき、二人で出て行きましたよ。トイレとは反対の東側に歩いて行ったから、外の空気を吸いに行ったのかなあ」

「もしかして、可菜は具合が悪くなったのか」

「至って、普通でしたよ。ああ、そうだ。もしかしたら、姉ちゃんは可菜さんを屋上に連れて行ったのかな。規則違反だけど、前に二人でハト小屋に腰掛けて、お喋《しゃべ》りしたって話していたから」

データセンターの入退館規定で、来館者は敷地内では常にＩＤカードを身に着けているか、サイトのスタッフの同伴を必要とする。

「可菜の具合が悪くなったのかと、心配になっただけだ。里映さんと一緒なら、大丈夫だろう」

「心配なら、姉ちゃんの携帯を鳴らしてみますか」

「その必要はない。二人で外の空気を吸って、喋っているんだろう」

慶祐たちの元を離れようとしたとき、帯刀が息せき切って現れた。

「鹿島さん、代わりの者と交代して、私と一緒に来てもらいたい」

「いったい、どうしたんですか。そんなに慌てて」

「慌てるも何も――原因は、あれだ」

渋面の帯刀が指す先に、サジチェクの姿があった。

「サジチェク氏が、どうしたんですか」

「地下一階のポッド視察に大勢のゲストを連れて行くと言い出したんだよ」

「事件現場のポッドは、まだ捜査中です。大人数での視察は控えたほうがいい」

帯刀はさも呆《あき》れたふうな表情で、首を横に振った。

「もちろん、事情を説明して視察は小人数でと要請した。だが、サジチェクは、聞く耳を持たん。しかも、ソラリス社のリージョナル・マネジャー、メデロスが『仰《おっしゃ》る通り』と焚《た》き付けている」

「それで、どうしました？」

「湯元を指揮本部に走らせた。責任者の大嶽警部は、後難を恐れてか『短時間なら、構わないでしょう』なんて言い出している」

帯刀のぼやきも無理はない。ＶＩＰたちの前で不手際でも犯そうものなら、首が飛ぶ。

「それなら、サジチェクらＶＩＰをポッドに通すしかないでしょう」

「私が同行しろと、メデロスの指示だ。ここは私と沢瀬さんで対応するから、君はポッドの外で待機していてくれ」

二階のメーン会場から地下一階に急行した。レセプション用のスーツのままだったが、何も言われなかった。

仮設マントラップにすでに着いていたメデロスが、ＧＳＳの人間に大声を上げていた。私は、メデロスの前に割って入った。

「どうされましたか」

メデロスは、怒りの眼を私に向けた。

「私たちに『金属探知検査を受けろ』だと？　ソラリスのトップがゲストらを連れて視察するんだ。通常の手続き《プロシージャー》は、カットしろ」

「ソラリス社の指示で皆、金属探知検査を義務付けられています」

「そのソラリス社のトップが通るんだ。検査は不要だ。従わないなら、君たちのほうが出て行け」

いきなり帯刀が、私の肩を摑《つか》んだ。

「もういい。今回は私の判断で、金探検査は省略する。ヘルメット、ゴーグル、安全靴の着用も不要だ」

帯刀の真剣な眼差《まなざ》しを見て、それ以上、抗《あらが》えなかった。

そこへ、サジチェクらＶＩＰの一行が現れた。先導する杏実が、私たちを認めた。

「ＣＥＯらを、お連れしました。金探検査をお願いします」

帯刀が、首を横に振った。

「その必要はない。沢瀬さんも、いいからね」

「本当に、いいんですか。ＣＥＯ、首席公使、米大使館のヘルナンデスさん、メデロスマネジャー、副知事、函館市長、伊是名さん、社長の成富、それに私と、少なくとも九人は、いるんですよ」

「いや、十人だ。ポッド内には私も同行する」

「鹿島さんも、来てくれるんですよね」

縋《すが》る目つきの杏実に、私は首を横に振るしかなかった。

「私は、外で待機する。エスコートは帯刀さんだけとの命令だ」

「そんな。ガイドの私と帯刀さんだけじゃ、見切れません」

帯刀が、自らを励ますふうに声を高くした。

「〈HIKARI〉も今日から、本格的に復旧している。何とかなるだろう」

杏実は渋々と、VIPたちに向き直った。

「お並びください。今から、ポッドに入ります。ポッド内は想像以上に広く、工事中です。足元や頭上には、お気をつけください」

VIPたちは声高に談笑したまま、一向に列を作らない。帯刀が走り回って、どうにか列を組ませた。

先頭の杏実がPIN番号を打ち込み、カードリーダーにIDカードを当てた。甲高くアラーム音が鳴り響き、ドアロックの外れる音がした。

杏実はドアレバーを回して、押した。サーバーと空調の立てる騒音が押し寄せてきた。

「私の後から、お一人ずつ、お入りください」

杏実がポッド内に入って、ドアを閉めた。

サジチェクは手慣れた様子で、紫のＩＤカードを当てた。アラーム音が響き、ロックが外れた。

サジチェクは、帯刀の押さえるドアの内に悠然と入っていった。

続けてビジターカードの首席公使、副知事、函館市長、成冨、伊是名、メデロス、ヘルナンデスの順で続いた。殿軍《しんがり》は、帯刀だった。

私は、仮設マントラップで待機した。サジチェクに付いてきたウィリックとディアズは、勝手に椅子を占領した。お蔭《かげ》で、私はパソコンを持ったまま立つ羽目になった。

〈キーパー〉を見ると、ポッド内には現在、帯刀と杏実を含めた十人が滞在していた。先ほど、入室した見学者たちだ。

午後七時三分五十七秒に、殿軍の帯刀が入室している。何かあれば、無線連絡があるはずだった。

私はパソコンを笠原に渡して、屋内の階段を上った。

メーン会場に戻ると、慶祐たち函電設備の人間と地元の大沼地区の人間が輪になって、思い出話で盛り上がっていた。

その時だった。無線機に繋《つな》いだイヤホンから、声が流れた。

『こちら、ロビー。G9、取れますか』

「G9です。どうぞ」

無線機の送話ボタンを押しながら、メーン会場を抜け出た。イヤホンから、GSSのオフィスにいる湯元の声が流れ続けた。

『ポッド内で、アラーム発報です。至急、仮設マントラップに戻ってください』

「分かりました。直ちに向かいます」

私は急ぎ足で、階段を下った。

仮設マントラップでは、パソコンを操作する笠原を全員が取り囲んでいた。その傍らで、三宅が無線で呼び掛けている。

「こちら、マントラップ。G1、取れますか――昭和電建の沢瀬さん、応答願います――」

駆け付けた私を見て、三宅は首を横に振った。

「中から、応答はないです。何も返ってきません」

「すみません、続けてください」

私は、パソコンを操作している笠原に躙《にじ》り寄った。

「何のアラームが鳴ったのか。状況を説明してくれ」

笠原が顔を上げて、私を見た。

「DFOアラームです。午後七時十三分二十二秒に、発報しました。場所は、一階レッドゾーン内のドア、D322です」

笠原が、館内のドア配置図を指した。D322は、一階前室のEPS近くの境のドアだ。普段、めったに使われない。

「何者かがパイプスペースに侵入し、不正にドアを通行したと思われます」

「それを、システムはDFOと表現したのだな。パイプスペース以外からは、入れないのか」

「そうです。帯刀さんたちに無線で問い合わせていますが、応答がないんです」

ウィリックが立ち上がって、詰め寄ってきた。

「ジョー、DFOとは何だ?」

「ドア・フォースド・オープンの頭字語だ。一般的に、ドアの不正な開放を指す。大抵は、強引な抉《こ》じ開け、物理鍵、サムターンを使ってドアを開けると、発報する。また、ドアレバーを押さえたまま、閉めても起こる」

「異常が発生したんだな。お前が、様子を見に行け」

「そうしたいが、不可能だ。ＤＦＯが発生した瞬間、このサイトのポッドのドアは、封鎖されてしまった。再び、ドアを開閉するには、シリコンバレーの本社セキュリティーセンターにアラームを解除してもらうしかない」

普段は温厚なディアズが、珍しく憤っていた。

「だったら早くやれよ、ジョー」

「簡単には、ゆかない。今、ポッド内に無線で呼び掛けている」

今にもドアを蹴りそうなディアズを、ウィリックが引き止めた。

「それで、ジョー、ＤＦＯはよく起きるのか」

「あまり、頻発はしない、と思う」

「このタイミングでのＤＦＯ発生を、お前はどう考える」

「決して、偶然ではない。内部で、何か異常事態が発生している」

ウィリックは、剃《そ》り上げた顎《あご》を撫《な》で摩《さす》った。

「私も、同意見だ。報告を、待ってはいられない。物理鍵を使って、ポッドに入るんだ」

その時だった。照明が、一斉に消えた。暗黒の中で、誰かが悲鳴を上げた。

次の瞬間、照明が再び点《つ》いた。しかし、灯《ひ》は最前に比べて、弱々しかった。

パソコンを見ていた笠原が、叫んだ。

「電力喪失！　ＨＫＤⅦの電力がたった今、途絶えました」

「何だと。原因は何だ」

「分かりません」

私は天井に向かって、声を張り上げた。

「〈ＨＩＫＡＲＩ〉、状況を報告せよ」

女性の声で〈ＨＩＫＡＲＩ〉が答えた。

『変電所からの送電が、途絶えました。原因は不明。現在、電源は非常用蓄電池に切り替わっています。間もなく、発電機が運転を開始します』

〈ＨＩＫＡＲＩ〉の予告通り、少しして照明が瞬いた。電源が、蓄電池から発電機に切り替わった瞬間だった。

電池が内蔵されているパソコンと違い、サーバーは電力が失われると、全データが消失する。このため、データセンターでは電力が失われても、最低四十八時間は自前で電力が供給される設備が備えられている。

安堵《あんど》の思いが、場に広がった。電力が完全に断たれ、暗闇の中でポッドとやり取りする最悪の事態は免れた。

突然、笠原が叫んだ。

図3

Main Alarm Monitor			
Alarm Description	Time / Date	Device	Card
● Granted Access	7:34:50 PM 6/5/2021	HKDVII-11.2.06-RZN-PH ELV1 CTRL	Ryan Lemay (5702299)

「レッドゾーン内で、人荷用エレベーターが動き始めました」

「何だと。どういう状況だ」

「ああっ——」

笠原は、もはや悲鳴に近い叫びを上げていた。

「どうしたんだ」

「人荷用エレベーターを動かしている人間は——」

耐え切れず、私は笠原を突き飛ばして、パソコンの画面を見た。

（図3）

「バカな！　殺されたルメイが、動かしているのか」

「確かにルメイです。そう表示されています」

迂闊《うかつ》だった。忙しさに紛れて、未発見のルメイのIDカードは、誰も削除《ターミネート》の申請をしていなかった。

「ルメイのIDカードを使って、動かしているだけだ。笠原さん、警察の指揮本部にすぐに連絡」

笠原は、長机の上の内線電話を取った。

ウィリックが、パソコン画面を覗《のぞ》き込んだ。

「これは挑戦だ。ルメイ殺しの犯人が、仙堂殺しの犯人でもあろうが『自分は、ここにいるぞ』と宣言している」

大嶽と刑事たちが、マントラップに走ってきた。

「鹿島、いったい、どうなっている」

「犯人が、動き始めた。大嶽、レセプションは中止して、招待客は順次、静かに避難させてくれ。サイトは封鎖するんだ」

「混乱を防ぐために、何もないふうを装うほうが、よくないか」

「犯人の協力者が、招待客の中にいるかもしれん。犯人の動きを封じるためにも、招待客を避難させてくれ」

返事の代わりに、大嶽は警察無線機を摑《つか》んで指示を飛ばし始めた。

私は、笠原と三宅に声を掛けた。

「笠原さん、〈キーパー〉のモニタリングを続けてくれ。三宅さん、ロビーとの中継を頼む。何か動きがあれば、無線で知らせてくれ」

二人の返事を待たずに、私は仮設マントラップを飛び出した。大嶽が何か呼んだが、聞こえない。

一階の階段で、里映を見つけた。里映はホールから、二階のメーン会場に戻ろうとしていた。私を見て一瞬、里映の表情が変わった。短い会釈をして、階段を小走りに上ろうとした。

私は階段を駆け上がり、里映の腕を摑んだ。

「待ってくれ。話がある」

「やめてください」

里映の顔に、怯《おび》えが走った。私の腕を振り払おうとした。だが、私は腕に力を入れて振りほどかせない。里映が顔を歪《ゆが》ませた。

「痛い。何すんの。やめてよ」

「HKDⅦへの送電が止まった。電力が復旧したら、レッドゾーンの人荷用エレベーターが動き始めた。死んだルメイのIDカードが使われている。一連の犯人が、動かしているんだ」

「私に、何の関係があるの」

「犯人は、どうやってレッドゾーンに入ったのか、教えてくれ」

里映は身を捩《よじ》って、私から離れようとした。私は摑んだ腕を、決して離さなかった。

「知らない、離せって」

「エントランスで、何をしていた」

不意に、里映が膝蹴《ひざげ》りを放ってきた。里映の右足が、私の脇腹にめり込んだ。激痛が走った。息が止まった。しかし、私は腕を離さない。そのまま、里映を壁に強く打ち付けた。

「頼む、レッドゾーンに入る方法を教えてくれ」

「ふざけんな。入って、どうすんの。アイツらの味方をするって」

「犯人を助ける。犯人の命を救いたいんだ。頼む」

里映の抵抗がやんだ。光る瞳《ひとみ》が、私を捉《とら》えている。

「助けるって――」

「中にいる犯人が誰なのか、もう分かっている。これから何をするのかも。犯人を死なせたくない。どうしても、生かしてやりたい。それができる人間は、俺だけだ。俺だけが、犯人を救えるんだよ」

里映の瞳が揺れた。刹那《せつな》の沈黙があった。

「――できない。約束したから。裏切れない」

「頼む。今を逃したら、君も俺も一生、後悔する。頼む」

里映の眼が泳いだ。先に、パイプスペースのスチールドアがあった。

「そうか、パイプスペースの中か」

私は里映を離して、パイプスペースのケースハンドル錠に飛び付いた。外れない。鍵《かぎ》が掛かっている。

「くそっ」

安全靴でドアを思い切り蹴った。二回、三回――蹴り続けた。

里映が叫んだ。

「ダメッ、ドアが歪んだら、開けられなくなる」

里映が何かを放った。手で摑んだ。手製のコピー鍵だった。

「隙《すき》を見て、貸し出された施設内鍵を型取りしたの。それを使って」

私は肯《うなず》いた。3Dプリンターで作ったと思《おぼ》しきABS樹脂製の鍵を、鍵穴に差し込んだ。回すと、ボルトの外れる音がした。

ドアを引いた。手探りで、壁の照明スイッチを入れた。

薄暗い光の中で、上下に走るパイプの群れが浮かび上がった。

眼を凝らすと、奥の壁に光点があった。近付くと、EPSとの境の壁が壊れていた。高さは、二メートルほどある。

背後に寄っていた里映が、私に小型のレンチを手渡した。

「これを使って」

「EPSは、パイプスペースと石膏《せっこう》ボードの壁一枚で繫《つな》がっている。工事中の石膏ボードの壁を壊して、入ったんだな」

「事前に手を加えて、石膏ボードを外れやすくしておいた」

「それは、仙堂の事件の後だな。こうなると、分かっていたのか」

私の問いに、里映は、ただ無言だった。

壁には、応急で修復した痕跡があった。外見からは明らかで、後で発見されるだろうが、時間稼ぎにはなる。

私は梯子《はしご》を上って、レンチを振り下ろした。接着剤で仮留めされていた石膏ボードが外れて、吹っ飛んだ。

目の前に、ＥＰＳが広がっている。私は苦もなく、向こう側に入った。ＤＦＯを起こしたＤ３２２が何事もなかったふうに閉まっていた。カードリーダーが点滅している。

不意に、スラックスのポケットが振動した。入れっ放しにしていたスマホだった。

液晶画面を見ると、発信元は、大嶽だった。

『鹿島か。今、どこにいる？』

「レッドゾーン一階、人荷用エレベーター近くのＥＰＳにいる」

『どうやって、入った？』

「すまん、今、説明している暇はない。犯人は十人の見学者、いや、人質を抱えている。

俺に任せてくれ。大勢で囲んだら、却《かえ》って逆効果だ」

大嶽は沈黙した。だが、すぐに意を決したみたいだった。

『分かった。お前に任せる。だが、携帯は繋ぎっ放しにしろ』

「犯人と人質たちの位置は、分かるか」

『分からない。逆に、お前に調べてほしい』

私は、天井に向かって〈ＨＩＫＡＲＩ〉を呼んだ。

「〈ＨＩＫＡＲＩ〉、レッドゾーンで今、二酸化炭素濃度が最も高い場所を教えてくれ」

女性の声が降ってきた。

『現在、二酸化炭素濃度が最も高い地点は、二階レッドゾーンのロビーです』

犯人と人質たちは、二階ロビーにいる。先ほど、人荷用エレベーターをルメイ名義のＩＤカードで操作した理由は、人質たちを運ぶためだった。

二階のロビーとは、便宜的な名称で、人荷用エレベーター前のスペースに過ぎない。

私はＥＰＳの扉を内から開けて、続きの付室に入った。入って右手のドアを通り、前室へと入った。

地下一階へと続く下りの階段があった。上りの階段はない。一階という名前であっても、一階と地下一階をぶち抜いたＨＫＤⅦでは、一階は実質の中二階に過ぎなかった。

一階から二階へは、人荷用エレベーターで上がるしかなかった。

私は再び〈HIKARI〉に尋ねた。

「〈HIKARI〉、エレベーターケージは今、どこだ」

『人荷用エレベーターのケージは現在、二階に停止。ドアは開放中です』

予想通りだった。犯人は、人質たちを二階に連れて来ている。人荷用エレベーターは動かなくされている。

つまり、犯人は、外部から侵入できない二階のレッドゾーンに立て籠《こ》もっている形になる。しかも、二階には、トイレも完備されている。長期戦に耐えられる砦《とりで》だった。

スマホから、大嶽の沈痛な声が聞こえた。

『鹿島、聞こえるか。犯人側からと思われる脅迫メールがたった今、米国のソラリス本社に届いた』

「確かか。ガセじゃない根拠はあるか」

『二階レッドゾーンで撮ったと思われる画像が添付されている。人荷用エレベーター前のフロアで、VIPらが縛られて拘束されている』

「その画像を、こちらにも転送してくれ」

『その前に、犯人の要求を読み上げるぞ。一、〈グリーンフォレスト〉の建設は即時中止、撤回せよ。一、その旨を、直ちに発表せよ。一、要求が受け入れられない場合、人質を殺害する。以上だ』

最悪の事態に、言葉が出なかった。

スマートフォンのLINEに、大嶽からの転送画像が届いた。

人荷用エレベーター前のフロアに、後ろ手に縛られた人々が床に座らせられていた。最前列に帯刀、隣に杏実がいた。

杏実は気転を利かせて、縛られた手元を見せていた。拡大すると、工事フロアにいくらでもある荷締め用のラッシングベルトだった。杏実たちが、自力で縛《いまし》めを解けるチャンスはほとんどない。

写り込んではいないが、犯人の武器はクロスボウだろう。突入時に最初の矢を防げれば、取り押さえられる。だが、犯人が外す保証はない。むしろ、人質を盾に取る可能性のほうが高い。

それでも、こうなった以上、二階に突入するしかなかった。警察は頼りにならない。頼ってはならない。連中は音響閃光《せんこう》弾を投げ込み、犯人を撃つだけだ。だから、自分で行くしかない。

私は、天井に向かって呼び掛けた。

「〈HIKARI〉、二階と一階のレッドゾーンの見取り図を、メール送信してくれ。ドア位置を調べたい」

『メール送信しました』

〈HIKARI〉の返事と同時に、私のスマホが震えた。私は送信されてきたメールを開けて、添付の見取り図をクリックした。

二階のレッドゾーンは、大きく二つに分かれている。北側のトイレを含む前室、南側の人荷用エレベーターと、その前のスペースの付室──犯人が人質と共に立て籠もっていると思われる場所だ。

外部へのドアは、三カ所だけだ。北から時計回りに、屋外のAHU予定エリアと前室を繋ぐD419、工事中の未実装エリアと前室の間のD420、南側の付室とイエローゾーンとの間のD418だ。

前室と付室との境のドアは、D423だ。普段は、鍵のデッドボルトと受け座に養生テープが貼られて、オートロックが掛からない状態にされている。だが、今はおそらくロックされている。

南側のD418から入る方法が、最も直線的だ。だが、この場合、犯人の立て籠もるエリアにいきなり飛び込む形になる。危険で、無謀だ。犯人を刺激し過ぎる。偶発的に惨事を引き起こしかねない。

やはり、まず前室に入って、犯人の説得に当たるべきだった。

北側のD419かD420を使う。まず前室に入って、犯人の立て籠もる付室を窺《うかが》う。

腹を決めて、私は再びEPSに戻った。侵入経路を逆に辿《たど》り、一階グリーンゾーンの荷《に》捌《さば》きスペースに出た。

心配そうな表情の里映が待っていた。

「鹿島さん、どんな状況ですか」

「犯人は人質ごと、二階のレッドゾーンに立て籠もっている」

「それで、これから、どうするんですか」

「二階のドアから、レッドゾーンに入ろうと思う。引き渡されたばかりのキーボックスから、物理鍵を持ってきてもらう」

私は無線機で、ロビーを呼び出した。湯元にグランド・マスター・キーを至急、持ってきてくれるように頼んだ。

通話を終えると、私は里映に振り向いた。

「間もなく、ここにグランド・マスター・キーが届く。おそらく、警察の人間が持ってくるだろう。そうなる前に、君は去れ」

「嫌です」

予想に反して、里映は強く首を横に振った。

「このまま逃げるわけにはゆかない。私を連れて行ってください」

「君を巻き込みたくない。誰にも見られないうちに、ここを離れろ」

「さっき、鹿島さんは『今を逃したら一生、後悔する』って仰《おつしや》いましたよね。このまま逃げたら、きっと私は後悔を引きずったまま、生きる羽目になる。だから、私も行きます。きっと、何かできるはずです」

私は、里映の眼を見た。強く、たじろがない光があった。

「――分かった。俺と一緒に来てくれ」

通常エレベーターの開く音がした。指揮本部の刑事が降りてきた。

「グランド・マスター・キーを持ってきました」

私は刑事から、黒の小さいプラスチックケースを受け取った。透明な蓋《ふた》越しに、銀色の鍵が見えた。

横から覗《のぞ》き込んだ里映が、声を漏らした。

「これが、グラマスキーですか」

「なくしたら、全鍵交換で四千万円の損失になる。慎重に、ゆこう」

私はプラスチックケースを開けて、中の鍵を一本、取り出した。付属のチェーンで、鍵を首に掛けた。もう一本は、ケースごと刑事に渡した。

「これは、防災センターに持ち帰ってください」

「分かりました。残りのキーは、警備のオフィスに返します」

刑事は傍らの里映をチラリと見たが、何も口にしなかった。

私は、通常エレベーターのボタンを押した。止まっていたケージのドアが開いた。私は里映を促して、ケージに乗った。

ケージの中で、スマホから大嶽が呼んだ。

『鹿島、メールの発信元がようやく特定された。ロシア連邦タタールスタン共和国の首都カザンから、送信されている』

「タタールスタンって、どこだ」

『東ヨーロッパ、ボルガ川沿岸の国だ。意外にIT産業が盛んだ。メールは、カザン大学のサーバーから送信されている。ワンタイムのアカウントで、作成者は不明』

「スウェーデンの環境保護団体や日本との繋《つな》がりは？」

大嶽からの返事は来なかった。

通常エレベーターが、二階に着いた。さっきまでレセプションで賑《にぎ》わっていたフロアは、人影も人声もなく、静まり返っていた。

イエローゾーンの通常エレベーターを出た後、左手に続く廊下を進めばレセプションのメーン会場になる。目的の前室には、メーン会場に接するD420から入る経路がある。だが、招待客の避難は終わっていない。まだ客が残っているかもしれないのに、突入する危険は冒せない。共犯者が潜んでいる恐れもある。

必然的に、バルコニーに出て、屋外から入るしかなかった。

通常エレベーターを出て、真っすぐに進んだ。階段室のドアの前を過ぎ、バルコニーに通じるD456の前に立った。私は、里映に振り向いた。

「このドアを開ける。開けたら、すぐバルコニーに出てくれ」

「OKです。いつでも、どうぞ」

私はカードリーダーに、紫のIDカードを翳《かざ》した。

緑のランプが点滅し、甲高いアラーム音が鳴った。ドアレバーを引き、バルコニーに飛び出た。里映が続いた。ドアを素早く閉めた。アラーム音がやんだ。

今の音は、犯人に聞こえただろうか。聞こえたにしても、場所は特定できなかったに違いない。

すでに陽は落ちて、残照が木々の姿を黒く浮かび上がらせていた。

初夏の夜風が緑の香を運んで、鼻先を擽《くすぐ》った。私は里映を促して、バルコニーを進んだ。

ＨＫＤⅦの西側のバルコニーは金属製のキャットウオークで、底がメッシュになっていた。

足元から、下が見える。歩くと、床材が撓《たわ》む。幅は一メートルもない。夕闇の中を進むには、幾分の勇気が要った。

見取り図では、九・八メートル進むと、建物内ではレッドゾーンになる。白い外壁を見て、内部の状況を思った。

バルコニーの二十メートル先に、外壁全体が左に六十センチほど突き出ている箇所があった。その出っ張りの手前、約十メートルの部分の内部がレッドゾーンになっている。

外壁の出っ張りは十メートルほど続き、外壁の切れ目と共に終わる。その先は、屋外のＡＨＵエリアだ。

ＡＨＵエリアとの境にチャンバールームの予定箇所へ入るアラーム未設置のドア、Ｄ４５５がある。

私はＤ４５５を、グランド・マスター・キーを使って開けた。

メーン会場に続く空間が広がっていた。ただし、十メートル先に天井から白い覆いが下ろされ、参列客からの目隠しになっていた。

ドアを入って、右手の壁伝いに進んだ。懐中電灯は不要だが、足元まで完全に見えるわけではない。注意して歩かないと、何かで躓《つまず》く恐れがあった。

突き当たりの壁に、到達した。左手に、白いドアがあった。目的のＤ４１９だった。ドア左の壁に、カードリーダーのランプが光を点滅させている。

だが、レッドゾーン内でＤＦＯが発生した今は、ＩＤカードを当てても反応はしない。さっきのＤ４５５とは、別系統だ。

私は首から下げたグランド・マスター・キーを取った。鍵穴に差し込み、右に回す。

ガチャリと、デッドボルトの外れる音がした。

ドアレバーを回して、ドアを五センチほど開けた。中は暗黒で、何も見えない。

物音に耳を澄ませた。何もしない。次いで、室内の空気を嗅《か》ぐ。建材と塗料、微《かす》かな埃《ほこり》の匂いがするだけだった。

キリのいい数字は避け、十三秒待った。頭の中で数を数える。

ドアを押し開けた。人感センサーが働き、ＬＥＤライトが一斉に点灯した。この瞬間、壁の向こうのエレベーター前にいる犯人も気付いたはずだ。室内奥のＤ４２３を窺《うかが》った。

だが、微動だにしない。

室内に入った。身ぶりで、里映を呼ぶ。

「犯人は、俺たちが二人だとは知らない。君は、右手のトイレのエリアに潜んでいてくれ。俺に何かあったら、後は頼む」

「鹿島さんは、これから、どうするんですか」

「ドア越しに、犯人に呼び掛けてみる。万一、犯人が本気で反撃してきたら、俺はひとたまりもない。そのときは、君に頼む」

「なぜ、私に」

私は答えず、里映を押しやった。里映は反論しかけたが、やめた。

里映は、私から離れると前室の右手、トイレの部分に立った。仮に犯人が、中仕切りのドア、D423を爆発物で吹き飛ばしても、爆風は里映を直撃しない。もちろん、私は跡形もなく吹っ飛ぶ。

里映が、安全な位置に着いたと確認した。スラックスのポケットから、スマホを取り出して床に置いた。

一瞬だけ、目を閉じた。自分の心と呼吸を落ち着かせた。

次いで静かに、それでいて強く、ドアをノックした。

「GSSの鹿島丈です。話をしたいので、ドアを開けてください」

返答はなかった。だが、ドア向こうで、驚く気配が感じられた。

私は、再びドアをノックした。

「あなたが誰か、私は知っています。私は、あなたを捕らえるために来たのではない。あなたを助けるために、来た」

再び、返答はない。

「私だけが、あなたを助けられる。チャンスは、今しかない。私を中に入れてください。人質を解放して、代わりに私を人質にしてください」

金属のドア越しに、微かにためらいの気配が感ぜられた。

「私が、警察と交渉してもいい。あなたの命は保証する。あなたは、私と共にここを出ればいい。だから、このドアを開けてくれ――」

私は深く息を吸った。思いを込めて静かに、強く呼び掛けた。

「――可菜」

第七章　EOT　End of Task

二〇二一年六月五日（土）

今度こそ、確かな反応があった。

「丈さん――」

可菜の声だった。語尾が掠《かす》れて、最後まで聴き取れなかった。

「可菜、お願いだから、俺の言う通りにしてくれ。俺は、可菜の味方だ。分かってくれ。世界中の人が可菜を非難したって、俺だけは可菜の味方なんだ」

「それは、分かっているけれど――」

「だったら、人質十人と俺を交換してくれ。間もなく、警察の特殊急襲部隊SAT《サット》が到着する。そうなったら、お終《しま》いだ。その前に俺を使って、ソラリス社と交渉させてくれ。可菜の意思は必ず通す。ソラリス社は、二度もアヤのついた物件は放棄するはずだ。世論も、ソラリス社の強行は許さない。可菜は俺と一緒に生きて、ここを出る。約束する。だから、頼む」

可菜は、返さなかった。暫《しば》し、沈黙が続いた。可菜が考えてくれている証拠だった。私の希望は入れられる。可菜を生きたまま連れて、ここを出られる。そうなったら、今度こそ可菜と最初から全てをさらけ出して向かい合う。

残された時間は少なくても、きちんと可菜を送り出したい。別れを告げたい。この世で出会った喜びを分かち合いたい。そう思った。

可菜が笑った。初めて聞く、乾いた笑いだった。

「人の話を最後まで聞きなよ、丈さん。いつも、独りよがりで突っ走って――丈さんの悪いクセだよ」

「可菜、俺は助けたくて」

「丈さん。私は、あなたが思うほど弱い女でも愚かな女でもない。おかしくなったのでもない。ちゃんと、心積もりはある」

思ってもみない可菜の反応に、私は言葉を失った。

室内に、アラームが甲高く鳴り響いた。心臓が跳ね上がった。次いで〈ＨＩＫＡＲＩ〉の声が、天井から降ってくる。

『二階四番地区で、熱を感知しました』

ドア越しに、可菜の声が聞こえる。

「今の警報は、テストよ。百円ライターでウエスを燃やしただけ」

「テストアラームなんか鳴動させて、何をするつもりだ」

「こちらの要求が入れられない場合、本当に火災を起こす」

「無駄だ。感知機が感知して、即座に消火する。ガソリンでも撒《ま》くなら別だが、ライターで火を付けるぐらいなら、簡単に消火される」

答えながら、頭の中で招待客の避難の進捗《しんちょく》を測った。取材のメディアや護衛も入れてざっと四百人。一分間に四十人が避難したとして、所要時間は十分。希望的観測が過ぎるが、もう一般の招待客はあらかた避難し終わっただろう。

可菜の声が変わった。この瞬間やこの場を楽しむ感じだった。

「丈さん、私たちの会話を館内に放送できる？」

「可能だと思うよ。試してはいないが」

「じゃあ、今すぐ試して」

私は、天井に向かって呼び掛けた。

「〈HIKARI〉、二階レッドゾーンの前室と付室の音声を館内放送できるか」

少しあって〈HIKARI〉の声が降ってきた。

『Ｄ４２３周辺の音声を放送します。放送エリアを指定してください』

すぐには答えられなかった。管理室で読んだマニュアルには、自動音声が全館に流れる非常放送と、エリア区分内での館内放送があった。だが、エリア名までは覚えていない。

黙っていると、勝手に〈ＨＩＫＡＲＩ〉から返ってきた。

『館内放送。エリア２１２、館内放送を開始します』

大嶽が、防災センターに指示を出したに違いない。大嶽だから、全館放送と思わせて、ＳＡＴの突入のためにエリアを限定したはずだ。だが、可菜に気取らせないように、私は声を張り上げて音声試験を行った。

「テスト、テスト――これは館内放送のテストです」

雑音とハウリングの後、前室と付室の音声の館内放送が整った。超指向性マイクの拾う音声は想像以上にクリアだった。

「可菜、もう音声は館内放送されている」

可菜は小さく咳払《せきばら》いした後、声を張り上げた。

「この放送を、お聞きの皆さん。私たちはすでにこのデータセンター〈グリーンフォレスト〉を占拠しています。先ほど〈グリーンフォレスト〉の建設中止、廃止の要求を、米ソラリス本社に送りました。要求が入れられない場合、私たちは〈グリーンフォレスト〉に火を放ち、不可逆的な破壊を行います。人質の命は、ありません。人質以外の人は、すぐにここから退去してください」

私は思わず、D423を拳《こぶし》で打っていた。

「無駄だ。火を放っても、すぐに消火されるぞ」

可菜が、毒々しい笑い声を上げた。

「その通り、火は自動的に消される。窒素ガスで」

頭を殴り付けられた気がした。レッドゾーン内で火災が発生すると、ただちに自動消火システムが発動する。不活性ガスの窒素が天井のバルブから大量に放出され、室内の火を消し止める。

そうなると酸素を断たれて、私たち人間も死ぬ。可菜も、人質も、SATも、私も、誰も皆、窒息して死ぬ。

窒素ガス自体は無味無臭で、無害だ。いくら摂取しても、人体に影響はない。そもそも地上の大気は七八％が窒素で、二一％が酸素、残り一％が二酸化炭素とアルゴンで組成されている。

自動消火システムは室内に窒素ガスを放出して、酸素濃度を燃焼困難な一五％以下に下げる。火は消えるが同時に、人間も生きられない。

酸素濃度一四％以下で判断力低下、異常な疲労感、酩酊《めいてい》。一〇％以下で意識喪失、全身痙攣《けいれん》。六％以下で呼吸停止、心臓停止、死に至る。

私は、必死の思いで〈ＨＩＫＡＲＩ〉を呼んだ。

「〈ＨＩＫＡＲＩ〉、自動消火システムを止められるか」

『自動消火システムは、独立の別系統です。操作できません』

可菜の声は、すでに勝ち誇った響きを帯びていた。

「こちらに向かっている警察の特殊急襲部隊には、ぜひエアボンベの用意をお勧めするわ」

「可菜、やめろ。どのみち、勝ち目はない」

「最初から、勝つつもりなんか、ない。負け戦は承知で、弱者の戦いをしているの。ボールは、あなたたちソラリス社側が持っている。建設か中止か、生か死か——あなたたちが選んで」

何もできなかった。すでに、詰んでいた。

眼は、傍らの里映を追っていた。可菜だけで、できるはずがない。里映がブレーンだったに違いない。

そのとき、不意に思い付きが浮かんだ。

「可菜、そのクロスボウは、誰のものなんだ？」

可菜は暫し沈黙した。だが、やがて笑い声が返ってきた。

「なかなか、いい質問ね、特別に答えてあげる。このクロスボウは元々、三年前の火災で亡くなった岩嵜耕さんのもの。耕さんの形見として、私が譲り受けたの。でも、正式に贈られたのではなく、岩嵜電機の敷地内のユニットハウスから一切を勝手に頂いてきたんだけどね」

「可菜がクロスボウを嗜《たしな》むなんて全然、知らなかったよ」

「私だって成り行きで、始めたんだもの」

「なぜ、クロスボウに手を触れたんだ？」

ガシャッ。スピーカーから、クロスボウの発射音が聞こえた。

「空撃ちよ。耕さんは子ども時分から地域のお兄さん格で、私は何でも耕さんに教わってきた。遊びも、勉強も、写真も、それから、自然との共生も。大沼は、自然豊かな土地で野生動物も多い。でも半面、エゾシカなど増え過ぎた動物の食害、生態バランスの被害も大きいのよ」

「知っている。熊が減って局地的に、鹿が食物連鎖の頂点に立ってしまった。だから、人間が適度に間引かなければならない」

「実際には、難しいのよ。そのうえ、むごいの。考えてもみて、ライフル銃や鹿弾《しかだま》のハンターから、鹿は逃げようがない。フェアじゃない。鹿の解体の跡を見るたびに、耕さんは心を痛めていた。そんなとき、耕さんは海外のボウハンティングを知った。これだと、耕さんは思った」

「それで、耕さんは自分でクロスボウを始めたのか」

スピーカーから、クロスボウを引いてセットした音が聞こえた。

「鳥獣保護法で、日本では弓矢の狩猟は許されていない。銃よりはマシでも、飛び道具の卑怯《ひきょう》さに変わりはないし、残虐性も一緒。それでも、耕さんは銃よりは弓矢のほうがフェアだと考えたのよ。鹿には逃げるチャンスがある。野山で実証するために、耕さんは個人でクロスボウのキットを輸入して組み立てた。私は、それを引き継いだ。耕さんが生きている頃に、手ほどきされた」

「そうか。可菜はクロスボウで、ルメイをフェアに殺したんだな」

返事はなかった。扉の向こうで、重苦しい沈黙が窺《うかが》えた。

「丈さんに、何が分かるの。知ったふうな理屈を並べないでよ」

「全て、分かっているつもりだ。この一件を俺に預けてくれ」

「何様のつもり。こっちは、人質を十人取っているんだよ」

「可菜、今なら、みんなを助けられる。俺と取引しろ」

妙な展開に、可菜は困惑していた。無理もない。私はカードが揃わないまま、ゲームを始めてしまっていた。

「四日前の六月一日朝、俺がこのデータセンターで働き始めた初日に発見された、ルメイの殺人事件。ルメイの死亡推定時刻は六月一日午前零時頃、誤差は前後三十分。大嶽、この数字に変更はないか」

スマホから、大嶽の強張《こわば》った声が流れてきた。

『変更はない。だが、司法解剖の結果、前後十五分まで詰められた』

大嶽の声は幾分、音割れしつつも、マイクに拾われ、館内放送で流れていった。

「可菜、覚えているか。前夜、五月三十一日の夜、俺は札幌で新任教育を受けて、帰りが遅かった。家に帰り着いたとき、午後十一時を過ぎていた。そのとき、可菜は外出中だった。翌朝が早い俺は移動疲れもあって、早々に一人で寝た。翌朝、目覚めたら、可菜はすでに起き出していたんだよな」

「それが、どうしたの。もしかして、アリバイってやつ？」

「単に、説明しただけだ。その時間、可菜は〈グリーンフォレスト〉――ＨＫＤⅦに来ていたんだ。岩嵜耕の形見のクロスボウを持って」

「それで？　否定も肯定もしないよ」

言葉とは裏腹に、可菜の声には謎解きを楽しむ調子があった。

逆に、私は窮地に立たされていた。確かな証拠はない。推論、臆測《おくそく》も交ぜている。それでも、カードを切り続けなければならない。

「〈ＨＩＫＡＲＩ〉、五月三十一日午後十一時から六月一日午前零時すぎまで、地下一階のポッドの出入記録を、私と大嶽のメールアドレスに送ってくれ」

『アウトプットしました』

瞬時に、メールが着信した。私は受け取ったアウトプット記録を、可菜と里映のスマホにも転送した。

「ＰＤＦの出入記録を開いてみてくれ。まず、午後十一時三分四十八秒に、被害者ルメイがポッドに入室した。十一時八分二十七秒、函電設備の溝畑里映が入室している」

私は、傍らにいる里映に視線を走らせた。

里映は、スマホ画面を必死に覗《のぞ》き込んでいた。表情は窺えない。

「十一時二十分十七秒、溝畑里映が退室。念のために補足すれば、午後十時から翌朝六時までの夜間は、警備員の休憩と仮眠時間の確保のため、ポッド出入り口前に人員は配置されていない。日中すでに金探検査を受けた者はＩＤカードを使い、ノーチェックで通行できる」

「要するに、丈さん、何を明らかにしたいの」

「犯行時、ＩＤカードさえあれば、別人でも通行できた。午後十一時二十分四十七秒、ソラリス本社ジャパン・リージョナル・マネジャー、デニス・メデロスが入室。十一時二十六分九秒、昭和電建の副所長・黒須晃が入室している。間違いないか、人質になっているメデロスと黒須さんに確かめてみてくれ」

「分かったよ。でも、黒須さんはともかく、メデロスにはどうやって確かめればいいの。私は英語ができないよ」

「人質の中に昭和電建の沢瀬杏実という女性がいる。ちょうどいい。沢瀬さんに通訳をさせてくれ」

会話は途絶えた。少しして、スピーカーから杏実の声が聞こえた。

「鹿島さん、今、拘束を解かれました。私は無事です」

「早速で申し訳ないが、メデロスにさっきの質問をしてみてくれ」

ボソボソと英語のやり取りが続き、杏実が答えた。

「メデロスさんは『間違いない』と答えています」

思わず、声を立てて笑ってしまっていた。

「この嘘つきめ。メデロスに『もう、嘘はつくな』と伝えてくれ」

杏実が訳すよりも早く、扉の向こうは凍り付いたと分かった。

おずおずと、杏実が返してきた。

「メデロスさんに伝えたら、固まってしまって。どういうわけでしょう」

「言葉通りだよ。メデロスは嘘をついている。メデロスがポッドに入った本当の時刻は午後十一時八分、函電設備の溝畑里映と共連れで、一緒に入ったんだ」

今度は、杏実が黙り込んだ。ややあって、可菜が問い返してきた。言葉の端々に、この場を楽しむ気配があった。

「さっきと同様、否定も肯定もしない。自分で自分を追い込む無料サービスはしません。だから、この続きは丈さんにお願いするね」

「分かった。今の段階では、仮説だがな。メデロスは午後十一時八分、里映さんの後を付いて、共連れで地下一階のD202を通ってポッドに入った。そのとき、ガードがいたとしても、何の疑問も持たなかったに違いない。午前八時からサイトで作業していた里映さんは、すでに昼間のうちに金探検査を受けていた。ソラリス社の日本での最高責任者メデロスも同様だ。二人とも検査の必要はない。正々堂々と、ポッド内に入ってゆけた」

「問題がなければ、それでいいんでしょう。何が悪いの」

「おそらく、そのとき、メデロスはIDカードを所持していなかった。このサイトで、紛失したか、盗難に遭ったんだろう。ご案内の通り、IDカードの紛失『ロストカード』は大問題だ。警察官の警察手帳紛失、兵士の銃紛失と同様、本人はクビ、上司も譴責《けんせき》処分が普通だ。世が世なら、誰かが腹を切らなければ済まない。しかも折悪く、メデロスは翌六月一日に米シリコンバレー本社で行われるアジア・太平洋戦略会議に出席しなければならなかった。そんな重要会議で、ソラリス社の幹部の前で自分の大失態を晒《さら》すわけにもゆかない。しかも、HKDⅦの空調調整の難航と、二重の不手際を報告しなければならない状況にあった」

突然、メデロスの怒声が広がった。

「これは罠《わな》だ、私は罠に嵌《は》められたんだよ」

思いがけなく、日本語で喚《わめ》くメデロスに、私は呼び掛けた。

「落ち着いてくれ。今は、あんたを叱責《しっせき》しているのではない」

「これが、落ち着いていられるか。日本語ができないと思って、私に日本人たちが勝手に罪を被《かぶ》せようとしているんだ」

「そんな真似はしない。約束する。今からでも遅くはない。正直に話してくれたら、そこにいるサジチェクCEOに、口添えしてやってもいい。『あんたは悪くない』って」

「当たり前だ。私は全然、悪くない。むしろ被害者だ。ＩＤカードを盾に脅されて、殺人の罪まで着せられそうになった」

身勝手で傲慢《ごうまん》なメデロスの物言いには、苦笑いするしかなかった。

「随分、日本語が流暢《りゅうちょう》なんだな、メデロス。この前、あんたと英語で話して損をした」

「ワイフが日本人なんだ。だが、会社では日本語は使わない。戦略的な理由でな」

私は再び苦笑した。

「話を戻そう。メデロス、ＩＤカードを失ったあんたは、誰かに脅迫されていたんだな」

「五月二十八日に、私はこのサイトでＩＤカードを落とした。前から、カードホルダーが劣化で緩くなっていた。その日の帰り、気付いた時には首から下げていたＩＤカードがなくなっていた」

「あんたは、ただの紐《ひも》を首に掛けていたんだな」

「誰かが意図的にＩＤカードを毟《むし》り取ったのかもしれん。ロストカードに気付いた私は、週明けまで黙っていようと決めた。それまで打つ手はないし、ひょっとしたらＩＤカードが見つかるかもしれん。期待して月曜日に出社したら、匿名メールが届いていた。『大事な物を返してほしければ、自分で取りに来い』と」

思わず、私は里映を窺った。里映の表情は、相変わらず読めない。

「他に、どんな指示があった？」

「具体的には『午後十一時に、ポッド前のイエローゾーンに立っていろ』と。それで、その時刻に行った。すると、日本人の女が現れて『ついて来い』と」

「IDカードを持たないあんたは、女が開けたドアをそのまま通って、レッドゾーンの中に入った。いわゆる、共連《テールゲーティング》れだ。そうだな？」

「中に入ると、女は奥を指して『そこを探せ《ファインド・イット・ゼア》』と言い終えるなり、戻っていった。私は一人ぼんやり立っていたが、その時、ドアのアラームが鳴った。誰かが入ってくる。反射的に、私はポッドの奥へと身を隠した」

　メデロスの証言は、予想通りだった。〈キーパー〉の出入記録とも、合致している。午後十一時二十分十七秒、里映が退室。同四十七秒、メデロスのIDカードを使った人物が入室。里映が去ってすぐにアラームが鳴り、メデロスはポッドの奥へと走り去った。

「その後、あんたはどうしたんだ」

「指示通り、探し回ったさ。とにかく必死だった」

「結局、IDカードは見つかったのか」

「見つかった。必死で探していると、スマホにメールが着信した。本当は持ち込み禁止なんだが、当時の私にそんな余裕はなかった。お構いなしに持ち込んだスマホが鳴動して、気付いた。『いちばん北側、突き当たりの通路に置かれている長机を見ろ』と。確かに、私のＩＤカードがあった。私はＩＤカードを握り締めて、ポッドを出た」

午後十一時四十四分三十二秒、メデロス退室。三十分以上、必死で探し回り、メデロスはＩＤカードを見つけてポッドを出た。〈キーパー〉の記録と齟齬《そご》はない。

「では〈キーパー〉の記録に残されている午後十一時二十分四十七秒に、メデロスのＩＤカードで入室した人物は誰か。この人物こそが、ルメイを殺した犯人だ。私たちは、もう答えを知っている。一人しか考えられない。可菜──君だ。君こそ、ルメイと副所長の仙堂康博を殺した犯人なんだ」

誰もが沈黙の中にいた。空気が粘度と圧力を増していた。

重苦しい沈黙を打ち破って、可菜の乾いた笑いが室内に響いた。

「一応、否定しておくよ。答える義務はないんだけどね。丈さんが一生懸命だから。確かに、私はここで今、人質を取って立て籠《こ》もっている。でも、だからって殺人の証明にはならないよね。最後まで、きちんと説明して」

「もちろん、最後まで説明する。犯人──可菜は事前に、メデロスのＩＤカードを手に入れていた。この経緯の説明は、今は省く。十一時八分、ＩＤカードを持たないメデロスは脅迫メールの指示通り、里映さんの後にくっ付いて、共連れでポッドに入室した。午後十一時二十分、里映さんはメデロスを置いて退室した。驚いたメデロスは、里映さんの後を追おうとした。だが、ドアの向こうから誰かが入室してくるので、慌てて隠れた。そうだな、メデロス？」

メデロスのしゃがれた声が、室内に響いた。

「人に見られたらまずいと、咄嗟《とっさ》に思った。IDカードさえあれば、いくらでも言い訳が利く。逆に、ポッド内でIDカードを持っていない状態で見つかったら、私は破滅だった」

「里映さんが去った後で、可菜はメデロスのIDカードを使い、ポッド内に入った。おそらく、ヘルメットとゴーグル、作業服を身に着け、遠目には誰か分からなかったに違いない。可菜は直前にすれ違った里映さんから、ルメイとメデロスの位置を聞いたかもな」

可菜は、依然として面白がるふうに答えた。

「さあ、どうでしょうね。答える義務は、ありません」

「ポッドに入った可菜は真っ先に、北側の壁際の長机にメデロスのIDカードを置いた。予《あらかじ》め決められてあったのかもしれない。IDカードを置いた可菜は、メデロスに匿名メールを送った。メデロスはIDカードを回収して、すぐさま密《ひそ》かにポッドを出て行った。後は簡単だった。作業中のルメイに声を掛け、D202の近くで、クロスボウで射殺した。

絶命を確かめ、可菜はルメイのＩＤカードを奪った。おそらく故意に、ドアを閉めるときに、ルメイの死体をドアが開かなくなるように動かした。これで、密室は完成した」

拍手が聞こえた。ドア向こうで、可菜が手を打っている。

「なるほどね。ああ、面白かった」

「俺の説明は、当たっていたか」

「いいと思うよ。突っ走るタイプの丈さんにしては、穴がなかった」

再び、里映を見た。里映は蒼白《そうはく》な表情で、立ち尽くしていた。

敢えて、私は触れなかった。

ルメイが遅くまで一人で残って、作業を続けなければならなかった理由を。メデロスのＩＤカードを密かに奪った人間を。目立つクロスボウは分解されて、事前に運び込まれていた――。

全て、里映の協力があればこそだ。

「第一の密室殺人の謎を解いたんだ。褒美に、人質を解放してくれ」

「そうだね。では、人質を一人、解放する。ちょうどいい、沢瀬杏実さんにする。ドアから離れていて」

少しして、私たちのいる前室と付室のＤ４２３をノックする音がした。

ロックの外れる音がして、ドアが開けられた。杏実が立っていた。青ざめた杏実は室内が見えるように、ドアを大きく開けてくれていた。

男たちが後ろ手に縛られ、床に座らされていた。帯刀もいた。

一人だけ、立たされている人質がいた。元地権者の伊是名だった。学者風に、耳元まで白髪を伸ばしている。だが、切羽詰まった表情の伊是名の黒縁眼鏡はずれ落ち、滑稽《こっけい》に鼻に引っ掛かっていた。

可菜がいた。さっきのまま、ベージュのワンピースを着ていた。

可菜は、クロスボウを伊是名の首筋に突き付けていた。外す可能性は万に一つもない。引き金を引いた途端、矢は伊是名の首を貫く。

可菜が私を認めて、笑みを浮かべた。

「丈さん、こんな形で会うなんて、人生って分からないよね」

「俺も、こうして可菜に会いたくはなかった。何度も、それとなく忠告してきたのにな。結局、何の役にも立たなかった」

「丈さんは、謝らなくていいよ。全ては私のこだわり、信念だから。それより、丈さんは、いつから私が犯人だって気付いていたの」

「いつから——難しい質問だな。決定的に気付いたときは昨日だが、もしかしたら最初から俺は気付いていたのかもしれない。仙堂殺しの後、俺はＨＫＤⅦで出会った主な人間を消去法で、容疑者から外していった。まず第一のルメイ殺し。ＧＳＳの帯刀さんは、真っ先に外せた。俺と同時に入館して、事件を知ったのだから。同様に、昭和電建の沢瀬さんも外せた。沢瀬さんと別れた後も、ルメイは生存していた。昭和電建の黒須さんは最初、メデロスと共に最も疑わしい人物に思えた。事件当夜の五月三十一日、確かに黒須さんにはルメイを殺す機会があった。だが、黒須さんは、先にポッドに入室していたメデロスを見ている。自分がルメイを殺した後、メデロスがルメイの死体を発見しないと確信できる根拠はない。どうしてもポッド内で殺したいのなら、メデロスの退室を待つしかなかった」

突然、メデロスが両手を縛られたまま、身を捩《よじ》って叫んだ。

「くそっ、私は殺人犯の濡れ衣《ぎぬ》を着せられそうになっていたのか」

「いや、それは違う。メデロス、あんたがルメイ殺しの犯人なら、自分が出た後にルメイをポッドから出せない。もちろん第三者と結託して、自分のＩＤカードを使って退出させる方法はあるが、それには自分のＩＤカードが必要だ。あんたには、ポッド入室前にＩＤカードを取り戻せる担保はなかった」

「当たり前だ。そもそも、俺にはルメイを殺す動機がない。殺さなくたって、奴をクビにすればいい。メジャーリーグのGMと監督の関係だ。実際、俺は何度もクビを検討した。ルメイは判断が遅く、コスト意識の乏しい人間だった。APACの後で、俺はルメイを更迭するつもりだった」

足を伸ばして、可菜は後ろからメデロスを小突いた。

「あんまり、調子に乗るな。私――じゃなくて犯人は、あんたもルメイと一緒に始末できた。今から殺してやってもいい」

「やめろ、撃たないでくれ」

メデロスの悲鳴が上がった。可菜はメデロスの背を蹴《け》った。メデロスは呻《うめ》いたまま、黙った。

「それで、続きは。帯刀さん、沢瀬さん、メデロスが消えたんだっけ」

「次いで、俺は溝畑姉弟を吟味した。慶祐君は問題なく外せた。だが、里映さんは意外に難しかった。もちろん〈キーパー〉の記録では、メデロスと黒須さんの入室前に里映さんはポッドを退室していた。だから一見、里映さんには完璧《かんぺき》なアリバイがあるように見える。だが、それは里映さんの入退室の目撃、確認があって初めて成り立つ。ところが当夜、里映さんの入退室は〈キーパー〉の記録だけで、本当に里映さんが一人で入退室したのかどうか、人間による確認はなかった。セキュリティーの世界では人的要因の誤り、ヒューマンエラーによる事故をHEA、ヒューマン・エラー・アクシデントと呼ぶ。この場合は、同じHEAでもヒューマン・エビデンス・オーセンティケーションとでも呼びたくなる人間の目視による証明が必要だったんだ。だが、HEAはどうしても存在しなかった」

「そっかー、里映ちゃんが突破口だったか。建設現場では女性は存在感が薄いから、大丈夫だろうとは思っていたんだけれどね。丈さんには通用しなかったか」

「初期の段階では、それほど里映さんを疑ってはいなかった。だが、第二の仙堂さん殺しのときになって、溝畑姉弟に俄然《がぜん》、注目するようになった。里映さんは殺された仙堂さんと最後に会った人物だ。あのときは、マントラップにガードの三宅さんが就いていた。だが、逆に函電設備の人間が一度に六人も出入りして、三宅さんは一人ひとりを目視で確認できなかった。これもまた一種のヒューマンエラーを招いた。結果的に、里映さんは無実のヒューマンエビデンスが取れなかった」

追い詰められつつあるのに、可菜はどこか楽しそうだった。もしかしたら、このゲームを、このゲームの負け方を楽しんでいるのかもしれない。

「それで、私はどう絡んでくるの」

「里映さんが容疑者リストから消せなかったとき、同時に、俺自身もまた自分のヒューマンエラーに気付いてしまったんだよ。まず、俺は容疑者リストに古寺可菜を加えていなかった。次いで、里映さんが容疑者リストから消せない以上、古寺可菜もまた共犯者である可能性を否定できなかった」

「なるほど。それで、私も容疑者リスト入りしたのね」

「最初は、単なる手続き論だと思った。だって、可菜がデータセンターに侵入して、殺人を犯すはずはないからだ。そんなふうに疑うなんて、どうかしている。俺は自分の正気を疑ったほどだよ。可菜を容疑者リストに入れるなんて、俺はおかしくなったのかもしれないって。だが、どうしても可菜を消せなかった。どうしても、可菜は容疑者リストから外れてくれなかった。それどころか、可菜を容疑者に据えれば、全てのピースが嵌《は》まる。事件の引き金となった三年前の火災を考えたとき、より被害者に近い可菜のほうが、むしろ里映さんよりも主犯に思えてきた。それでも、俺は自分の仮説を信じなかったよ」

可菜は瞳《ひとみ》を遠くして、次いで微笑んだ。

「丈さんは優しくて、ロマンチックだからね。どうしても世界を、自分の思いたいように見てしまうんだよ」

「そうなのかもな。どうしても、自分の考えを信じたくはなかった。だが昨日、大沼で可菜と乗っていたカヌーの上で、俺はやっぱり可菜が犯人なんだと決定的に気付いてしまった。あのとき、クロスボウの話をしていて、可菜は俺に話したよな。『防犯カメラが機能してないから突然、クロスボウを持った犯人と出くわして、至近距離で撃たれる恐れだってあるでしょう？』って。頭を思い切り殴られた気がしたよ。〈グリーンフォレスト〉――ＨＫＤⅦの内構の防犯カメラ、正式には監視カメラが機能していないって、可菜は知っていた。どんなメディアの記事にも載っていない、内部の人間、それもセキュリティーや工事に関わる人間しか知っていない秘密を、可菜は知っていたんだ」

可菜に動揺の色はなかった。鏡になった大沼の水面《みなも》のように、静かに笑みを湛《たた》えていた。

「あのとき、急に丈さんの顔色が変わって、私も何となく気付いてしまった。だから、あの後、最後だと思って、いろんな話をしてしまったのかもしれない」

「前日の六月三日に大牧秀喜の墓前の鈴蘭を見たとき薄々、犯人は可菜かもしれないと感じていた。可菜は、鈴蘭の花が好きだったよな。鈴蘭沢の群生地の話も聞かせてくれていた」

可菜は、にっこりとした。

「丈さんって、変に記憶力がいいからね。そっかー、鈴蘭を供えた人間は、私だって分かっちゃったか。私もワンパターンだよね」

「花言葉も、可菜は好きだ。鈴蘭の花言葉が『幸福の再来』だと知って、俺は打ちのめされた。まさに、自分たちを指していた」

「秀喜は七つ下で、弟分的な存在だった。生まれたときから知っている。酪農で忙しい大牧さんに代わって、子守もよくしたのよ。そんな秀喜を、三年前の火災で失った。私は当時、札幌にいて遺体には会えなかったけど、大牧さん夫婦から聞いた。秀喜の顔は真っ黒に煤《すす》けて、何度拭《ふ》いても煤は取り切れなかった。大牧さん夫婦と、二十歳で死んだ秀喜の無念と――私には、こうするしかなかった」

答えられないうちに、可菜は身ぶりで杏実に行くように促した。

「沢瀬さん、ドアは開けておいて。どうせ、アラームは鳴らないのよね」

杏実は、近くに落ちていたドアストッパーをドア下に噛《か》ませた。

「念のため、ボルトに養生テープを貼りましょうか」

「ありがとう。そこまではいいです。少しの間、話すだけだから」

杏実は硬い表情で、こちらに来た。無言で肯《うなず》くと、傍らに立った。

突然、伊是名が身を捩った。

「放せ。人質を解放するなら、部外者の私から、まず解放しろ」

可菜は伊是名の肩を左手で摑《つか》んで、強く揺さぶった。

「暴れると、撃つよ」

「やめろ、撃つな。私はレセプションの一般客で、部外者に過ぎない。たまたま見学グループにいただけで、全く無関係なんだ」

「そんな言い訳は、通らない。伊是名さん、あなたは、みんなの財産であるこの土地を、ソラリス社のために売り渡した。自分の利益のために、自然破壊の切っ掛けを作ったのよ」

「バカな！　土地の売り買いは、適切な商行為だ。それどころか地域おこし、このド田舎に税収と雇用を齎《もたら》してやったんだ」

可菜は、クロスボウの台尻《だいじり》で伊是名の首をしたたかに打った。伊是名は呻いたまま、しゃがみ込んだ。

「何が、地域おこしよ。データセンターは一過性の施設、たかだか十年の寿命しかない。今の空冷式のデータセンターは、間もなく旧式になる。これからは、液冷式が主流になるって知ってるんだよ」

「そこまでは知らん」

「いいえ、あなたは知っている。近隣に第二、第三のサイト建設を持ち掛けた。けれど、ソラリス社の返事は、はかばかしくなかったよね。液冷式となると、山間《やまあい》の土地は不利になる。どうしたって、平地がよくなる。あなたはこのサイトの寿命がたかだか十年だと知って土地を、自然を売り渡した。十年が経ったら、無用の長物になる巨大建造物を強引に、私利私欲のために、この地に建てさせたのよ」

今度はもはや、伊是名に言葉はなかった。

まずい兆候だった。可菜を激昂《げきこう》させてはならない。

そのとき、里映が叫んだ。

「可菜さん、やめて。もうこれ以上、罪は重ねないで」

「里映ちゃん――」

私が止める前に、里映は付室が見える位置まで飛び出していた。

私は必死で、里映の身体を摑んで押さえた。

「ダメだ。今、行くな。俺が説得するから、動くな」

「このままじゃ、取り返しがつかなくなる」

可菜が声を立てて、笑った。

「もう取り返しはつかないの」

「いいえ、私たちは間違っていた。間違いに気付いたのに、これ以上、過ちを犯してはならない。可菜さん、もうやめよう」

「あなたは関係ない」

「このままじゃ、誰もが悔いを残す。たとえ取り返しがつかなくても、私は自分の行いを、自分の罪を償いたい」

里映は泣いていた。見つめる可菜の眼も濡《ぬ》れていた。

私は腹を決めた。この決着は、私がつけなければならない。

「里映さんの思いは分かった。この後は、俺が引き継ぐ。可菜、それでいいな」

可菜は答えなかった。それを暗黙の了解と受け止めた。

「第二の殺人、仙堂さん殺しは、里映さんと弟の慶祐君ら函電設備の人間が積極的に関与している。だから、可菜は言及しようとしなかったし、俺も意図的に黙っていた。でも今、里映さんは罪を償いたいと話した。里映さんの代わりに、俺が全てを話す。大嶽、頼む。そういう経緯だから、里映さんたちを出頭の扱いにしてやってくれ」

少しの間があった。大嶽の声が、スマホから流れた。

『承知した、鹿島。お前は、溝畑里映の代理人として上申すると認める。その代わり、これからの会話は良くも悪くも証拠となる』

「ありがとう、恩に着る。さて、六月二日の夕方に起きた仙堂さんの密室殺人を振り返る。仙堂さんの死亡推定時刻は、午後四時三十分頃だ」

私は、再び天井に向かって呼び掛けた。

「〈ＨＩＫＡＲＩ〉、六月二日午後四時から、死体発見の午後七時三十六分までのポッドの出入記録を、鹿島と指揮本部に送信してくれ」

『D202の出入記録を送信しました』

受け取った出入記録を可菜と杏実、里映にも転送した。

「出入記録では、仙堂さんは午後四時五分に、D202からポッドに入っている。この時間帯はまだ日勤帯で、金探チェックの省略はない。しかし、前日のルメイ殺しの余波で、館内の要所に立哨を置かなければならず、警備はかなり手薄になっていた。当時、仮設マントラップ配置の三宅さん一人では荷が重かった」

おずおずと、里映が補足した。

「いつもだと警備は二人ですが、あの時は一人でした。私たち函電設備は合計六人で金探を受けたので、大変でした」

「出入記録では、午後四時十分から二十六分までの十六分間に、六人が入っている。ところが、仙堂さんは函電設備の六人が入った直後の午後四時二十七分に退室している」

今度は、里映は答えなかった。代わりに、杏実が思い出したふうに答えた。

「記録にある通り、午後四時三十一分に、私はポッドに入室しています。そのとき、仙堂さんに会っています」

「仙堂さんは、どうでしたか」

「私は上がり点検中だったので、特に会話はしませんでした」

「そのとき、あなたはポッドの中で仙堂さんに会ったのですか。それとも、外で？」

杏実は、怪訝《けげん》な表情で、私を見返した。

「ポッドの中です。仙堂さんは函電設備の人たちに囲まれ、何か話し込んでいました」

「それは、変ですね。あなたは四時三十一分に入って、仙堂さんは四時二十七分に出ているんですよ」

「待ってください。もう一度、よく思い出します」

杏実は、すぐに一人で肯いた。

「間違いありません。ポッド内です」

「となると、四時二十七分に退室した人間は、仙堂さんではなかった。仙堂さんに成りすました別人が退室したんです――」

私は、わざと間を取った。誰も口を開く者はいなかった。痺《しび》れを切らしたふうに、大嶽の声がスマホから流れた。

『誰だ、それは』

今度こそ、里映がはっきりと声を上げた。

「私です。私が仙堂さんのＩＤカードを使って、ドアからポッドの外に出ました」

付室にいる人質たちの息を呑《の》む音が聞こえた気がした。縛られた帯刀は渋面を崩し、声を上げていた。

「――つまり、里映さん、あんたが仙堂さんを手に掛けたのか」

「実質、手に掛けたと同然です。覚悟はできています」

話が、妙な方向に行きそうだった。里映もまた、弟の慶祐たちを庇《かば》おうとしていた。

私は慌てて、割って入った。

「帯刀さん、待ってください。里映さんは直接、仙堂さんを殺《あや》めたのではない。今から、順を追って話します。午後四時二十六分までにポッドに入った里映さんら函電設備の六人は、ポッド内で沢瀬さんが見た通り、居合わせた仙堂さんに話し掛けたのです」

「仙堂さんと函電設備は、何を話したのかね」

「察するに、仙堂さんはポッドから出るところだった。IDカードをカードリーダーにスワイプさせる直前、里映さんは仙堂さんを呼び止めた。仙堂さんは立ち止まって、里映さんと話し込んだ。そうですね、里映さん」

里映は蒼白《そうはく》な表情で、何度も肯《うなず》いた。

「仰《おっしゃ》る通り、私は仙堂さんをドアの前で呼び止めました。EPS内工事の細かい打ち合わせです。指示を確認した後、私は仙堂さんに『もしかして、さっきの立ち止まりで、A

ＰＢになったかもしれない』って話しました」

ＡＰＢ――アンチパスバック。現行のセキュリティーシステムは、ドアの開放をもって人の通過と認識する。ドアを開けたのに人間が通過しなかった場合、生身の人間はその場で留《とど》まっているのにステータス上は隣室に移ったとされる。

隣室にいるはずの人間が再びＩＤカードで隣室に入ろうとしたら、エラーを引き起こす。セキュリティーシステムが、周辺のドアを全て封鎖する。

里映らに指摘されて、不慣れな仙堂が見せた戸惑いは当然だった。

「それで『警備にチェックしてもらう』と、仙堂さんのＩＤカードを預かったのだな。だが、自分のＩＤカードを使うと見せかけて、実際は仙堂さんのＩＤカードで出た」

「もちろん、仙堂さんのステータスがプレＡＰＢになっていないとは分かっていました。なので、安心してドアを出られました」

「ドアを出て、君は可菜に会いに行ったんだな」

「可菜さんは仕出し弁当の配達で毎日サイトに来ますが、ＩＤカードは持っていません。可菜さんに、仙堂さんのＩＤカードを渡しました」

里映は、チラリと可菜を見た。可菜は、薄く笑みを湛《たた》えている。

「その通りよ。この後の説明も、私がしなければならない？」

「いや、俺がする。里映さんに会ったとき、おそらく、可菜は変装で作業服とヘルメット、ゴーグルを着用していただろうな。仙堂さんのＩＤカードを受け取った可菜は、里映さんを共連れしてポッドに入った。ガードの三宅さんは、金探チェックに集中するあまり、ＩＤカードの所有者に気を配っていなかった。仙堂さんのＩＤカードを使って、可菜が入ったのにスルーした。共連れで入った里映さんも見逃した。そうですね、三宅さん」

三宅の返答は、なかった。代わりに、帯刀の怒声が響いた。

「三宅、このたわけ！　あれほど注意しただろう」

遠隔を盾に、三宅はまたも無言だった。それこそ、私の推測の正しさを証明していた。だが、帯刀と違って、私には三宅を怒鳴る気になれない。確かに失態ではあるが、多分に同情の余地はある。

多くのチェックポイントや検査場所では、実際に検査する警備員は一人だ。だが、検査を受けに来る人間は大抵、グループで訪れる。

持ち込み・持ち出し品の認証や携行ツールのチェックも含めて、検査に一人二分かかるとして、十人のグループだから二十分かけてもよい、とはならない。病院などの特殊な場を除いて、ほとんどの人は十分から十五分で我慢の限界が訪れる。

現場の警備員は、何人のグループだろうとせいぜい十分でチェックを終えなければならない。持ち時間が同じなら、手順をスピードアップするか、省略するしかない。

　このとき〝木を見て森を見ず〟のミスをよく犯してしまう。検査に気を取られて、IDカードの注視や人数確認を疎《おろそ》かにしてしまう。

　警備の盲点を、なぜ可菜が知っていたか、突いたかには触れない。これもまた、里映たち函電設備の人間の助けがあってこそだ。

「話を進める。里映さんから、仙堂さんのIDカードを受け取った可菜は、三宅さんの金探チェックをすり抜けて、ポッドに入った。〈キーパー〉の記録では、午後四時三十三分に仙堂さんのIDカードの通過記録が残されている。これは実際には、可菜が里映さんを共連れにして通ったんだ。可菜の一分後、黒須さんがドアを通過している。見慣れない作業者に気付きそうだが、ちょうど函電設備の六人が入れ違いで出て来て、結果的に黒須さんは可菜を見逃した」

　大嶽の訝《いぶか》しげな声が、スマホから返ってきた。

『仙堂と偽って、可菜さんが入室した。それはいいとして、直後に黒須さんが入ったら、何かまずいのか』

　私は少し考えた。大嶽に全てを話す義務はない。だが、隠し事は、少なければ少ないほどいい。やはり、話しておくべきだった。

「これは推測だが、黒須さんに見られて、函電設備の人間は、作業を続けなければならなくなった。チェックの厳しい仙堂さんを置き去りにして、函電設備が上がったら不自然だ。しかも、黒須さんが仙堂さんと話し始めたら、いっそう面倒になる」

『それで仕方なく、函電設備は居残り作業を続けたのだな』

「記録では、午後五時三十四分から四十分の間に、五人が退室している。午後五時四十五分、黒須さんが退室。直後の四十七分に、里映さんが退室している。この結果、記録上は、ポッド内には仙堂さんだけが残された。だが実際は、仙堂さんのIDカードを使って入った可菜と仙堂さんの二人きりだった」

大嶽の声には珍しく幾分、ためらいが感じられた。

『午後六時二十八分、仙堂が——仙堂のIDカードを使った退室が行われている。仙堂の死亡推定時刻は、午後六時三十分頃。齟齬《そご》はない、一致している』

「ポッドに二人きりになった可菜は仙堂さんに声を掛けて、東側の工事エリアに連れて行った。隙《すき》を見て、反対側を高所作業車の作業床の手すりに繫《つな》げたロープの輪を、仙堂さんの首に掛けた。さらに、作業床ごと持ち上げて絞殺した。仙堂さんの死亡を確認して、可菜は仙堂さんのIDカードでポッドを退出した。大勢の金探で疲れていた三宅さんは、またもスルーした。それが、第二の密室殺人の仕掛けだ」

『待てよ。お前の説明は少々、飛躍している。ポッドに不慣れな可菜さんは、なぜ高所作業車の存在と配置を知っていたのか。それに、どうやって動かせたんだ？』

「可菜は、職人たちから、高所作業車の存在は聞いていた。入室してから実際の犯行まで、一時間はあった。高所作業車に目をつけても、全くおかしくない。加えて、リースの作業車は、現場ではキーをなくさないように、差しっ放しにしているか、運転席に置かれている場合が多い。今回も、そうだった」

大嶽から返答はなかった。ひとまず、納得したみたいだった。

「二人きりになるのに時間がかかったせいで、可菜はやむなく、クロスボウの使用を断念した。そうだな、可菜？」

「私が犯人なら、耕さんのクロスボウを使いたかったでしょうね」

可菜の声には、状況を面白がる響きがあった。

次いで、思いがけず、可菜の高らかな笑い声が響いた。

「弱っちい男ね、丈さんは。さっき、自分で答えを口にしたでしょうが。この問題に正解はない、って。正解の存在しない問題はリスクと責任を負って、自分で結論を出すの。たとえ自分の解が間違いだとしても、やり通さなければならない」

次の瞬間、アラームがフロアに鳴り響いた。可菜がライターでウエスに火を付けていた。

火はまだ小さいが、煙か熱が感知機に感知されていた。

「仙堂は、鉄骨の切断の責任者だった。自らの非は認めても、社としての責任は取ろうとしなかった。だから、殺すしかなかった。自らの命で、罪を贖《あがな》ってもらうしかなかった。私は自分の選んだ結論を、やり遂げる。ソラリス社の返答を、今すぐ出して。さもなければ、この場で火を放つ」

「やめろ、可菜。俺が、ソラリス社から譲歩を引き出す」

「もう、十分に待ったわ。でも、ソラリス社から返答はない。ここにいるCEO、サジチエクに直接、回答してもらう」

可菜は、クロスボウを伊是名からサジチエクに向けた。険しい表情の可菜に、サジチエクは悲鳴を上げた。

「可菜、よせ。企業とCEOは別だ。CEOが呑《の》んでも、会社がサイト建設をやめるとは限らない」

「他に方法はない。今すぐイエス、ノーで答えさせて。答えなければ、こいつを殺す」

「バカな。サジチエクを殺しても、誰かが次のCEOになるだけだ。多国籍企業のトップも、取り換えの効くパーツに過ぎない」

「これが最後よ。一分以内に、回答して」

可菜はｉＰｈｏｎｅを取って、時刻を確認した。私も、時刻を見た。

午後七時三十七分。時間が、指の隙間から零《こぼ》れてゆく。時の流れが速度を増す。あと三十秒、サジチェクが「イエス、イエス」と喚《わめ》いた。天井のスピーカーから音はしない。

残り十五秒、スマホから大嶽の声が聞こえた。

『ソラリス社が、交渉の場を設けると話している。出席者は――』

可菜は天を仰いで、眼を瞑《つぶ》った。

再び眼を開くと、ライターに着火した。手にしたウエスに火を付けると、ウエスの箱に放り込んだ。

箱から、火が上がった。事前に、オイルでも掛けていたのだろう。火は高く噴き上がり、煙と火の粉が舞い上がった。オイルの焼ける臭いが鼻を突く。

再び、アラームが鳴った。今度のアラームは、最前よりも音が大きかった。次いで、ベルの音がして、自動音声メッセージが流れた。

『自動火災報知設備が作動しました』

タービン音が聞こえ始めた。音は次第に高まり、破裂音と共に付室の天井のスプリンクラーが放水し始めた。

人質たちは、悲鳴を上げて立ち上がろうとした。だが、降り注ぐ水で足を滑らせて、立てない。そうこうするうちに、可菜が何人かを蹴倒《けたお》した。

「動くんじゃないよ。少しでも動いた奴は、クロスボウで撃つ」

だが、可菜の表情に焦りの色は隠せない。

「なぜ、消火ガスが出ない？」

里映が、自分の非のように詫《わ》びた。

「ごめんなさい、可菜さん、何かの手違いで――」

「手違いなんかでは、ありません」

通る声がフロアに響き渡った。杏実が付室に向かって叫んでいた。

「ビルド中は、消火ガスは使いません。皆さん、逃げて」

里映が必死の形相で、杏実の腕を摑んだ。

「嘘！ ちゃんと、ガスの配管工事もした。ガスボンベも搬入した」

杏実は、里映の腕を振り払った。

「建設中は、中の人が死なないように、ガス消火設備は止めている。聞き齧《かじ》りの耳学問だったね。さあ、みんな、逃げて」

人質たちが立ち上がる前に、可菜がD４２３のドアに突進した。飛び出した私に、可菜はクロスボウを向けた。距離三メートル。外すはずはない。辛うじて、踏み留《とど》まった。

「可菜、人質と俺を交換してくれ。いや、違う。可菜といたい」

返事をせず、可菜はドアに嚙《か》ませていたドアストッパーを蹴飛ばした。ドアストッパーが吹っ飛んで、ドアが閉まった。私はレバーに飛び付いた。だが一瞬、遅かった。カチリと、デッドボルトの入った音がした。レバーを強く上下させたが、ドアは開かなかった。

私はマスターキーを取り出して、鍵穴に差した。マスターキーを回転させるが、途中で止まってしまう。

鍵をガチャガチャさせていると、杏実が、私に代わった。だが、鍵は動かない。

「向こう側のサムターンが、養生テープで厳重に固定されています」

「君は、ここで、このドアを守っていてくれ」

言い置くと、私は床のスマホを取って、元来た道を走り始めた。D419から、大フロアに出た。

D455から、バルコニーに出た。すでに外は真っ暗で、外壁の照明が細く金属製のバルコニーを照らしている。誰もいなかった。私の駆ける足音が、反響した。

バルコニーの切れ目、D456のカードリーダーにIDカードを、もどかしく翳《かざ》した。ドアを抜けて、階段室とエレベーター前の通路を走った。

突き当たりに、可菜と人質たちのいる付室へのD418が見えた。ドアを叩《たた》いて、レバーを摑《つか》んだ。

ロックが掛かっている。鍵穴にマスターキーを差し込んで回した。解錠した。レバーを引いた。

騒音と飛沫《しぶき》が飛んできた。天井から降り注ぐスプリンクラーの雨に、縛られた人質たちが身をもがいていた。

可菜の姿を必死に捜した。だが、クロスボウを持った人物は、どこにも見当たらなかった。

足元に、帯刀が倒れていた。立とうとするたびに、水で足を滑らせていた。

「鹿島さん、助けてくれ」

「可菜は――犯人は、どうしました？」

「少し前に、D418から出て行った。人質の伊是名を連れている」

ここに来る途中、可菜たちとは出会わなかった。反対側の東側エリアに逃げたに違いない。

「クロスボウは？　犯人は、クロスボウを持ってゆきましたか」

「持っていった。伊是名の首にクロスボウを突き付けて」

今やって来たドアを叩く音がした。開けると、里映が立っていた。

「可菜さんは、人質たちは」

「可菜は、伊是名を連れて出ていった。きっと、東側の工事エリアに向かったんだ。すぐに、後を追う」

「私も、行きます」

「君は、人質たちを解放してくれ。帯刀さんの無線機で、指揮本部と連絡を取ってくれ」

里映の返事を待たず、Ｄ４１８を飛び出した。

通路を駆け戻り、左に曲がった。レセプションのメーン会場だったエリアを突っ切る。

手にしたスマホから、大嶽の声が聞こえる。応対する余裕はない。スラックスのポケットに突っ込んだ。

データホール2予定のエリア8、エリア7を駆け抜けて、東側の壁に到達した。

可菜たちの姿は見当たらない。きっと、外階段に向かった。

パイプスペース脇のドアを、内側からサムターンで開けて、バルコニーに出た。

夜の風が、頬をなぶった。幅一メートルほどのバルコニーの三メートル先に踊り場があった。踊り場から、階下を見た。

人影はない。可菜たちは、上階を目指している。

私は、鉄階段を音を立てて、上った。

『鹿島、応答せよ』

突如、無線機から大嶽の声がした。

『現在地は、どこだ？　犯人――可菜さんと人質たちの状況は？』

「現在、東側の外階段を、二階から屋上へ上っている。可菜は、人質の伊是名を連れて上階に向かっていると思われる」

『東側外階段だな。三階から、ウチの捜査員を向かわせよう』

「ダメだ。それだけは、やめろ。可菜を暴発させてはならない。俺しか、可菜を止められない。お前たちは、外階段を封鎖してくれ」

大嶽は一瞬だけ、押し黙った。次いで、明瞭《めいりよう》な声が返ってきた。

『この場を、お前に任せる。犯人と人質を、絶対に生きたまま確保しろ』

「すまん。全力を尽くす。外階段の周辺に、人を近付けないでくれ」

私は、三階に達していた。外階段は、ここで終わりだ。この先は、五メートルほどの屋外の避難通路になる。

私は一瞬、立ち止まった。少しだけ躊躇《ちゆうちよ》して、避難通路に面したドアの丸いケースハンドル錠を回した。抵抗があったが、そのまま力を込めて強く回した。

千切れる感触がして、養生テープが外れた。今朝、私が巡回中に、施錠しているように細工したドアだ。

ドアから、パイプスペースの中に入った。埃《ほこり》っぽい空気が鼻を突く。手探りで照明スイッチを入れた。パイプの間の梯子《はしご》を上る。天井近く、パイプのL字形湾曲部分に、バッグが元のまま押し込まれていた。

バッグを取って、開けた。タオルの包みを手に取った。

ズシリとした持ち重りが、手に伝わってくる。タオルの中身を持って、外に出た瞬間、私は日常に別れを告げる。実包と共に拳銃《けんじゅう》を所持する加重処罰は、三年以上の懲役。拳銃不法所持の銃刀法違反に、執行猶予は付かない。

だが、持たなかったがゆえの、一生の後悔だけはしたくない。生きるも死ぬも、もしかして使うとすれば、今しかなかった。

ためらわず、タオルの包みを開いた。シグ・ザウエルが黒く冷たい光を放っていた。私はシグ・ザウエルをスラックスの腹に突っ込んだ。そのまま、パイプスペースから外の通路に出た。

眼前に、闇が広がっていた。眼下では、集まった警察車輛《しやりよう》の赤灯《あかとう》が点滅を繰り返している。黒く染まった夜空に、三日月が懸かり、星の群れが煌《きら》めいていた。

こんなときなのに、清々《すがすが》しい夜だった。木々や草、土の香気が、三階にまで満ちていた。

遠くに、大きく弧を描いた大沼と小沼が、月明かりの下に、ぼんやりと横たわっていた。

美しい夜だった。全てが何かに定められて、導かれているみたいだった。穏やかな風が、私の顔をそっと掠《かす》めていった。

夜空の下を、伊是名の背にクロスボウを突き付けて、可菜が歩んでいた。年齢以上に若々しい伊是名だが、さすがに急勾配《きゅうこうばい》の階段を上る歩みは遅く、時によろめいていた。

「可菜、やめろ。待ってくれ」

私は必死に叫びながら、可菜の後を追った。可菜は、振り返ろうともしなかった。

可菜たちは、屋上階の立ち上がり壁を跨《また》ぐ外階段を上っていた。もう少しで、天辺《てっぺん》に行き着く。そこは狭隘《きょうあい》になっていて、外階段の手すりを越えて、三階の狭い屋根の上にも下りられた。あるいは、そのまま虚空に身を躍らせられる。

可菜、どうするつもりだ。伊是名を道連れに死ぬつもりか。

やめろ、可菜。頼む、これ以上、罪を重ねないでくれ。俺の元に、戻ってきてくれ。最後の日々を、俺と過ごそう。

可菜を一人で死なせはしない。死は怖いけれど、苦痛ではない。俺たちにとって、俺みたいな人間にとって、死は救いに違いない。

だから、可菜、やめてくれ。もう、これ以上の罪は許されない。

私は、シグ・ザウエルを引き抜いた。安全装置《セーフティー》を外す。

「可菜、止まれ。止まらないと、撃つ」

可菜は一瞬、振り向いた。眼には、穏やかな光を湛《たた》えていた。口元は、微笑んで見えた。

やがて、可菜は顔を戻し、伊是名を促して、階段の天辺に立った。手にしたクロスボウの先端を、伊是名の背の中央、心臓の位置に向けた。もはや、一刻の猶予もならない。全ては終焉《しゅうえん》を迎えていた。

私は、シグ・ザウエルを右手で構えた。静かに、狙い澄ました。照星のトリチウムが光っている。フレームに添えた人さし指を引き金に掛けた。

世界は、動きを止めた。

私は、息を止めた。

そっと、引き金を絞った。

強い衝撃。右腕が跳ね上がる。

乾いた音が、周囲の山々に響き渡った。

月明かりの中で、可菜の身体が跳ね上がり、クロスボウを取り落とした。悲鳴を上げた伊是名が、階段を転がり落ちた。

可菜は、ふらふらと歩くと外階段の手すりに突き当たり、そのまま、くるりと回転した。

可菜の身体は、永遠の虚空に投げ出され、闇の中をゆっくりと落ちていった。

やがて、地上のアスファルトの上で、可菜の身体が跳ねた。一拍遅れて、湿った大きな音が、辺りに谺《こだま》した。

「可菜――――」

私は外階段から身を乗り出して、下を見た。可菜は、四肢をあらぬ方向に投げ出して、俯《うつぶ》せに倒れていた。肢体は、ピクリとも動かない。苦痛の呻《うめ》きすらも聞こえない。

指揮本部の若い刑事たちが、私の横を駆け上がっていった。刑事たちは階段を転げ落ちた伊是名を抱きかかえ、大声で安否を問いかけていた。

伊是名は「助けてくれ」と喚《わめ》き続けていた。もう一人の刑事が、その脇で無線で連絡を取っていた。遅れてやって来た若い刑事が、ハンカチで涙と鼻水で汚れた伊是名の顔を拭《ふ》き、負傷の有無を調べ始めた。伊是名は若い刑事に縋《すが》り付き、安堵《あんど》の嗚咽《おえつ》を漏らし始めた。

私は脱力して、両手を下げて座り込んでいた。私の肩に、そっと手が置かれた。大嶽だった。大嶽は黙って肯くと、私の右手からシグ・ザウエルをもぎ取った。

「これは、預かっておく」

私はぼんやりと、大嶽を見た。

「俺が撃った――可菜を撃った――」

眼下で、女性刑事の神埼が可菜に駆け寄って、しゃがみ込んでいた。神埼は、可菜のうなじに手を当て、脈を探った。少しして、神埼は大嶽を見上げた。大嶽は静かに肯《うなず》いた。

神埼は、可菜のワンピースの乱れた裾《すそ》を直した。

大嶽が、私の肩に再び触れた。刑事たちが私の両腕を取った。私は、よろよろと立ち上がった。

顔を上げると、三日月が滲《にじ》んで見えた。こんな夜なのに美しい星空だった。

第八章　AAR　After Action Record

1

二〇二一年七月十二日（月）

結局、私は二度とＨＫＤⅦには戻れなかった。

両腕を取られて連行された先は、函館中央署だった。日付が変わるまで事情聴取を受け、未明に函館市内のマンションに移った。

マンションは十階の３ＬＤＫで、私は北向きのベッドルームに入れられた。サッシ窓があったが、開けられなくされていた。スマホも取り上げられて、外部との交渉は遮断された。

何日も軟禁された。曜日の感覚が薄れてきた頃、大嶽が訪ねてきた。四十代前半と思《おぼ》しき眼鏡の男を伴っていた。男は名乗らなかったが、大嶽の応対からして警察幹部——それもキャリア組と察せられた。無言の男に代わり、大嶽が口を開いた。

「鹿島、お前を訪ねるに当たり、自分たちは上から権限を与えられてきた。可菜さんの一件で、お前が保秘厳重を貫き、直ちに長期の国外在住を誓約するなら一切、立件はしない。逆に、この申し入れを断れば業務上過失致死、犯人隠避、銃刀法違反、関税法違反、関税定率法違反などで検察送致しなければならない。どうするか」

語調とは裏腹に、大嶽の気遣いが端々に感じられた。

「道警本部では、どう処理するつもりなんだ」

「すでに処理はついている。お前は隔離されて知らんだろうが」

大嶽は、鞄《かばん》から、膨らんだ大学ノートを取り出した。新聞記事のスクラップ帳になっている。大嶽がページを開いた。

「函館日報」二〇二一年六月六日付

データセンターで500人避難
森町、混乱中に女性が転落死

5日午後8時頃、渡島《おしま》管内の森町赤井川のデータセンター〈グリーンフォレスト〉で火災報知機が作動、パーティーの客約５００人が一時避難する騒ぎがあった。混乱の中で、客の七飯町の女性（29）が転落遺体で見つかり、森署などで詳しい状況を調べている。

調べによると〈グリーンフォレスト〉では同日午後6時から、開設5周年と1期工事の完成記念パーティーが開かれていた。午後7時半頃、施設2階のエレベーターホールで、火災報知機が煙を感知して、消火スプリンクラーが作動。施設内を見学していた客ら10人が一時、ホールに閉じ込められた。

通報を受けた同署員らが駆け付け、閉じ込められた客らを救助。実際の出火はなく、同署は機器の不調が原因と見て、調べている。

また、混乱のさなか、不明になっていた女性客が施設内の駐車場で、遺体で発見された。女性は発見状況から、高さ約15メートルの3階屋上から転落死したと見られる。同署では、過失と自殺の両面から、捜査を進めるとしている。

現場の〈グリーンフォレスト〉は、米ＩＴ大手、ソラリス社が東アジアでの拠点データセンターとして２０１６年に着工。建設中の２０１８年に火災が発生、6人が死亡している。

1期工事の完成を祝うパーティーには、総務省から出向の西《にし》部傑《べすぐる》道副知事らが出席していた。エレベーターホールに一時閉じ込められた西部副知事ら10人は救出直後に、函館市内の病院に搬送された。

しかし、客1人が不明だったため、同署員らが構内を捜索したところ、女性の遺体を発見した。女性は地元関係者として招待されていた。知人らによると、女性は病気で悩んでいた。

このため、同署では、病を苦にしていた女性が避難の混乱の中で、発作的に飛び降りた可能性もあると見て、捜査している。

〈グリーンフォレスト〉では6月1日と2日に、関係者2人が殺害される事件が起きたばかりだった。殺人事件の直後にもかかわらず、パーティーを強行したソラリス社の対応や安全管理態勢が問われている。


予想はしていたが、道警の用意したシナリオに慄然《りつぜん》とした。

私と、シグ・ザウエルの発砲は、完全に消去されていた。

私は、大学ノートを大嶽に押し返した。

「見事な幕引きだな。さすがだ」

「皮肉はやめろ。自分としては、精いっぱいの正義を貫いた」

「二期工事以降のサイト建設は、どうなる」

「因縁の付いた物件に、ソラリス社がこだわるとも思えん。二期工事は中止、減価償却を待ってＨＫＤⅦは、廃止されるだろうな」

むろん、大嶽が個人的な臆測《おくそく》を口にするはずはない。私たちの与《あずか》り知らぬ、もっと上の世界で決定された。

可菜の命を懸けた要求は通った。あるいは、可菜の言葉通り、ソラリス社が単に空冷式から液冷式のサイトに、切り替えるだけなのかもしれない。

「つまり、俺が日本を出てゆけば万事、丸く収まるのだな」

「これは警察ではなく、政権の意向だ。全ては、最初から何もなかった。ルメイと仙堂の殺人は、未解決で終わる。刑事部には手を出させない。六人死亡の火災は人災ではないが、昭和電建は犠牲者の遺族に新たに弔慰金を出す。ソラリス社は責任を取り、今後の第二、第三サイトの建設は中止する。全ては、バランス感覚だ」

「後は、邪魔者の俺を国外に追い払えばいい。俺は俺で、日本にいても、心の痛みがぶり返すだけだしな。確かに、よくできたシナリオだ」

「受けてくれるか」

私は、開かない窓の外を見た。曇り空を、雲が流れてゆく。

「出発の準備に時間をくれ。済ませたい用件が残っている」

「一カ月でいいか」

「それほどかからない。一週間で済む。ビザや航空券次第だが、今月中には日本を出国できるだろう」

「そちらの心配は、全く要らない。全て手配済みだ。お前のお友達二人も、一緒の出発を待ちわびている」

私は、丸腰でホテルに缶詰めのウィリックとディアズを想像した。

「つまり、俺の再就職先も手当てしてくれたのか」

「そうなるな。日米両国にとっても、好都合と判断されたのだろう」

大嶽は眼鏡の男に目配せした。男は腰を上げかけたが、止まった。

「誓約書を書いてもらわなくては」

「上の人たちは、念押ししたかっただけです。紙に意味はない。これで大丈夫です」

言外の脅しが、大嶽らしかった。約束を破れば、私の命はない。だが、約束を守っても、安住の地はない。中東か、アフリカか、危険な戦地に追いやられるはずだった。

大嶽と眼鏡の男は、席を立った。残された私は、窓の外を眺めた。

2

その日、七月十二日の夕方に、私は軟禁を解かれた。スマホやバッグを返され、事件当日に着ていたスーツで、大沼の自宅ロッジに戻った。若い刑事の車で送られて帰ると、里映が待ってくれていた。

「鹿島さん、ずっとお待ちしていました。もう、お元気になられましたか」

元々、どこも悪くはない。警察に隔離されただけだった。だが、これもまた守秘義務に入るのかもしれないから、濁しておく。

「心配をかけたね。君たちこそ、大丈夫だったのか」

里映は、少しはにかんだふうに眼を伏せた。

「――あらましは、聞いています。函電設備は、変わりないです。今も、サイトの仕事を受けています。でも、私はあれからずっと休んでいます」

「里映さん、俺も可菜も、君には感謝しかない。君のお蔭《かげ》で、可菜も救われた。本当に、ありがとう」

「私は、何の役にも立てなかったです。それどころか、可菜さんを――」

私は里映の肩に手を置いた。

「その話は、やめよう。それより、ここを引き払わなければならない。可菜の形見分けで、欲しい物があれば、何でも持っていってください」

「どちらへ、引っ越すんですか。いつ」

「海外に行く。もう、君たちとは会えなくなる。日取りは未定だが、できるだけ早く、引き払うつもりです」

「それなら、引っ越しのお手伝いをさせてください。どうせ、暇です」

「そうか。では、すまないが、お願いしようか」

翌日から、里映はロッジに来てくれるようになった。

可菜の車は廃車にした。私のデミオは慶祐に名義変更した。

函館市内から買い取り業者を呼んで、不用品は一切、処分した。冷蔵庫や小物の家具、家電品だけは引き取ってもらえず、自分で廃棄しなければならなかった。

ＧＳＳの制服や関係書類は、全て宅配便で送った。

がらんとしたロッジに、可菜の遺骨の入った骨壺《こつつぼ》が残った。

＊

六月六日、可菜の死んだ翌日に、川崎から両親が来て、可菜の遺体を引き取っていた。

告別式で、里映も遺体の可菜に対面した。司法解剖を終えた可菜は、頭部を包帯でぐるぐる巻きにされていた。だが、顔はなぜか無傷で、微笑みを残して寝ているみたいだった。

茶毘《だび》に付された後、可菜の両親は内縁の夫の私に遺骨を分けてくれていた。できれば、可菜の両親に挨拶《あいさつ》をしたかった。

だが、よく考えれば無意味だった。可菜の最期を語れるでもない。死の理由を話せるでもない。しょせん、私は流れ者の警備員で、再び海外に赴かなければならない。会っても詮方《せんかた》なかった。

＊

大獄の話では、可菜の死体検案書は、不慮の外因死（転倒・転落）で作成された。

いくら尋ねても、大獄は、私の撃った銃弾の行方は教えてくれなかった。

だが、確信している。私の銃弾は命中して、可菜の命を奪った。

私が可菜を殺した。死後、可菜は屋上から転落したに過ぎない。

＊

杏実からメールを貰《もら》った。メールに記されていた勤務先は大阪府茨木市《いばらきし》になっていた。

事件の直後に、杏実は異動を命じられていた。

メールには、悔やみの言葉と共に、いくつかの大事な事柄が記されていた。あらかた予想はしていたものの、私の推理は裏付けられた形だった。私はお礼の言葉と共に、短い文章を打った。すぐに返信があった。

翌日、ロッジに現れた里映を、私はドライブに誘った。行く先は決まっていた。HKDⅦを遠くから見渡せる高台の駐車場だった。

私と里映は車を降りた。初めて、サイトの全景を眼にした。

「日本を去る前に、確かめておきたい事柄があってね。それで、ここまで連れて来たんだ」

「確かめておきたいって、何をですか」

私は、目隠しの遮蔽《しゃへい》板の陰になっているHKDⅦの屋上階を思い浮かべた。

「クロスボウさ。隔離されている間は、暇でね。暇を持て余すと、余計な考えが思い浮かぶ。それで気付いたんだ、クロスボウの隠し場所を。指揮本部の捜査員や昭和電建の人間が、サイト中を捜しても、見つからなかったはずだ。隠し場所は建物であって、建物ではなかったからだ」

「どこですか、どこにクロスボウを隠していたんですか」

「屋上のハト小屋だ。ハト小屋という名称も、また隠れ蓑《みの》になっている。どうしても、パイプスペースと思えないからね。未完成のＨＫＤⅦの場合、ハト小屋は無施錠で実際には稼働していなかった。鍵のない場所に大切な物は隠さないと、どうしても人は考える。心理的な盲点になっている」

里映は傍らに立ち、ＨＫＤⅦの遠景を見つめていた。

「ルメイ殺しの夜、可菜に凶器のクロスボウを隠す時間的余裕はなかった。地下一階のイエローゾーンに置かれている函電設備の仮資材置き場、通称〝ネタ場〟に突っ込むぐらいしかできなかった。翌六月一日朝、ルメイの死体発見前に、里映さんがハト小屋に移したんだな」

里映の肩が一瞬、わずかに跳ねたみたいだった。だが依然として、里映は沈黙の中にいた。

「殺人事件の前後、クロスボウは分解されてハト小屋に隠されていた。六月五日のレセプションでも、おそらく前日に、分解されていたクロスボウは密《ひそ》かにハト小屋から運び出されて、一階エントランス近くのパイプスペースに隠された。沢瀬さん経由で調べてもらったら、屋上に六カ所あるハト小屋のうち、最西端のハト小屋の扉に何かをぶつけた痕跡があった。それ以上は、調べる気もないが」

沈黙を守る里映の顔が、みるみる青ざめてゆく。

「君の用意したクロスボウを使って、可菜は犯行に及んだ。六月五日、俺が一階の階段で会う前に、君と可菜はレセプションを抜け出していた。合鍵でパイプスペースを開け、中でクロスボウを組み立てた。組み立てたクロスボウを持った可菜は、仮押さえの石膏ボードを外し、ＥＰＳからレッドゾーンに入っていった。後は、知っての通りだ」

「私はあのとき、可菜さんを止めるべきでした。許してください」

「許すも、許さないもない。全ては終わった。明後日、日本を離れる。里映さんは、好きに暮らしてくれればいい」

里映は、深々とお辞儀をした。

「ありがとうございます」

「礼なら、こっちがしなければならない。里映さん、君は最後に可菜にあれ以上の罪を犯させないでくれた。君のお蔭で、人質たちは、いや、みんなは命が助かったんだ」

「どういう意味ですか」

「沢瀬さんから、裏付けのメールを貰っている。可菜がウエスの箱に火を放ったとき、消火ガスは作動しなかったね。代わりに、スプリンクラーが作動して水浸しになった。あのとき、君は沢瀬さんの腕を摑《つか》んで叫んだな。『嘘！　ちゃんと、ガスの配管工事もした。ガスボンベも搬入した』って。でも、嘘つきは里映さんだった。君は消火用の窒素ガスを、可菜たちのいた付室のＥＰＳの手動弁で噴出できると知っていた。なのに、そうしなかった」

里映は顔を上げた。唇を嚙《か》んでいたが、やがて口を開いた。

「私は可菜さんを止めず、それどころか土壇場で結果的に裏切った。どんな理由があろうと、裏切りは裏切りだと思っています。可菜さんを裏切った私の罪は許されない。私のせいで、可菜さんは最後に全ての計画がダメになってしまったんです。鹿島さん、可菜さんに代わって、私を罰してください。殴るなり、蹴《け》るなり、好きにしてください」

私は、嗚咽《おえつ》し始めた里映の両腕を摑んで、引き立たせた。

「バカな。君のお蔭で、最後に可菜は重い罪を犯さずに済んだんだ。あのまま大勢の人間を道連れに死んで、可菜は喜んだと思うか。違う。それどころか、可菜は全て分かっていた。故障の際は手動でガス弁を動かせるだろうとぐらい、誰でも考え付く。全てを承知して、可菜は死んでいったんだ」

話しながら、最後に見た可菜を思い浮かべていた。あのとき、屋上の階段で振り向いた可菜は、口元に微笑みを湛《たた》えて見えた。きっと、可菜は分かっていた。里映の心からの嘘を。

「そもそも、私が動かなければ、一連の事件は起きなかったはずなんです。いや、起こり得なかった。私は可菜さんの一連の殺人事件の共犯者です。本当は、法の裁きを受けなければならない人間です」

「勘違いしないでくれ。俺は検事でも、警察官でもない。これは調書調べではない、ただの君と俺との会話だ。事件前の五月二十八日、メデロスのＩＤカードを奪った人間は、君なんだな」

「ソラリス本社の人たちは大抵、とりわけスーツ姿の偉いさんは規則を守らない、嫌うんです。メデロスさんもポッドに入ると、すぐにヘルメットを脱いで、レッドゾーン内のパソコン机に置いてしまいます。その際、ＩＤカードや各種認証カードも全部引っくるめてヘルメットに突っ込んで、動き回るんです」

「君は、その機会を窺《うかが》っていたのか」

「可菜さんがこっちに戻ってきてから、私もいろんな話をしました。都会に出て行く人間もつらいですが、田舎に残る人間もつらいです。写真のある可菜さんと違って、私には何もない。勉強もできなければ、スポーツや芸術の才能もない。進学もできず、かといって地元には仕事だってほとんどない。大した将来もなく、日々のバイト仕事で自分をすり減らすしかない人生を送る人間の気持ちが、分かりますか。可菜さんだけは、そんな私の話に耳を傾けてくれた」

越してきたばかりの可菜を思い出す。ダラダラと就職活動を続ける私を尻目《しりめ》に、可菜は昔の知り合いを訪ねて、よく外出していた。

「可菜は、里映さんとどんな話をしましたか」

「可菜さんもまた夢を閉ざされ、しかも病気で命が限られていた。当たり前に生きても、幸せになれないこの国や社会に疑問を抱いていました。そんな中で、私たちの憎悪や反発は地域や自然を搾取する〈グリーンフォレスト〉に向かっていったんです。大内先生と出会ってからの可菜さんは、先鋭化していった。私も同調するうちに、段々と話は過激になっていって――」

「それで、サイトを襲撃する計画を立てたのか」

里映は静かに、だが深く肯《うなず》いた。

「でも、全ての発端は、私がメデロスさんのＩＤカードを奪ってからです。あの日、メデロスさんはポッドを出ると、ヘルメットにＩＤカードを突っ込んで、トイレに入った。本当に私を誘うようにメデロスさんのＩＤカードは、床の上のヘルメットに置かれていた。やるなら今だって、その瞬間に思いました。どうせ後悔するなら、足を踏み出せって。そこへ、気付いたとき、私はＩＤカードをホルダーごとストラップから引きちぎっていた。そこへ、メデロスさんが戻ってきた。もう引き返せなかった」

「メデロスは、君が盗《と》ったと気付かなかったのか」

「分かりません。でも、すぐに気付いてはいたみたいです。動揺が見て取れましたから。それで、ウチの職長が『どうしましたか』って尋ねたんですが、メデロスさんは何もないふうに振る舞っていました。オフィスと違って、工事現場ではIDカードの紛失や破損はよくあるんです。何かに引っかかったりして。大抵は翌日ぐらいに、清掃の人が見つけてくれるんですが、メデロスさんもそれを期待したのかもしれません」

私は頭の中で、そのときの光景を思い描いた。規則を作る側の人間、規則を守らせる立場のメデロスが、規則に従う人間たちの前で犯した失態を。

メデロスは動揺を押し隠し、何もないふりを装っただろう。現場のブルーカラーワーカーらに、失態を知られてはならない。IDカードは後日、必ず出てくるはずだ。いや、見つからないのなら、却《かえ》って好都合だ。破損の扱いにすればいい。実際、普段のメデロスなら、そう振る舞っただろう。四日後に、米国本社での重要会議がなければ。

まさに、ポイント・オブ・ノー・リターンだった。偶然の機会に手に入れたIDカードが、人間を呑《の》み込む必然の運命を紡ぎ出してゆく。

いや、運命に導かれたのなら、私も同じだ。

文明の起こったメソポタミアの地で、現代文明の不毛な到達点を見た。

「目には目を、歯には歯を」

人類は四千年かかっても、まだハンムラビ法典の世界にいた。剣を自動小銃に替えて、戦闘用馬車をヘリコプターに替えて。果てなき憎悪の、無限に愚かな殺戮《さつりく》のループ。

イラクから逃れて、私は極東のバビロンに立つ、バベルの塔に迷い込んだ。

そこでは、人類は有限を憎み、無限を追求していた。電子と光で造られたクラウドの城で、時間と距離を相手に闘っていた。速度と容量を競っていた。

この二十年間で、人類の通信速度は一万三千倍も速くなった。よちよち歩きの幼児から、地球の引力圏を飛び出すロケットにまで進化した。

だが、それに見合う幸福を人類は得られただろうか。二十一世紀の人間は、二十世紀の人間に比べて一万三千倍も、幸福になっただろうか。

私には分からない。

一つだけ思い浮かぶなら、もっと別の世界線で、可菜と出会って生きたかった。そうしたら、可菜は今も生きていた。

十月になれば、可菜は三十歳の誕生日を迎えていた。私はニコンの一眼レフカメラをプレゼントしただろう。大沼のカヌーから、秋の紅葉を写しただろう。

年が明けて春になれば、私の故郷・弘前の桜を見せに旅行の計画を立てていた。弘前城の桜と共に、可菜をカメラに収めていた。

夏が近付けば、今度こそ可菜を説得して、窓を開けたまま眠れたのに。

たとえ死が分かつとしても、限りある命だったとしても。

可菜が生きていたら――。

3

七月二十日、火曜日。ロッジの中は、ほとんど片付いていた。名義変更したデミオは、まだ駐《と》めてある。ギリギリまで使わせてもらう約束だった。

コンビニに寄って、食料品や飲料を買い込んだ。再び、デミオを走らせて〈芸術の村〉に戻った。何度も走った林の中の道を通って、大内の家の前にデミオを駐めた。

チャイムを鳴らすと、大内がドアを開けた。

「鹿島さん、来てくださったか――」

「明日、こちらを発《た》ちます。ロッジを貸してくれたお礼と、引っ越しのご挨拶《あいさつ》に伺いました」

「ご丁寧に。何のおもてなしもできませんが、お入りください」

睡眠薬の眠りから目覚めたばかりか、大内は少しふらついていた。訪ねる人も絶えたせいか、室内はやや乱雑になっていた。

私は、コンビニで買ってきた品物を大内に渡し、これまでのお礼を述べた。大内はにこやかに品物を受け取った。

ダイニングのテーブルに着き、大内がインスタントの珈琲《コーヒー》を淹《い》れている間に、テーブルの上を見た。ノートパソコン、ヘッドセット、地図、ノート、筆記用具などが散らかっている。

珈琲が出来上がると、大内はテーブルを片付けてスペースを作った。自分と私の分のカップを置いた。

私は珈琲に手は付けなかった。そんな私を見て、大内は少し怪訝《けげん》な表情になった。

「可菜さんの件は、大変でしたな。心から、お悔やみ申し上げます」

「ありがとうございます。可菜もきっと喜んでいると思います、お役に立てて」

大内の顔色が、さっと変わった。心持ち、蒼白《そうはく》になっている。

「どういう意味ですかな、それは」

「言葉通りの意味です。大内さん、あなたのお役に立てて、あの世で、可菜は喜んでいるでしょう。そう申し上げたのです」

大内は沈黙した。眼を閉じていたが、やがて眼を開いた。

「もしかして、あなたは私を殺しに来られたのかな。だとしたら、身辺整理に少しだけ時間をいただきたいが、可能だろうか」

私は、ゆっくりと首を横に振った。

「いいえ、あなたに恨みはない。可菜は自分の理想に殉じ、自分の正義を貫いていったのです。大内さんは関係ない。ただ、あなたは橋渡しをしただけだ。違いますか」

大内は真剣な表情で私を見て、やがて微笑んだ。

「鹿島さん、何もかも申し訳なかった。どのみち、先のない人生です。どうか、私を殺して心の安寧を得てください」

テーブルに額を付けた大内の肩に、私は手を伸ばした。

「妙な言い方は、やめてください。私は、あなたを殺しに来たのではない。正直、あなたを恨む気持ちは多少ある。あなたを腹立たしくも思う。あなたに出会わなかったら、可菜はまだ生きていたのではとも思う」

「申し訳ない」

「ですが、全て終わりました。しょせん、この世は生きている人たちの世です。あなたも、私も生きて、歩き出さなければならない」

「私は許されない人間だ。自分の命で、罪を贖《あがな》わなければならない」

「だったら、自分の行いをきちんと説明してください。それが、何よりの謝罪です」

大内は肩を震わせたまま、答えなかった。仕方なく、私が口を開く。

「大内さん、あなたはご存じかどうか。六月二日、日本時間では三日、米国の情報機関がスウェーデンの過激な環境保護団体の幹部限定SNSで、気になるやり取りを傍受しました」

「どんなやり取りです？」

「まず〈グリーンフォレスト〉の運営者、ソラリス社が内部で使うサイトの略称、HKDⅦを使っていた。さらに週末の六月五日、HKDⅦでカクテルパーティーがあるとの投稿だった」

「全く知らなかった。知るよしもない」

私は、大内の表情を窺《うかが》いながら続けた。

「カクテルパーティーの意味は不明だったが、情報機関は警報を発しました。日本におけるソラリス社の情報が、どこからか漏れている。しかも、漏洩《ろうえい》した情報はピンポイントで、正確だった」

「そんな出来事がありましたか」

「だが、米国の警報を受けた日本警察は、きちんと捜査をしなかった。ルメイと仙堂の殺人事件の捜査を抱えていた。さらに、カクテルパーティーの六月五日が迫っていて、施設警備を優先させたからです。挙げ句、事件は起こった。事後処理に追われるうちに、ネットの通信情報は更新されて、消えていった」

大内は、そっと眼を伏せた。

「もしかして、エシュロンの情報ですかな。全世界のネットのやり取り、メールを傍受していると聞く」

「そこまでは教えてもらえません。日本警察の捜査も進まなかった。しかし、世界でただ一人、可菜のパートナーである私には分かります。カクテルパーティー――可菜の起こした反乱は、誰かが仕組んだ計画だ。可菜は普通の女です。三年前の火災の責任、サイト建設と故郷の破壊、様々な思いはあっても、ソラリス社への復讐《ふくしゅう》や反撃を一人で立案する能力はない。誰か、指導する立場の人間がいた」

「それが、私だと言われるか。申し訳ないが、それは買い被《かぶ》りだ」

「先生は若い頃、プリンストン大学に留学して、留学を機にご自分でも自然愛好家になられた。高じて今、このロッジで仙人みたいな暮らしをしておられる」

大内は、眼鏡の位置を直した。

「仙人ほど達観してはいません。相変わらずの俗物ですよ、私は」

「事件当日、可菜がサイトで人質を監禁している画像を添付した脅迫メールが米ソラリス社に届いた。発信元は、ロシア連邦タタールスタン共和国のカザン大学からだった。日本で、カザン大学との接点を持つ人物は少ない。その中に、あなたはいるのではないですか」

大内は、答えなかった。だが、沈黙こそが、肯定の答えだった。

「一連の事柄が導き出す結論は一つ。大内さん、あなたが事件を主導した。ナチュラリストのあなたは元々、環境問題に精通していた。海外の先鋭的な環境保護団体との接点もあった。そんなあなたは大学教授を退官後、当地に越してきて終《つい》の住み処《か》とした。だが、せっかく選んだ自然豊かな地を、文明が破壊し、蕩尽《とうじん》しようとしている。そこに三年前、HKDⅦの建設現場で人災とも言うべき、六人死亡の火災が起きた」

大内は、手の甲で額を拭《ぬぐ》った。眼鏡を掛け直す。

「確かに、私は当地を蝕《むしば》む環境破壊、自然破壊に心を痛めていた。だが、思いを共有できる人間は数少なかった。知ってますか、鹿島さん。地元の愚かな人間は、この豊かな自然の価値を分かっていない、分かろうともしない。それどころか、自然に、田舎に飽き飽きしているのです。彼らは、山を潰《つぶ》してショッピングモールができればいいと本気で思っている」

「生活を優先すれば、そうなる。生活か環境か——地元に生きる人たちにとって、永遠の課題でしょう。私には軽々に口を出せません。それはともかく、あなたは今年の春に、ここが故郷の可菜と知り合った。私たちのロッジの〝大家〟として、あるいは父親みたいな存在として、可菜はあなたと親交を深めたでしょう」

「可菜さんは愚かな人たちとは違って、自然の価値と、この土地の素晴らしさを理解する人でした。私たちは、たちまち無二の友人になった。最初から、可菜さんはサイト建設に心を痛めていた。火災の犠牲者には、可菜さんが親しくしていた人たちもいた。可菜さんは、死んだ人たちの無念を深く受け止めていた」

大内の表情には、苦悩が色濃かった。高齢の大内を、ここまで問い詰める意味はあるのだろうか。だが、ここまで来て、追及の手を緩めるわけにはゆかない。

「可菜と私は、ここに三月に越してきた。五月に可菜は倒れ、脳腫瘍《しゅよう》で余命は約半年と診断された。その事実を打ち明けられて、あなたは可菜と最後に命懸けの計画を立てた。昭和電建の人間に火災の責任を取らせ、ソラリス社にサイト建設を止めさせる計画だ。たった二人の計画だが、海外の過激な環境保護団体の支援を得れば、やれるとの目算があったのでしょう」

「老いぼれの私に、そこまでの力はありません」

「レセプション当日、あのタイミングでＨＫＤⅦへの送電を止めさせた人間は、あなただ。あんなサイバー攻撃は、この辺りでは、あなたしかできない」

「鹿島さん、あなたはご存じないだろうが、私もまた長くないのです。実は肺癌を患っている。年を取って進行は遅いが、私も宣告された余命半年を過ぎて、最後の日々を送っている。お互いの病状を打ち明けたとき、私と可菜さんは手を取り合って泣きましたよ。こんな老いぼれでも、死は怖い。自分は世界から退場してゆく、何一つ生きた証《あかし》を残せぬまま。死にゆく者の気持ち、無念が、あなたには分かりますか」

大内は唇を嚙《か》み、微《かす》かに肩を震わせていた。

私は、席を立った。

「私の話は、これで終わりです。話したからと、どうにもなりません。でも、真実を明らかにしたかった。それだけです」

大内が顔を上げて、私を見た。

「鹿島さん、可菜さんは心から、あなたを気遣っていましたよ。あなたは、自分と同様に、いや、むしろそれ以上に、深い悲しみを知る人だ、と。訳あって、今は一緒に暮らしているけれど、本当は自分なんかが引き止めてはならない人だって。自分は重荷になってはならない。自分が死んだら、早く死んだら、それだけ早く、あなたを解放してあげられる、と――」

「ありがとう」

大内に掛けた言葉ではなかった。可菜への思いが、真っすぐに口を突いて出た。他に何か言葉はないかと思ったが、何も見つからなかった。私には感謝しかなかった。

4

七月二十一日の引っ越し日、私は日の出前に目覚めた。すでにベッドは処分して、二階の寝室に、レジャー用のマットを敷いて、横になっていた。

可菜はいないのに、誰にともなく「おはよう」と声を出した。可菜と暮らした部屋に、声は虚《むな》しく広がっていった。それでも、この家には、まだ可菜の残り香が漂っている気がした。

がらんとした室内に、可菜の小さなワゴンが残されていた。質素な可菜は生涯、化粧台は使わなかったが、小物入れ兼用の小さなワゴンをドレッサー代わりに使っていた。大抵の家具は売り払ったが、このワゴンだけは値が付かなかった。それでも、業者は無料で処分すると申し出てくれたが、さすがに断った。

中に入っていた化粧品は、袋詰めして捨てた。いろいろ考えて、ワゴンは次の住人に託すと決めた。不要なら、次の住人が処分するだろう。使いたいなら、使ってくれていい。

ワゴンの上には、可菜の遺骨の入った分骨用の小さな骨壺《こつつぼ》とMDラジカセが置いてあった。

私は桜色の骨壺を持って、小さく揺すった。毎朝の儀式——可菜の所在を確かめて、起こすためだった。

——おはよう、可菜。今日は、晴れだよ。いい旅立ちの日になるね。

ラジカセのスイッチを入れて、動作を確認した。可菜の買った単三乾電池は、まだ良好だった。さらに、MDを取り出して確かめた。

ワゴンの抽斗《ひきだし》を開けた。可菜が最後まで持っていたｉＰｈｏｎｅがあった。割れた液晶画面が痛ましい。

軟禁が解かれて間もなく、道警から電話があった。担当官はそれとなく、それでいてしつこく廃棄を勧めてきたが、断った。代わりに、札幌の本部まで足を運び、保管物のｉＰｈｏｎｅを受け取ってきていた。

損傷していても、可菜のｉＰｈｏｎｅはまだ生きていた。電源を入れると、林檎《りんご》のロゴが浮かび上がり、ロック画面になった。スリープ状態のまま、可菜のｉＰｈｏｎｅを自分のスマホと共にジャケットの内ポケットにしまった。

用意は全て整った。わずか三カ月しか暮らさなかったが、可菜との思い出が詰まった部屋を今日、私は後にする。骨壺とＭＤラジカセ、それにマットを持って、私はロッジを出た。鍵は封筒に入れて、郵便受けに置いた。

デミオを走らせ、鈴蘭沢に行った。車を降りて、群生地に足を踏み入れた。足元の鈴蘭から、花の多く付いた株を三つ摘んで、持参した袋に入れた。

再びデミオを走らせて〈芸術の村〉に戻った。無人の管理事務所に車を駐《と》めた。歩いて、管理事務所の先を下った大沼のほとりに向かう。共有のカナディアンカヌーに骨壺とＭＤラジカセ、私のバッグを載せて、湖水に押し出した。

パドルで静かに水を掻《か》きながら、湖の中央に漕ぎ出ていった。湖面に朝靄《あさもや》のかかるこの時間、他の舟は見当たらなかった。私はＭＤラジカセのスイッチを入れて、音楽を掛けた。

――可菜、今度はカヌーの上で、音楽を聴こう。聴くとしたら、どんな曲がいい？

『静かなピアノ曲がいいと思うの。水の上だから』

――何か、いい曲があったかかな。

『ラヴェルの「亡き王女のためのパヴァーヌ」がMDの中に入っている。誰の演奏か、忘れたけれど。後で、探してみて』

可菜とのやり取りは、忘れていない。あの後、私は気になって、印象的な曲名の由来を調べた。〈Pavane pour une infante défunte〉パヴァーヌとは十六、十七世紀にヨーロッパで流行《はや》った荘厳な舞踏曲だ。ユヌ・アンファント・デファントと韻を踏んでいる。亡き王女とは、今は存在しない王女という意味で、特定の故人を指してはいない。かつて王女が踊ったパヴァーヌとでも訳すべきなのだろう。

それでも、私には死んでいった気高い王女を葬送する曲に思えてならなかった。似合わない感傷に過ぎなかった。もう決して若くはない男の追憶でしかなかった。

ピアノの旋律の流れる中、私は骨壺を持ち、蓋《ふた》を取った。

そのまま、傾けた。可菜の遺骨と遺灰が零《こぼ》れ落ちて、湖水に消えていった。

水面に、鈴蘭の花を投げた。鈴蘭の花は浮かび、静かに揺れていた。

風のない朝、大沼に波はなく、見事な鏡になっていた。

湖水に、馬の背の形をした駒ケ岳が映っている。私は顔を上げて、遠く美しい稜線《りようせん》を眼に収めた。馬の耳に当たる山頂は夏の間、冠雪が解けて、今は茶の岩肌になっている。

可菜がいたら、夢中でｉＰｈｏｎｅのシャッターを切り続けたかもしれない。もしかしたら、駒ケ岳を背景に私の写真を撮ってくれたかもしれない。

『私も、丈さんを撮ってあげるよ』

『丈さん、表情が硬いよ。もっと笑って』

私は首を回して、もう二度と見るはずもない山並みと湖水を眼に焼き付けた。

可菜と共に見られなかった秋の紅葉を思った。

「亡き王女のためのパヴァーヌ」が終わった。私はスイッチを切って、ＭＤラジカセを手に取った。これが、最後の形見だった。可菜と私が暮らした唯一の記念の品、思い出の品だった。

『丈さん、いろいろありがとうね。丈さんと出会わなかったら、私の人生はどうなっていたか。たぶん、もっと悲惨だったと思う。丈さんがいるから、私はまだ正気を保っていられるんだ』

ジャケットの内ポケットから、自分のスマホと可菜のｉＰｈｏｎｅを取り出した。

自分のスマホで、インスタグラムのアプリを開き、投稿した画像の可菜を見つめた。

二人乗りカヌーの前席に腰を下ろした可菜が、私を振り返っている。風は吹いていないのに、顔にかからないように可菜は左手で髪を押さえている。少し傾けた顔が悪戯《いたずら》っぽく笑っていた。鏡になった湖水が、午後の光を反射している。

『ううん。どうしても今、話したいの』

『だから、今が、その時なんだってば――』

可菜の笑顔と表情に、しばらく見入っていた。これが見納めだった。

私は、インスタグラムの可菜の画像を全て削除した。ＳＮＳの可菜をクラウドの城に置いてゆくわけにはいかない。

『丈さんは、怠け者なんかじゃないよ。私をここまで連れて来てくれたんだもの――』

『最初から、勝つつもりなんか、ない。負け戦は承知で、弱者の戦いをしているの』

私は、ＭＤラジカセと骨壺をバッグに仕舞った。これだけは持って、日本を出る。

最後に、可菜のｉＰｈｏｎｅを手に取った。


『私の立ち位置は、地上の座標軸ではここ大沼で、魂の座標軸では丈さんだと思っている。そこに立たなければ、世界は車窓の景色と一緒で、すぐに消え去ってしまう。何も考えられなくなるのよ』


可菜の眠る場所は、大沼しかなかった。可菜が命と引き換えに守ったこの土地でしかなかった。

可菜、ありがとう。可菜と出会えて、私の住む世界は美しくなった。可菜に生きる強さをもらった。今、ようやく心が定まった。

これからは、可菜のいない世界を生きてゆく。

私は湖水の上で、可菜のｉＰｈｏｎｅを手放した。可菜の思いと、私と可菜の画像の詰まったｉＰｈｏｎｅが大沼に沈んでいった。

古寺可菜よ、安らかに眠れ――。

私の中で今、可菜を送る儀式が終わった。

引用・参考文献

石合 力『戦場記者「危険地取材」サバイバル秘話』朝日新書、二〇一五年
杉浦日出夫『AI時代のビジネスを支える「データセンター」読本』幻冬舎メディアコンサルティング、二〇一九年
「建築知識」二〇二〇年九月号、エクスナレッジ
「クラウド&データセンター完全ガイド」二〇二〇年夏号、インプレス
「クラウド&データセンター完全ガイド」二〇二〇年秋号、インプレス
「クラウド&データセンター完全ガイド」二〇二一年冬号、インプレス
「クラウド&データセンター完全ガイド」二〇二一年秋号、インプレス
オスタップ・スリヴィンスキー作、ロバート キャンベル訳著『戦争語彙集』岩波書店、二〇二三年

解説

大石《おおいし》　圭《けい》
（作家）

大谷睦さんと初めて話をしたのは、二〇一四年、春の終わりの晩だったと記憶している。あの頃、僕は月に一度、妻とふたりで町田の駅ビルで行われていたワイン講座に参加していた。ワイン講座のあとは二次会があり、講師や十数人の受講生とともに町田駅近くの居酒屋に繰り出した。

その居酒屋で、毎月のように隣り合わせになったのが大谷さんたちのグループだった。彼らもやはり、十数人の団体だったと思う。

大谷さんたちは、ワイン講座のすぐ隣りの教室で行われていた講座のメンバーだった。彼らが受けていたのは、さまざまな文学賞に小説を投稿し、作家としてデビューするための講座のようだった。

毎月のように居酒屋で顔を合わせる中で、僕たちは彼らと挨拶を交わすようになり、やがて何かのきっかけがあって僕は自分の名を口にした。

「作家の大石圭といいます。ご存知ないかと思いますが、よろしくお願いします」

その言葉に彼らはひどく驚いたようで、すぐに僕を自分たちのテーブルに招いてくれた。そして、僕は自分を取り囲むようにして座った彼らから、小説を書くことについて実にさまざまな質問を受けることになった。

あれから十年近くの時間がすぎた今では、あの晩、自分がどんな質問をされたのかを覚えていない。その質問にどう答えたのかも覚えていない。

よく覚えているのは、異端の作家でしかない僕に、彼らが極めて真剣な顔で問いかけてくれたことと、執筆についてのかなり専門的で、突っ込んだ質問を受けたということだけだ。

そう。彼らは誰も、恐いほど真剣な目をして僕を見つめ、身を乗り出すようにして質問を続けていた。

あの晩、僕は問われたことのひとつひとつに、できるだけ丁寧に、できるだけ真摯《しんし》に、できるだけわかりやすく答えようとした。

彼らの多くが、ストーリー性に富んだエンタテインメント作品を書いているようだった。

いっぽう、僕のほうはストーリーには重きを置かず、愛や憎しみや怒りや悲しみ、欲望や嫉妬や絶望などを主題とした作品を書き続けていた。

だからきっと、僕の答えは、ほとんど彼らの参考にはならなかっただろう。それでも、あの晩の僕は、彼らが作家としてデビューするための手助けが、ほんの少しでもできればいいと思っていた。

だがあの晩、彼らの成功を願うと同時に、心の片隅では、ここにいる誰かひとりでも、作家としてデビューできる日が訪れるのだろうか、とも考えていた。新人賞の倍率はそれほど高いのだ。今から三十年前、僕が応募した時の『文藝賞』には二千点もの応募があったと聞いていた。

『幸運』『奇跡』

自分があの晩、その言葉を何度か口にしたような気がする。

新人賞をもらって作家になるというのは、それほど困難なことなのだ。それを手にするためには、努力や才能だけでなく、おそらく運と奇跡が必要なのだ。

申し訳ないのだが、実はあの晩、自分を取り囲んだ人々の中にいた大谷さんのことを、僕はよく覚えていない。だから、大谷さんからどんなことを尋ねられたのかも覚えていない。

だが、それから十日もしないうちに、大谷さんからメールをいただいた。当時の彼は校正士であり、驚いたことに、今まさに、僕の著書のゲラの校正をしているのだという。

やがて僕は、彼の自筆の文字の入ったゲラを受け取った。そのゲラの確認を進めながら、僕は大谷さんのことを思い出そうとした。

彼があのグループの長老格だったということは思い出せた。だが、やはり、その声や容姿ははっきりと思い出せなかった。大谷さん、ごめんなさい。

大谷さんからはその後も、時折、連絡をいただいた。彼らの講座のメンバーがどんな文学賞に応募し、どんな結果を残しているのかも聞いていた。

とある文学賞の最終選考に大谷さんの作品が残っていると知らされた時には、僕は彼の受賞を心から願った。そして、彼が落選したと聞かされた時には、自分のことであるかのように落胆した。

決して若いとは言えない大谷さんの年齢から考えると、やがて彼が諦めるのかもしれないとも予想していた。作家になるなんて、夢のまた夢だと思う日が来るのかもしれない、と。

繰り返すようだが、作家になるというのは、それほど難しいことなのだから。自分の小説を世に問いたいという人は、それこそ、掃いて捨てるほどいるのだから。

だが、大谷さんは諦めることなく、ついに第二十五回日本ミステリー文学大賞新人賞を受賞した。この『クラウドの城』こそが、その受賞作品である。

本作はデータセンターという、極めて特異な空間を舞台にした小説である。

僕はまったく知らなかったのだが、データセンターとはクラウドサービスにおけるデータを保管するためのサーバーを、大量に集めた巨大な施設のようである。クラウドのデータはすべて、このデータセンターに保管されているのだという。つまり、現代人の多くが、この施設のお世話になっているらしい。

それほど重要な施設であるにもかかわらず、いや、それほど重要な施設だからこそ、データセンターは秘密のベールに包まれていて、その存在を知る人はごく一部の者たちだけなのだという。外部から物理的な攻撃を受けることを考えると、所在地さえ秘密にするのは当然なのだろう。

そんなデータセンターには、非常に厳重なセキュリティーシステムが施されている。だが、主人公が警備員としてデータセンターに勤め始めたその日に、セキュリティーシステムを突き破って密室殺人が発生する。

これだけでも興味をそそられるのだが、主人公の鹿島丈がイラクから戻ってきた元傭兵という設定に僕はさらにそそられた。鹿島はすごくかっこいい男なのです。

登場人物たちもひとりひとりが魅力的だ。特に、かつて鹿島の同僚だった大嶽英次は、鹿島に劣らずかっこよかった。

だが、登場人物の外面描写を執拗に繰り返す僕とは違って、大谷さんは人物の容姿について細かく説明はしない。大嶽については『端正な顔』としか書かれていないし、ヒロインである可菜の髪が長いのか、短いのかも書かれていない。だから、そのすべてが読み手の想像に委ねられるのだ。

文体も僕とはあまりにもかけ離れている。リリシズムを前面に押し出す僕とは対照的に、大谷さんの文章は実にクールで、実にドライだ。彼は風景描写というものをほとんどしない。それは物語から、すべての贅肉《ぜいにく》を削ぎ落とそうとしているかのようだ。いや、実際に、あえてそうしているのだろう。

この解説を読んでから本作品を読むという読者もいらっしゃるだろうから、ストーリーについて、これ以上書くのは控える。とにかくスピーディで、ドキドキ、ハラハラの連続。ページを捲る手を止められなくなるので、読者のみなさまは寝不足にくれぐれも注意してくださいね。

スピード感といえば、作中にこんなシーンがあった。

主人公、鹿島が車の中で電話を受け、ホテルに呼び出されるシーン。

『部屋に直接、来てくれ。本館六階の三六二〇号室だ』

函館国際ホテルは、港の近くに旧日魯《にちろ》漁業が建てた老舗ホテルだ。

三六二〇号室のチャイムを鳴らすと、ウィリックが笑顔で出迎えた。


おいおい？　何なんだ、このスピードは？　たったの三行で、車内からもうホテルかい？

僕だったら、主人公が電話を受けてからホテルの部屋のドアの前に立つまで、最低でも一ページ。いや、たぶん、もっと書いてしまうはず。

贅肉を削ぎ落とす。こういう書き方は、僕にとっても勉強になった。


『クラウドの城』に続いて、大谷さんは『この世界、罪と罰』という短編小説を発表している。こちらは函館に暮らす若いギャングたちと麻薬を題材にした物語である。

この短編にも僕は驚かされた。デビュー作『クラウドの城』とは作風が一変していただけでなく、文学性がさらに高まっているように感じたからだ。

ああっ、こういう文章も書ける人なんだ。この人はきっと、どんどん上手くなっていくんだ。

そんなふうに僕は思った。そして、これから大谷さんの書くものを、もっともっと読んでみたいと考えた。

きっと彼は僕の『お気に入りの作家』のひとりになるだろう。

作家になるというのは本当に難しいことなのだが、実は、作家であり続けるというのは、それよりもっと難しいことかもしれない。プロの作家として三十年間、小説を書き続けてきた今、僕はつくづくそう感じている。

少なくとも僕にとって、小説を書くというのは、まさに、命を削るような作業の連続だった。嬉しいこともあったけれど、それよりも辛いことや、苦しいことのほうが遥かに多かった。作家なんて辞めてしまおうと本気で思ったことも一度や二度ではない。

町田の居酒屋で初めて、彼らと話をした時には、そのことは口にしなかった。これから作家になろうとしている彼らに、『作家になるより、なってからのほうが大変だ』なんて言う必要はないからだ。

けれど、今、作家になった大谷さんにはそれを伝えたい。

『切れば血が迸《ほとばし》る作品だけを書き続けてゆく。小説に骨を埋《うず》める。それで散るなら、むしろ本望』

本作の冒頭に、大谷さんはそう書いた。

まさに、我が意を得たり、だ。

大谷さん、お互いに命を削るように書き続けましょう。

彼の次作を、僕は今、心待ちにしている。

著者写真　福田吉次
図版　デザイン・プレイス・デマンド

二〇二三年二月　光文社刊

光文社文庫

クラウドの城《しろ》
著　者　大《おお》谷《たに》　睦《むつみ》

2024年 3 月20日　初版 1 刷発行

発行者　三　宅　貴　久
印　刷　萩　原　印　刷
製　本　ナショナル製本

発行所　株式会社　光　文　社
〒112-8011　東京都文京区音羽1-16-6
電話　(03)5395-8147　編　集　部
8116　書籍販売部
8125　業　務　部

落丁本・乱丁本は業務部にご連絡くだされば、お取替えいたします。
ISBN978-4-334-10242-5　Printed in Japan

組版　萩原印刷